荒野は群青に染まりて

―相剋編―

桑原水菜

集英社

装画／Re°（RED FLAGSHIP）
装丁／関　静香（woody）

CONTENTS

【「暁闇編」あらすじ】

太平洋戦争が終結し、大陸からの引揚船でただひとりの肉親である母が行方不明になった少年・群青は、赤城と名乗った男に「俺と来るか」と声をかけられた。瓦礫と化した東京で身を寄せ合うようにしながら暮らすうち、ふたりは石鹸製造会社を興し、群青は本当にやりたかった「石鹸作り」を目指し大学へと進学したのだった。

【登場人物紹介】

阪上群青《さかがみぐんじょう》——朝鮮半島で生まれ、十四歳まで京城で育つ。終戦とともに引揚船で〝見知らぬ祖国〟へ帰国した。旧帝国陸軍・大河内中佐の妾腹の子。知識が足りないことを自覚し、ありあけ石鹸を退社して大学へと進学した。

赤城壮一郎《あかぎそういちろう》——かつて満鉄（南満州鉄道）調査部に在籍していた。東京に戻ってからは群青とともに暮らし、ありあけ石鹸を起業した。

近江勇吉《おうみゆうきち》——東京に着いた直後の赤城と群青と行動をともにする。ありあけ石鹸取締役。

勅使河原一登《てしがわらかずと》—戦前は老舗・桜桃石鹸の工場で働いていた。ありあけ石鹸製造部長。

東海林千造《しょうじせんぞう》—戦時中、帝国陸軍で研究員をしていた。ありあけ石鹸製品開発部長。

リョウ——上野の闇市を根城にしていた孤児たちの集団「アメンボ団」のリーダー。

荒野は群青に染まりて

―相剋編―

序章

東京の夜はずいぶん明るくなったものだ。

初めてこの街にやってきた時は、どこもかしこも焼け野原で、日が落ちると、夜空には驚くほどたくさんの星が瞬《またた》いていた。

瓦礫《がれき》の荒野と化した通りにはろくに街灯もなく、煮炊《にた》きの煙ばかりがあちらこちらから細く立ちのぼっては、かろうじてまだこの地に人の暮らしがあることを知らせていた。

あの満天の星はどこへいったのか。

消えた星影の代わりだとでもいうように銀座《ぎんざ》の夜は色とりどりのネオンが輝き、ひっきりなしに行き交う車のヘッドライトが眩《まぶ》しい。

終戦から十四年が過ぎた、昭和三十四（一九五九）年。

銀座の大通りを我が物顔でのし歩いていた進駐軍の姿も消え、あの頃の降るような星空の下で噛《か》みしめた惨《みじ》めさを忘れようとするかのように、人々はがむしゃらに働き、なりふりかまわず稼ぎ、今では戦争前よりも多くの建物が雨後の竹の子のように街を埋め尽くしていた。

時計台の上には硬貨のような月が輝いている。

銀座の一角にあるジャズホールは今夜も賑わっていた。

気取ったバンドマンが米国仕込みの流行歌を奏でている。背広姿の客たちはグラスを片手に談笑し、華やかに着飾った女たちも赤い唇で煙草《たばこ》をくゆらせる。濃霧のように紫煙《しえん》がたちこめたフロアでは恒例のダンスタイムが始まろうとしていた。

テーブルを縫うようにひっきりなしに行き交うウェイターたちの身のこなしを、ひとり、バーカウンターから眺めているのは、よれよれの上着を羽織った男だった。

年齢は二十代後半といったところか。

キャスケット帽を目深《まぶか》にかぶり、煙草を指の付け根に挟んで、グラスの氷をしきりに揺らして鳴らしている。

しわだらけの半コートは糸がほつれ、無精ひげをはやし、前髪が重くかぶさっている目は、だが、やけに眼光鋭い。ここ数日、ひとりでふらりとやってきてはカウンターの隅《すみ》で水割りを一杯だけ飲んでいく。冴《さ》えない風体はあきらかに店の客層からは浮いている。

背広の男たちがいるテーブルから、ひときわ高い笑い声があがった。

無精ひげの男は暗い目つきでそれを眺めて、

「あそこで盛り上がってるひとたちは、常連さんかい？」

と若いバーテンダーに問いかけた。

「はい。ご贔屓《ひいき》にしてもらってますよ。毎日のように予約を入れてくださって」

「襟《えり》の社章……。〝笑う星〟か。ありあけ石鹸《せっけん》の社員だね」

男は煙草の煙をくゆらしてウィスキーを口に含んだ。

「毎日、銀座で大騒ぎか。羽振りがいいもんだ。さぞ儲《もう》かってんだろうね」

「ありあけさんとこの粉石鹸には、うちも毎日世話になってますからね」

バーテンダーはワイシャツの襟をつまんでみせた。

「家内は桜桃《おうとう》石鹸のより汚れが落ちるってんで喜んでます。そういや、うちの洗い場の食器洗剤もありあけさんのだな。コマーシャルでも聞かない日はないですしね」

「……〝暮らしに寄り添う笑顔の星。あ〜りあ〜けせっけん〟……か」

と、隣に座っていた若者が、横から割って入ってきた。

コマーシャルの節回しをおどけて真似て、くっくっと笑った。

「なにが笑顔の星だ。星なんか工場が吐き出すスモッグに隠れてとうに見えねえや」

癖毛の若者はだいぶ酔っているようで、ろれつも怪しい。

バーテンダーは聞こえないふりをしてグラスを磨いている。男は「お冷《ひ》やを」と促《うなが》し、コップの水が出されると、その若者の前に置いた。

「呑《の》みすぎだな。少し覚ましたほうがいいぜ」

若者はひったくるようにコップを摑《つか》むと、勢いよく水をあおった。

「なにが気に入らないんだい。ありあけ石鹸の」

「なにもかもさ。だって、あの会社には」

ジャズバンドのトランペットがひときわ高く、フロアに響いた。

「……俺の親のかたきがいるんだからな」

そう言うと、癖毛の若者は真ん中のテーブルで盛り上がる社員たちを、呪わしげに睨《にら》みつけた。

目がギラギラとしている。無精ひげの男は目を細め、

「……。かたきの名は?」

「言えるもんか」

癖毛の若者はつまみの落花生《らっかせい》を指で割った。殻《から》くずがカウンターに散った。

男は煙草の先から立ちのぼる煙ごしに若者を凝視している。「かたき」をもつ若者の心を深く覗《のぞ》き込むように。

フロアではスローテンポの甘いバラードに合わせて紳士淑女が手と手をとり合い、ゆったりと体を揺らしている。

「どいつもこいつもチャラチャラしやがって」

若者は頰杖《ほお》をついて酔いつぶれかけている。

「ありあけ石鹼なんか潰れちまえばいいいんだ……」

呪うように呟《つぶや》いて、カウンターに突っ伏してしまう。男はそれを眺めて、ウィスキーを一気にあおった。

「星なんか、もう見えない。……か」

よれよれのコートのポケットから取りだしたのは、紅《あか》い布がすっかり擦り切れた御守《おまもり》だ。白い糸で〝熊野《くまの》神社〟と刺繡《ししゅう》してある。

手の中のそれを、男はじっと見つめている。

銀座の街には車のテールランプが数珠《じゅず》繫《つな》ぎに並んでいる。

店から出てきた無精ひげの男を迎えたのは、白髪の年配男性だ。こぎれいな黒い礼服のような背広にリボンタイをつけている。

迎えに来た車の後部座席のドアを開けて待っていた。

「おかえりなさいませ」

ああ、とうなずいて男は乗り込んだ。年配男性は運転席に戻ると車を出した。

「いかがでしたか。あちらの様子は」

「うん。やはり思った通りだった」

窓の外に流れていくネオンを眺めて、男は肘《ひじ》置きに腕を置いた。

「汚れを落とす石鹸会社が、ヘドロまみれになっちまったら……世も末だな」

銀座のシンボルだった数寄屋橋《すきやばし》は、壊されてすでにない。外濠《そとぼり》は埋め立てられ、その上には高速道路が建設されるという。この時間になると送り迎えの車がひしめき、谷で鳴き交わす鳥のようにしょっちゅうクラクションが響いている。

ネオンに浮かび上がる街はあたかも不夜城のごとしだ。

成長という名の戦場で負けることは、時代に置き去りにされることだ。

過去など引きずってはいられない、と追い立てられる者たちが、やみくもに踊る。

暗渠《あんきょ》の口から流れ出した黒い川に、映るネオンが揺れている。

第一章　翼は帰ってきた

羽田《はねだ》沖へと延びる滑走路には離陸していく旅客機のエンジン音が響いていた。

旅客ターミナルはそれ自体が大きな客船を思わせ、ひときわ高い管制塔はまるで操舵《そうだ》室だ。広いロビーには、出発する客と到着する客とがひっきりなしに行き交っている。

かつては東京飛行場と呼ばれていた。終戦後に連合国軍に接収されて「ハネダ・アーミー・エアベース」と呼ばれていたが、昭和二十七年に返還された後、東京国際空港と名を変え、国際線と国内線の両方を備える東京の空の玄関となった。

旅客機の尾翼には、海外の航空会社の様々なエンブレムが描かれている。

そのひとつ、つい先ほど到着したアンカレッジからの便の乗客たちが、タラップをぞろぞろと降りてくる。

到着ロビーには長旅を終えた乗客を迎える人々が待っている。やがてゲートから、大柄の欧米人たちに交ざって日本人男性が現れた。そちらに向かって、大きく手を振ったのは背広姿の中年男だ。

「おーい、赤城《あかぎ》！　こっちだ」

大きな荷物を両手に持った男が声に気づいた。

赤城壮一郎《そういちろう》は、旅疲れした顔に笑みを浮かべた。

駆け寄ってきたのは、株式会社ありあけ石鹸《せっけん》の取締役・近江勇吉《おうみゆうきち》だ。

「わざわざ迎えに来てくれたのか、近江。すまんな」

「荷物が多くて大変だろうと思ってな。会社の車を借りてきた。お疲れさん。どうだった？　初めての飛行機は」

「いや、もうこりごりだ。船のほうがなんぼもいい」

気流の乱れで大いに揺れ、客のほとんどが酔ったという。

「波の揺れなら単調だから体が慣れるが、空はいかん。いきなり、すとーんと落ちるんだぜ。そのたんびに背筋がぞっとした。あんなもん人間の乗る物じゃない」

「ははは。元満鉄《まんてつ》（南満州鉄道）社員らしいや。少なくとも列車は真下に落ちゃしないからな、……おう、東海林《しょうじ》も与野《よの》もお疲れさん」

赤城のあとから現れたのは、製品開発部長・東海林千造《せんぞう》と製造部技術課長・与野浩輔《こうすけ》だった。

「二週間のアメリカ研修はどうだった？　ちょっと腹が出たんじゃないか」

与野は「まいりましたよ」と頭をかいた。

「時差ボケの胃に毎日毎日ステーキばっかり食わされて。もう当分、牛肉は見たくない。早く味噌《みそ》汁《しる》と漬け物が食べたいですよ」

「贅沢《ぜいたく》言いやがる。こちとら毎日、社食でしじゃもばっかり食わされてるってのに」

するど東海林がしかつめらしい顔をして、

「ステーキのような脂《あぶら》ものはたまに食うからうまいとわかった」

そのとおり、と笑い声があがった。

赤城がカバンの中から取りだしたのは掌《てのひら》ほどの木箱だ。

「カヨ坊にみやげだ」

「香水じゃねえか。高かったろう」

「うちの化粧石鹸の香りの手本にした香水だ」

と東海林が言った。赤城はわざわざニューヨークの五番街で探して買ってきたという。

「なに。俺もカヨちゃんの兄貴のひとりだしな。大事な妹のためにこのくらいはさせてくれ。結婚式の日取りは決まったかい」

近江の妹・佳世子《かよこ》には先日結納《ゆいのう》を済ませたばかりの婚約者がいた。

「それがさあ、聞いてくれよ。佳世子のやつ……」

「おお、もう到着していたのか。赤城くん」

話を遮《さえぎ》ったのは、近江の背後から現れた恰幅《かっぷく》のいい年配男性だった。

「五十嵐《いがらし》社長」

ひとのよさそうな笑顔を向けてくる。小太りで、笑うと垂れた目尻に皺《しわ》ができる。その皺がまた福々しくて、これで打ち出の小槌《こづち》を持たせて福袋でも担《かつ》がせれば、大黒天《だいこくてん》のできあがりだ。

その隣には、もうひとり。仕立てのよい背広を着こなす長身の男がいる。面長の顔立ちにつり上がった眉と切れ長の瞳、七三分けした髪は一縷《いちる》の乱れもなく、計算高い参謀のような緊張感を孕《はら》んでいる。五十嵐社長が醸《かも》す大らかさとは対照的に隙《すき》がなく、表情も険しく、眼光鋭い。

「黒田《くろだ》専務も……」

赤城は上官を前にしたように背筋を伸ばした。

「わざわざ迎えに来てくださったんですか」

「我らが株式会社ありあけ石鹸で初の米国研修だからな。兵の帰還をねぎらうのも我々取締役の仕事だ」

「黒田くん、笑顔だよ。笑顔」

ありあけ石鹸社長の五十嵐晴夫《はるお》は、そう言って黒田をたしなめ、赤城に笑いかけた。

「米国の印象はどうだった。赤城くん」

「はい。日本が戦争で負けた理由を身をもって理解しましたよ。よくもあんな化け物みたいな国に戦争など仕掛けたものです」

「君は元満鉄の調査マンだったな。その目で見た米国の姿は、あとでゆっくり聞かせてもらうよ。赤城市場調査部長」

隣にいた黒田専務の目線が到着ゲートに向けられた。そこからまた別の一団が現れたのに気づき、赤城たちへのねぎらいもそこそこに腕を広げて迎えに行く。黒田の顔には笑みもある。共に米国研修に赴いた東海油脂《とうかいゆし》化学工業の社員たちだった。

五十嵐社長も出迎えに行ったので、赤城たちと近江はぽつんと取り残された。

「……あてつけかよ。ねぎらい方がちがいすぎるだろ」

「仕方ないさ。向こうは身内、こっちは外様《とざま》。ぞんざいにもなるさ」

近江は煮え切らない顔だ。

「あんなのにペコペコしなきゃ食ってけないなんて……。ありあけ石鹸も地に墜《お》ちたもんだぜ」

「そうぼやくな。〝笑う星〟を残せたのは奴《やつこ》さんたちのおかげだ。……とりあえず、早いとこ帰って布団で寝てえや」

与野も「そうですね」と大きなあくびをした。

「早く時差ボケも直さないと」

「メシはあとだな。車廻《まわ》してくるから、外で待っててくれ」

近江は一旦《いったん》、駐車場に向かった。

赤城は、和気藹々《あいあい》としている黒田と東海油脂化学工業の社員たちをじっと見つめている。

出発便を知らせるアナウンスがロビーに響いた。

*

隅田《すみだ》川の河口に近い橋から見える「ありあけ石鹸」の隅田第一工場には「笑う星」のマークが掲げられていて、電車からもよく見える。

海外研修で米国のスケール感に目が慣れてしまったせいか、小さな建物が場所を奪い合うようにひしめき合う街並みに、赤城は異和感を覚えていた。東京はこんなに狭苦しい街だったろうか。

米国の最先端工場は広大な敷地にあって、どこも洗練されていた。比べてみると、自慢の工場もやけにみすぼらしく見えてしまう。

かつては見上げるたびに誇らしかった〝笑う星〟のマークも、どこか煤《すす》けて見える。

こんなだっただろうか。

俺たちが守り通した「ありあけ石鹸」は。

その日は、近江が行きつけの料理旅館に気心の知れた仲間を集めて慰労会を開いてくれた。

宴席は盛り上がった。製造部長の勅使河原《てしがわら》や古参社員の姿もある。創業から二年後に中卒で入社した田丸一雄《たまるかずお》らかつての少年たちも今では立派な中堅工員だ。シベリア帰りだった常盤寛《ときわひろし》たちの姿もある。勤勉な常盤はリーダーシップを評価され、第二工場の副工場長を務めていた。

年若いエンジニアの与野は米国本土で見た光景にいまだ興奮さめやらずで、みやげ話に花を咲かせている。聞き入る社員たちはまるで紙芝居の前に集まる子供たちだ。目を輝かせている。

「どの家も広い芝生の庭つきで、でっかい車が一家に一台あるんだ。スーパーマーケットっていう何でも売ってる店にはうちの工場が十は入りそうな駐車場がついてて、売り場には物がわんさと溢《あふ》れてる。あんまり品数がありすぎて目がチカチカしたよ」

「そんなにすごかったか」

「いずれ日本もああなるぜ。俺たちの製品がスーパーマーケットの洗剤売り場を独占する光景が目に浮かぶよ」

若い社員は「豊かな生活を謳歌《おうか》する未来」を想像して興奮している。米国で「少し先の日本」を見てきた与野は、まるで予言者だ。熱気溢れる仲間たちの生き生きとした顔を、赤城は少し離れたところから眺めている。

酔いがまわると、今度は一転、皆の口から新しい経営者への愚痴《ぐち》と不満が止まらなくなる。さんざん愚痴り倒して、ひとり、またひとり酔いつぶれていく。

夜中の三時を過ぎてすっかり静まりかえった窓辺で、赤城がひとり、月を眺めていると、近江勇吉がやってきて猪口《ちょこ》を差し出した。受け取った猪口に、近江が酒を注いだ。

「いい月だなぁ……」

下町にひしめく瓦《かわら》屋根を照らしている。赤城はそれを眺めて、

「いいのか？　帰らなくて。レイコさんおかんむりじゃないのか」

「なに、今日は赤城の慰労会だって言ったら、朝までたっぷりねぎらってきなさいよって送り出してくれた。俺にゃ勿体《もったい》ない、できた女房さ」

近江は五年前に結婚した。相手は経理部にいたレイコだ。知り合った時は上野《うえの》で娼婦《しょうふ》をしていたが、戦前、デパートで会計業務をしていた経験を買われて、ありあけ石鹸の社員に迎えられ、右肩上がりだった経営を支えた。子育てのため退職したが、今でも近江の良き相談相手だった。

「……高峰《たかみね》や羽村《はむら》はとうとう来なかったな」

こちらも創業初期からの社員だ。

苦楽を共にしてきた仲間だったが、最近は滅多に寄りつかなくなった。

「俺たちとつるんでるところを出向組に見られると具合が悪いんだろ」

近江は手酌《てじゃく》しながら「まったく」とぼやいた。

「知ってるか。親会社からの出向組は、おまえに与《くみ》してる社員のことを陰《かげ》で〝赤組〟だの〝赤〟だのと呼んでやがる」

なるほど、と赤城は酒を飲み干した。

「そりゃ無理もない。〝赤組〟とみなされたら出世に響くもんなあ」

「ったく、黒田のやつ、王様面《づら》しやがって」

黒田専務は親会社からやってきた取締役だ。

ありあけ石鹸は二年前、東海油脂化学工業株式会社に買収され、その子会社となった。

現社長の五十嵐晴夫は、親会社である東海油脂の創業者一族のひとりだが、あくまで形ばかりの「お飾り社長」だ。実質的な経営は黒田恒夫《つねお》専務が取り仕切っている。親会社でも役員を務めていた切れ者で「ありあけの裏社長」などとも呼ばれている。

「赤城よ、俺はおまえが黒田に頭を下げるのを見るたび、歯ぎしりしてる。あいつらだって同じ思いしてるはずだ」

「……仕方ないさ。そもそも身売りした会社の社長が去りもせず、一社員に収まって給料までもらってるなんて、普通じゃ考えられないことだからな」

「針の筵《むしろ》だろ」

近江は、座卓に猪口をトンと置いた。

「いくら親会社の白井《しらい》常務に引き留められたからって、元社長の身には屈辱《くつじょく》だろ。俺ひとり形ばかりの取締役に残してよ、社長だったおまえは一社員に降格だぜ？　まるで見せしめだ。出向組はあの〝笑う星〟のバッジつけて銀座で毎晩豪遊してやがる。俺にゃ耐えられん」

「そのバッジが残ってるだけでも、いいと思うさ」

「今回の米国研修だって当初、ありあけの生え抜きはひとりも参加できなかった。おまえたちをメンツにねじこむことができたのは、白井さんの口添えがあったからだ。黒田のやつは反対してたと聞く」

足元で酔いつぶれていた与野がうるさそうに寝返りを打った。近江は声をひそめ、

「……テシさんもテシさんだ。俺より若いやつが見てきたほうがいいだなんて言って、研修枠をこいつに譲っちまうんだもんな」

創業以来、製造部長を務めてきた勅使河原一登《かずと》も今年で五十になる。定年まであと五年しかない。自分より若い者にチャンスを譲ったのは、いかにも勅使河原らしかった。

「……わかるが、近江よ。俺は恨み言をいう立場には、ない。他社にすがらなきゃ倒産してた。経営者としては無能だったってことだからな」

「それを言うなら俺も同罪だ。まあ、おまえがありあけに残らないなら、社員全員やめると言いだしかねなかったがな」

旧ありあけ石鹸の社員の結束は固い。

その固さゆえに、黒田たちは赤城を警戒しているのだ。

「もう、よそうや。近江」

赤城はなだめるように言った。

「大事なのは社員の生活だ。皆を路頭に迷わせずに済んだだけ、よかったじゃないか。『ありあけ石鹸』という名前も残った。それに俺の渡航も許したくらいだ。黒田専務もそれなりに市場調査部の必要性がわかってるようだし、俺自身、今の仕事は性に合ってる。満鉄調査部にいた頃の経験が役に立ってると思う。昔取った杵《きね》柄《づか》ってやつだな。そもそも調査マンが経営なんかに手を出したのが間違いだったのかもしれん」

「赤城よう……」

「経営から手を引いて正直、肩の荷が下りたんだ。俺はまた昔みたいに足で稼いで、粛々とレポートをあげるさ」

吹っ切れたように言うが、心の底では引きずっているのが近江にはわかる。

経営者としての敗北感が完全に癒《い》えたわけでもないだろうに。

「なあ、赤城。おまえが『ありあけ石鹸』の名前を残したかったのは、あいつのためなんだろ？」

「………」

「群青《ぐんじょう》とは、全く連絡とれてねえのか」

赤城の表情が翳《かげ》った。猪口をつまむ指先を見つめ、

「……手紙もよこさなくなってから、もう五年か。大学はとうに卒業しただろうし、いまどこで何をしてるんだか」

阪上《さかがみ》群青のことだ。

終戦後、朝鮮半島から引き揚げてきて、赤城と出会い、ともに東京にやってきた後、ひょんなことから近江兄妹《きょうだい》とともに同じ屋根の下に住まうことになった。四人は敗戦で混乱した東京を生き延びるため、ありあけ石鹸という会社を起ち上げた。赤城にとっては弟のような存在だった。その群青は大学へ進学するため、家を出ていったきりだ。

大学を卒業したら当然のように戻ってくるものと思っていたし、本人もそのつもりだったはずだ。よそに就職でもしてしまったのか、どこかで研究を続けているのか。

そもそも生きているのか。

それすらわからない。

「案外、学生運動にでもはまっちまって学業どころじゃなくなっちまったんじゃねーのか？『安《あん》保《ぽ》反対』つってワッショイやった挙げ句、大学に戻ってこなくなったやつもいるって話だぜ」

世の中は今、日米安保条約をめぐって荒れている。日本がまた戦争のできる国になってしまうのではないか、と危惧《きぐ》した若者が反対運動に身を投じ、日に日に騒ぎは大きくなっていくようだ。

「今も大学にいるならな。だが群青が入学したのはもう九年近く前の話だぜ。さすがにそれはない」

「佐原《さはら》はどうなんだ。いろいろ世話してたんだろ」

元社員の佐原准一《じゅんいち》だ。「ありあけ石鹸」の広告宣伝部で辣腕《らつわん》を振るったが、ありあけが東海油脂化学工業に買収されると同時に退職した。その後、広告代理店を始めていた。

「佐原のほうにも便りはないらしい」

「そうか。捜索願にも反応ないし。『尋ね人《たずねびと》』にまたハガキだしてみるか」

終戦直後からあるラジオ番組だ。依頼人のハガキから、消息不明の人の名と特徴を、アナウンサーが淡々と読み上げる。聞き流していた人から手がかりが得られることもあるという。終戦の混乱の中で、日本中の人間が誰かを捜していた。

まだ番組は続いている。終戦の混乱が収まって新しい世の中へと移り変わっても、誰かが誰かを捜す声は途切れず、群青もその中に埋もれてしまったかのようだ。

「カヨがよう……。居所を知りたがってる」

「カヨちゃんが？」

「式には必ず来てほしいって駄々こねやがる。群青が出席しないなら式は挙げないって」

結婚式の日取りをなかなか決めようとしないのも、群青と連絡をとってからだという強い思いがあるためにちがいなかった。

「ほら。皇太子殿下と美智子《みちこ》さんのご成婚がもうすぐだろ？　新郎のほうはそれと同じ月に挙式したいと言ってたんだが、カヨが首を縦に振らない」

街はどこも皇室のご成婚で盛り上がっている。雑誌はこぞって皇太子妃になるそのひとのことを取り上げて、世の中には「ミッチーブーム」が巻き起こっていた。

「カヨの夢は、死んだおふくろみたいな明るく優しい母親になることだ。子供をたくさん産んで賑やかな家庭を作りたいって、いつも言ってた……」

近江の両親と他の兄弟は空襲で死んだ。近江家が賑やかだったあの頃のような明るい家庭を作るのが、ずっと佳世子の夢だった。

「あいつももう二十五になるし、こんないい縁談は後にも先にもない。新郎は親会社の常務の息子……なんて夢のような話じゃないか」

近江は電線に引っかかるようにして輝く月を見上げていた。

「……焼け野原の廃材を集めたバラックで食うもんもろくになく、医者にもかかれなかった。あんな苦労は二度とさせたくねえ。東海油脂ほどの大企業の社員なら高給だし定年まで安泰《あんたい》だ。結婚相手としちゃ申し分ない」

「近江、おまえもカヨ坊のこととなると目が曇《くも》るんだな」

佳世子があの縁談を受け入れたのは……、と口にしかけて赤城はふと黙った。それを近江に言うのは気が咎《とが》めた。近江は本気で心の底から、この縁談は妹の幸せのためだと思っている。そう思い込んでいる近江に、佳世子が抱える真の切なさは見えないのだろう。

「なんだよ。黙るなよ」

――私、将来グンちゃんのお嫁さんになる。

近江兄妹とはすでに「家族」のような間柄だ。

群青は佳世子を実の妹のように可愛《かわい》がっていたが、佳世子はいつしか兄妹の情を超えて群青を慕っていた。初恋の相手である群青と幸せな家庭を作ることが、佳世子の本当の夢だったはずだ。

淡い想いを「青春」という名のアルバムに綴《と》じて、人生を前に進めるためにも、気持ちの整理をつけたいのだろう。未練とはちがう。ただ忘れ物を残してはあがれない階段があるというだけだ。

佳世子が群青の列席を切に望むのは、娘時代に別れを告げてこれから先の人生を「妻」として生きていくための儀式でもある、と。

そんな佳世子の気持ちも群青には届かない。

肝心の群青は消息すら知れない。

「たずねびとか……」

何をしていてもいい。

せめて元気であることがわかればいいのだが。

近江は妻子の待つ自宅に帰っていき、赤城はひとり、白《しら》み始めた空を見つめている。

長時間のフライトで体は極度に疲れているが、時差のせいか、もどかしいほど眠気がやってこない。

阪上群青が「ありあけ石鹸」を去ってから九年の月日が過ぎた。

奨学金で大学入学を果たし、しばらくの間は手紙のやりとりもしていたが、少しずつ減っていき、五年前、差し出し人の住所のない年賀状をよこしたのを最後にそれも絶えた。それより前に送った手紙が宛先《あてさき》不明で戻ってくるようにもなっていた。それきり消息が知れない。

その間に「ありあけ石鹸」は苦境に陥《おちい》った。

石鹸の配給制が撤廃されたのは、群青が出ていった翌年のことだった。「清浄、運動」というスローガンのもと、石鹸業界は自由競争に突入して一気に供給過剰になったところへきて原料価格が高騰《こうとう》した。過剰在庫を抱えた中小の石鹸メーカーが次々と倒れる中、どうにかこれを耐えきると、今度は朝鮮戦争特需によって「石鹸ブーム」が巻き起こった。買い占め騒動で在庫一掃されたかと思えば、今度は原料価格が急落……とまるで荒波の中をいく船のように世情に翻弄《ほんろう》され続けた。

生産方式もオートメーションを取り入れ、米国から導入した連続式油脂加水分解方式に自社技術を加えた「ありあけ式」製造ラインは、一躍注目された。ありあけ石鹸は戦後創業組の筆頭メーカーへと成長した。

だが時代は動きつつあった。

それまで「固形石鹸」と「粉洗剤」で販売力をつけてきたありあけ石鹸だったが、昭和三十年代に入って「洗剤」という分野に大きな動きがあった。よりコストの低い、高級アルコールや鉱物油を原料とする「合成洗剤」が注目されるようになってきたためだ。

粉洗剤から合成洗剤へ。市場の流れに置いていかれないよう、ありあけ石鹸も事業シフトに挑んだのだが、これがつまずいた。

輸入原料の仕入れに苦戦し、ようやく発売に漕《こ》ぎ着けたものの売上は低迷、原料価格が大きな負担となった。そこへ主力工場が火災事故を起こすという不運が重なった。

洗剤部門の大幅赤字は、好調だった石鹸部門の利益でも補えず、債務超過に陥った。

倒産の暗い足音が迫る中、買収を提案してきたのが、東海油脂化学工業だったのだ。

東海油脂は桜桃《おうとう》同様、長年、航空潤滑油を製造してきた化学メーカーで、石油化学部門に強みがあった。製品の「材料」を指す「誘導品」メーカーとして名を馳《は》せてきたが、本格的に生活消費財市場に打って出ることになり、その足がかりとして、ありあけ石鹸の買収に乗り出したのだ。

東海油脂にとって「ありあけ石鹸」のブランド力は魅力的だったし、ありあけにとっても東海油脂の傘下《さんか》に入れば、自社グループ内で材料をまかなえるようになり、外注のコストが大幅に減る。経営権は東海油脂が握ることになるが「ありあけ石鹸」のブランドは残り、遥かに大きな資本力のもとで製品開発ができるようにもなる。ありあけ再生のための最も確実な道筋だった。

子会社化を受け容れるにあたって、赤城が出した条件は三つ。

全社員の雇用維持とブランド名の維持。そして株の買い戻し条件も付けた。

買収成立後、経営は東海が握った。

経営陣は入れ替わり、親会社からの出向組が要職についた。

社長だった赤城は本来なら会社を去るところだが、親会社の白井修《おさむ》という役員に引き留められた。白井は五十嵐社長に口添えして赤城のためにわざわざ「市場調査部長」というポストまで用意した。

そうして二年が過ぎようとしている。

親会社の〝自由に物が言えない〟社風や強引な経営方針に反発して、やめていく社員も多かった。ありあけ石鹸の名は残ったが、赤城はもう経営に口は出せない。近江が孤軍奮闘しているが、親会社の意向には逆らえない。ありあけの創業理念とはかけ離れていくそれを「ありあけ石鹸」と呼ばせていいのか。

赤城の心境は複雑だ。

空が明け白んでいく。

「……いまのありあけ石鹸を見て、おまえはどう思うだろうな。群青」

なぜ人手に渡した！　と怒って詰め寄ってくるか。なんて不甲斐《ふがい》ない連中だ、と嘆くか。

石鹸作りは食べていくための生業《なりわい》だったが、それだけではなかった。内地に身寄りのない群青が将来にわたって食べていける場所を、との思いで作った会社だ。

ありあけ石鹸という名前には「今日一日を生き抜くための石鹸」との想いをこめ、群青自身の石鹸作りに懸ける情熱が、会社を育てる原動力でもあったのだ。

買収の件は新聞にも載ったから、群青の耳にも届いたことだろう。連絡をよこさないのもそのせいか。あまりの落胆《らくたん》と失望で、連絡をとる気にもならないのか。

せめて事情はこの口から伝えたいと思うが、居場所すらわからない。

「おまえはいま、どこにいる。群青」

夜明けの空に燦然《さんぜん》と輝いていた〝ありあけの星〟も、いまは厚い雲に隠れて見えない。

＊

赤城が霧島大悟《きりしまだいご》と会ったのは数日後のことだった。

霧島はかつて赤城が南満州鉄道株式会社に勤めていた頃の同期だ。内地に引き揚げてきた後、上野の闇市《やみいち》で菓子屋を始めた霧島は、今は製菓会社を経営している。

「そうか……。米国の市場はやはり桁《けた》違いだな」

日本橋《にほんばし》にある老舗《しにせ》の鰻《うなぎ》屋は、昼時を過ぎて客足も落ち着いてきたところだった。

霧島の会社はそこからほど近い蛎殻町《かきがらちょう》にある。ここは行きつけの店だ。

壁に歌舞伎《かぶき》役者の手形が掲げられたいつもの席で向き合った霧島は、赤城の報告を聞いて感心しきりだった。たれのたっぷりかかった鰻重を前にして、ワイシャツの袖《そで》をまくりあげた霧島は、勢いよく箸《はし》を進めた。

「呆《あき》れるほどの消費大国だな。電化生活が進んでるとは聞いたが、そこまでとは」

「日本はこれから米国に負けない消費社会になる。顧客の要望をより正しく汲《く》んだ企業が勝つだろう。貿易が自由化されれば、米国の企業も容赦《ようしゃ》なく日本の市場に踏み込んでくるはずだ」

赤城は脂ののった鰻に山椒《さんしょう》を振りかけて、

「そん時に食われんよう、お互い力をつけておかないとな」

「……それにつけても白井さんはずいぶんとおまえを買ってるんだな」

東海油脂の常務取締役・白井修のことだ。

「今回の米国行き、白井さんの口利きがあったって近江から聞いたぞ。そもそも親会社のおこぼれ程度しかない研修枠に、降格人事で飼い殺しされてる男を行かせるか？　普通」

「俺が市場調査部だからだろ」

「いや、ちがうね。黒田専務なら自分の子飼いを行かせるはずだ。……白井さんはゆくゆくはおまえを親会社に引っ張るつもりかもしれんぞ」

まさか、と赤城は苦笑いして、身の厚い鰻と白飯を一緒に口に運んだ。

「ありえない。そこまでする理由がない」

「カヨちゃんの結婚相手は白井さんの息子なんだろ？　おまえたちに肩入れしてる証拠じゃないか」

佳世子は高校卒業後、ありあけ石鹸に就職し、少し前まで経理部で働いていた。買収話が持ち上がった時、白井親子との食事会にたまたま同席していて、見初《みそ》められたのだ。

「カヨ坊は……ありゃあ半分人質だよ。外様大名の奥方を江戸《えど》においとくようなもんさ。親会社は俺や近江を牽制《けんせい》してるんだ」

赤城はいまいましそうに肝吸《きもす》いを口に含んだ。

「なのに未来の社長夫人だなんて浮かれちまって、近江のやつ、なんにもわかっちゃいない」

「そりゃ被害妄想ってもんだ。白井さんが縁談をもちかけたのは単純にカヨちゃんを気に入ったからだろうし、兄貴分のおまえらを買ってる証拠だと思うがな。だって一人息子だぜ？　いいとこの子女との縁談なんか、掃いて捨てるほど来てるだろうに」

賢くて気立てもいい佳世子はどこに出しても恥ずかしくない自慢の「妹分」だ。が、良家の子女といえるほど家柄がいいかといえば、そうではない。「白井家とは釣り合わない」と反対する親族もいたようだ。

「確かに白井さんは恩人だよ」

買収交渉でさほどもめずに済んだのも、親会社からの人員整理要求を退《しりぞ》けられたのも、白井のおかげだ。

「……ありあけを守ってくれた。そのことには感謝してる」

その白井と黒田は、親会社ではライバル関係だったという。

黒田専務は営業職にいた頃から化学メーカーの社員らしからぬやり手で、強気な仕事ぶりで出世してきた男だったが、その野心家ぶりが上から疎《うと》まれてもいたため、親会社では役付きにはなれず、子会社を押しつけられたと思っている節がある。しかも黒田の覚えめでたくない赤城をなぜか白井が優遇しているのも気に入らないのだろう。

「白井さんはおまえを特別買ってるからなあ。買収騒ぎの時も、手放すにゃ惜しいっつって元社長のおまえを無理矢理引き留めたんだろ？　わざわざ市場調査部なんていう今までなかったポストまで用意するとは、よっぽど手放したくなかったんだろうな。もし親会社に呼ばれたら、どうすんだ？　赤城」

「行かないよ。俺はありあけに骨を埋める」

「やせ我慢すんな。大会社で出世できるチャンスかもしれないんだぞ」

その手の欲は赤城にはない。出世競争には必ず派閥《はばつ》争いが絡む。満鉄時代も、妬《ねた》みそねみで足を引っ張り合う連中を大勢見てきた。巻き込まれるのが嫌で大連《だいれん》の本社には寄りつかず、辺境でのフィールドワークに明け暮れた。もっともそれが調査員の本分だったから文句を言われることはなかったが。

「おまえってやつは、本当に欲がないなあ……」

「欲くらい、あるさ」

そりゃ何だ、と霧島が問う。欲というより野心だったが、赤城には、それを口にする資格が今の自分にあるとは思えなかった。

食事を終えたふたりは水天宮《すいてんぐう》に寄っていくことにした。霧島の妻が妊娠中で安産祈願をしようという話になったのだ。

石垣の上にある境内《けいだい》は見晴らしがいい。商店が並ぶ人形町《にんぎょうちょう》界隈《かいわい》は下町らしい街並みで、狭い路地には人情深い暮らしの気配がある。少し先の蛎殻町には穀物取引所の重厚な建物もあり、江戸の昔からこのあたりは商業の中心だったことを今に伝えていた。

ふたりは拝殿の前に並んで柏手《かしわで》を打ち、深々と頭を下げた。

戌《いぬ》の日でもないので参拝客もまばらだ。授与所にいき、若い夫婦や母娘《おやこ》連れのあとに並んで安産祈願の御子守帯《みすずおび》をもらい、ふたりは寒空の下、境内のベンチで人形焼きを食べた。

「近江んとこの子はもう二歳だったたっけ？」

「来月で三歳になる。ひとんちの子は育つのもあっというまだな」

近江は妻にベタ惚《ぼ》れで尻にしかれている。レイコが上野で街娼《がいしょう》をしていたことは近江ももちろん知っていたが、全部呑《の》み込んで彼女を伴侶《はんりょ》に選んだ。

「……惚れた女の過去は問わない、なんてなかなか言えたことじゃないな。おまえはどうなんだ？いい加減、身を固める気は？　浮いた話のひとつもないのかい」

赤城の脳裏にふと、真夜中の黒い海にあがった一筋の白い水柱が浮かんだ。

首筋に、あの時甲板《かんぱん》に吹いていた冷湿な風を感じた気がして、目を閉じた。

「………。金もない四十過ぎの男と結婚なんて、女のほうが気の毒だろ」

「本当のところ、心配してたんだ。ありあけ石鹸が人手に渡ったら、おまえ心がぽっきり折れて生きる気力もなくしちまうんじゃないかって」

都電の黄色い車体が、石垣のすぐ下を過ぎていく。

霧島は冷めた人形焼きをほおばった。

「白井さんがおまえを引き留めてくれたと聞いて、俺は正直ホッとしたんだ。社長やってた身には屈辱だろうが、調査部なんて、これ以上おまえにふさわしいポストもねえだろ」

確かに、と赤城は思った。

本来の自分に戻ったような居心地のよさもある。苦労して築き上げてきた会社を断腸《だんちょう》の思いで人手に渡し、耐えがたいほどの無念に苛《さいな》まれたが、本音を言えば安堵《あんど》もした。従業員とその家族の暮らしを背負って会社を存続させる、その重圧から解放される。重い荷をようやく下ろせた思いがしたからだ。

会社を手放した後はありあけから去るつもりでいた。それが会社を守れなかった社長の責任の取り方だと思ったからだ。白井の誘いも断るつもりだった。だが、思い直した。

「……それじゃ、あいつに示しがつかないと思ったんだよ」

「群青のことか」

「ありあけ石鹸は、あいつの帰る場所だからな」

赤城は眼下ですれ違う都電の車体を見つめて、真顔になった。

「群青からありあけ石鹸のことを託された。男と男の約束だ。俺の目が黒いうちは〝笑う星〟を誰かの好きにはさせない」

「だが、経営権を渡しちまったんだぞ？　一社員になり果てたおまえに何ができる」

霧島の指摘はもっともだ。が、赤城には胸に秘めた野心がある。それを口にすることに一抹《いちまつ》の躊《ちゅう》躇《ちょ》もあったが、いまここで言葉にしなかったら一生妄念《もうねん》のままで終わってしまいそうな気がした。禁じられた信仰を明かす信徒のような目つきになると、赤城は架線で区切られた街の景色を睨《にら》みつけた。

「俺はいずれ必ず経営権を取り戻す。東海油脂から独立を果たす」

霧島は人形焼きを半分かじったまま、しばし呆気《あっけ》にとられていたが、次第に口元が緩み始めた。

赤城の心に秘めた不屈を目の当《ま》たりにして、心が躍《おど》った。赤城壮一郎はまだ死んではいない。その心の奥には今もなお反骨精神がみなぎっている。嬉《うれ》しくなって、思わず肩をこづいた。

「……やっと本音を吐きやがったな。この野郎」

「仲間にも言えん。俺は上から監視されてる身だからな。それに」

ありあけ石鹸はもう一枚岩ではない。

新しい経営者がやってきて、あっさりと風見鶏《かざみどり》となった社員もいる。経理部の高峰などはあからさまに黒田たちに擦り寄っていった。変わり身の早さは、いっそ潔《いさぎよ》かったくらいだ。

だが仕方がない。旧経営陣である自分たちはもう「終わった勢力」だ。この会社でこれからも生きていく社員たちは、どこに属すのが自分の利益になるか、必死に風向きを読み始めた。「強い勢力」から脱落しないためにどう立ち回るべきか、誰につくべきか。

「そんな連中の前でうっかり本心なんて口にできるか」

昨日まで味方だと信じていた仲間が、黒田の密偵になっていることもある。むろん、そんな事態を招いたのは自分だ。自業自得というのだ。

志《こころざし》を同じくする者を見極めるまで、自分は派閥争いから脱落した「過去の人間」であらねばならない。影響力を失い、出世コースから外れて社屋の隅《すみ》に追いやられた「負け犬」でなければ。

「まるで忠臣蔵の大石内蔵助《おおいしくらのすけ》だな」

「そうかな。俺は占領下だった頃を思い出す」

目線の高さで幾重にも交差する都電の架線を眺めていた赤城は、昔の気持ちになって真冬の空を見上げた。

「いつか見てろ、必ずまた独立する。腹の底ではそう思って、みんなＧＨＱに唯々諾々《いいだくだく》従ってきたんじゃないか。日本も主権を取り戻した。ありあけ石鹸も、なるさ」

その横顔は意気消沈などしていない。霧島は「そうか」とうなずいた。

「それでこそ赤城壮一郎だ。内地の連中に引揚者の意地を見せてやろうぜ」

「ありがとうよ。霧島」

赤城には目算があった。ありあけ石鹸には、勅使河原率いる製造部と東海林率いる製品開発部という二枚看板がある。このツートップが東海油脂には魅力だったのだし、他業種から参入して右も左もわからない親会社にとって、容易には口を出せない領域だ。たとえ他の部署が出向組で占められても、自治を通せる聖域だ。勅使河原の製造部と東海林の製品開発部がある限り、ありあけ石鹸は死なない。親会社の傘下でも「ありあけ石鹸」として生き続ける。

このままでは終わらない。

ほんの十四年前、東京は焼け野原だった。あの何もないところから立ち上がってきたという自負がある。裸一貫《はだかいっかん》で大陸から引き揚げてきて、ろくな財産もなかった自分たちが商いを始められたのは、闇市があったおかげだ。赤城も霧島も、出発点は上野の闇市だった。

「俺たちが飴《あめ》を売った闇市が今じゃアメ横とか呼ばれてるんだぜ。あの辺もだいぶ変わったな。こないだおまえが連れてってくれたキムチ横丁の韓国焼肉屋は旨《うま》かった。店主はだいぶ強面《こわもて》だったけどな」

「あそこはコチュジャンが最高に旨いんだ。また行こう」

「……上野の闇市って言えば、赤城。こないだタケオが」

「タケオ？　元気か」

かつて上野の戦災孤児グループ「アメンボ団」にいた少年だ。地下道に棲《す》みついていた頃から霧島の手伝いをしていた縁で、中学卒業と同時に正社員になり、今ではいっぱしの営業部員として洋菓子販売を手がけている。

「タケオが、外回り中に群青らしき男を見たって言うんだ」

「なんだと？　どこで」

「それが……銀座の高級クラブだって」

赤城は目を丸くした。ボーイとして働いているのかと思ったら、客だったという。

そんなばかな、と笑いとばしかけた赤城に、霧島は至極真面目な顔で、

「いい身なりで女はべらせて高そうな酒を飲んでいたそうだ。バトラーみたいな渋い年配男を従えて、まるでどこぞの若殿様みたいだったって」

「従えて？　その男に連れてきてもらったとかじゃないのか」

純朴《じゅんぼく》だったあの群青とはまるで結びつかなかった。タケオももう何年も群青には会っていないはずだ。なにかの見間違いでは？

「アリランを口ずさんでいたそうだ」

「アリランを？」

朝鮮の民謡だ。そのメロディーは朝鮮半島からの引揚者ならおそらく耳に馴染《なじ》んでいる。

群青は生まれ育った京城《けいじょう》で、近所の朝鮮人夫婦にいたく可愛がってもらったと言っていた。幼い群青を預かって子守歌のように朝鮮民謡を聞かせてくれたとも言い、群青は時々思い出したように

口ずさむことがあった。

「消息不明になってる間に何があったか知らないが、一攫千金《いっかくせんきん》あてたか、そうでないなら何かヤバイ仕事にでも手を出してんじゃないか?」

霧島の懸念を赤城は否定できない。

それは本当に群青なのか?

「他人の空似だ。群青なわけない」

赤城はまともに取り合わなかった。霧島もそれ以上、話題にはしなかった。


タケオの目撃情報が正しかったのかどうかは、結局、わからずじまいだった。

慌《あわ》ただしく月日は過ぎた。

ありあけ石鹸では東海油脂の子会社となって最初の新製品となる合成洗剤「ニューレインボー」の発売が迫っていた。

ありあけ初の合成洗剤「レインボー」は高級アルコールと輸入鉱物系原料(アルキルベンゼン)との混合系「家庭用洗剤」だったが、「ニューレインボー」は本格的な純鉱油系洗剤だ。

昭和二十五年に桜桃石鹸が日本初の合成洗剤を発売して以降、開発競争が著《いちじる》しい。

昭和三十年代に入ると、洗剤業界はどこも、電気洗濯機の普及に合わせるかのように、主力商品を「固形洗濯石鹸と粉洗剤」から「合成洗剤」へと舵《かじ》を切った。

ありあけ石鹸にとっても、より洗浄力の高い合成洗剤「ニューレインボー」は起死回生の新製品となるはずだ。

だが、この開発で社内は紛糾《ふんきゆう》した。

親会社からの出向でやってきた社員と、あくまで「ありあけ方式」を守ろうとする現場とで軋轢《あつれき》が生じた。耐えかねた生え抜きが何人も去った。赤城に助けを求めてくる者もいたが、いまの赤城は間を取り持つ立場になく、できることと言えば、せいぜい皆を集めて愚痴を聞いてやるくらいだ。あの近江も板挟みになった挙げ句、ストレスで胃に穴を開けた。

紆余曲折《うよきよくせつ》を経《へ》た新製品がついに世に出る。

鳴り物入りで発売される純鉱油系「合成洗剤」だ。

宣伝にも力を入れており、新聞各紙の広告や駅の看板、ラジオでも連日CMが流れる。奮発してプロレスを生中継するテレビ番組のスポンサーにまでなった。いま、プロレスは庶民に大人気だ。街頭テレビに群がる人々の前で「ありあけ石鹸」のコマーシャルが流れるのを見て、社員たちも発奮した。

内容はこうだ。割烹着《かっぽうぎ》を着た主婦が笑顔で子供たちと洗濯物を干している。その後ろに虹がかかり、商品名が重なる。

『新生ありあけ石鹸の象徴ともいえる〝ニューレインボー〟は、電気洗濯機時代にふさわしい、洗浄力の高い合成洗剤です。キャッチフレーズは〝手軽に手早く美しく〟。主婦の皆さんが求めていたものを私どもが形にしました。この新商品で我々は〝洗剤のありあけ〟としてお客様の期待に応《こた》えてまいります』

発売日当日は、社員一同が集められ、五十嵐社長自ら訓示をたれた。

「打倒桜桃。目指すは業界一位！」

エイエイオーと拳《こぶし》を振り上げ、勇ましい。赤城と近江にとっても、子会社化してから初の新製品投入だ。新生ありあけ石鹸の将来を占う第一歩となる。

「絶対成功させなきゃならないプレッシャーは出向組のほうが大きいはずだ。見ろ、黒田の顔も緊張で強《こわ》ばってやがる」

と近江が囁《ささや》いた。黒田専務はなんとしてもありあけ石鹸の業績を上げて、親会社の期待に応えなければならない。ゆくゆくは親会社の経営陣に加わりたい黒田は、あらゆる手を尽くし、是《ぜ》が否《ひ》でもここで大きな手柄を立てておきたいはずだ。

ありあけ石鹸の舵は自分たちの手を離れて、黒田たちが握っている。新経営陣の采配のもとで発売される新商品には、赤城たちも複雑な思いがあるが、ありあけ石鹸の復活を強く望む気持ちは同じだ。

「必ず売れる。売ってみせるさ。今度こそ」

そして、発売日から一週間後のよく晴れた日曜日。

佳世子の結婚式が執り行われた。

＊

青空のもと、式場となる日枝《ひえ》神社には、白井家と近江家の親族が続々と集まった。

秋の青空が広がり、朝からさわやかな日となった。

古くから「山王《さんのう》さん」と呼ばれてきた神社は、永田町《ながたちょう》の一角にある。戦災で焼けた本殿が去年、再建され、山王鳥居に似た独特の建て構えは重厚で、屋根の萌葱《もえぎ》色と柱の赤のコントラストが青空によく映える。掃き清められた境内では、記念撮影をする参拝者の姿もあった。

新郎の白井家は大家族で、山の手《やまのて》に住んでいたため、空襲の被害には遭《あ》わなかった。かたや新婦の近江家は両親はじめ兄弟・親族ともにほとんどが空襲の犠牲になっていた。近江家の参列者はたった五名。兄の勇吉・レイコ夫婦と幼い息子、それに赤城と勅使河原が加わった。

「きれいだ。カヨちゃん」

控室で、白無垢《しろむく》に身を包んだ佳世子と対面した赤城は嘆息した。

「本当にきれいだ。カヨちゃんは世界一の花嫁だよ」

「ありがとう。壮一郎兄さん」

黒曜石のような大きな瞳は涙で潤んでいる。唇にはつつましく紅《べに》を差し、まるで白い牡丹《ぼたん》が咲いているかのような佳世子の花嫁姿に、赤城も胸を熱くした。

初めて会った頃はやせっぽちの子供だった。手足は枝のように細く、体も弱く、まともな衣食住のない過酷《かこく》な焼け跡生活を乗り越えていけるのか、ずっと心配していた。その佳世子の花嫁姿だ。感無量だった。

ふっくらした頬《ほお》に笑みを湛《たた》え、佳世子は言った。

「この日を迎えられたのも、壮一郎兄さんのおかげです。私たちと家族になってくれて、本当にありがとうございました」

「それはこっちの台詞《せりふ》だよ。俺たちの妹になってくれて、ありがとう」

文金高島田《ぶんきんたかしまだ》に綿帽子をかぶっている。花嫁衣装は特注だ。この日のために近江と赤城が奮発して、月賦《げっぷ》とはいえ、特別にあつらえた。

「こんなきれいな花嫁姿……。群青にも見せてやりたかったな」

「……ええ。でも」

佳世子は遠い目をして、庭の楓《かえで》を見やった。

「グンちゃん、どこかで見ていてくれてるような気がするの。それに心はずっと一緒だもの。家族だもの。私、信じるわ」

群青と連絡をつけられなかったことだけが心残りだった。一目会うまでは、と挙式を延ばしてきた佳世子も新郎の再三の説得を受けて、とうとう折れた。これ以上延期するならば結婚は白紙に戻す、と白井の祖父から言われてしまっては、応じないわけにいかなかった。

佳世子は群青への淡い想いを断って、夫となる男のもとに今日、嫁《とつ》ぐ。

挙式が決まった日、赤城は佳世子を馴染みのおでん屋に呼び出して話をした。最後にもう一度、佳世子の気持ちを確かめておきたかったのだ。

——本当にいいのか？

近江やありあけ石鹸に気を遣って縁談を受け容れたというなら、そんなのは蹴ってしまってくれ。カヨちゃんには自分の幸せを一番に考えてほしい。大事な妹には会社の犠牲になんてなってほしくはない。そう伝えると、佳世子は首を横に振った。

——私は会社のために嫁ぐだなんて少しも思っていないわ。秀夫《ひでお》さんは誠実な方です。私を大切にしてくれています。親族の反対を押し切ってまで私を選んでくださったのだもの。私はあの方の妻として生きていきます。

背筋をのばしてはっきりと告げた佳世子の凛々《りり》しい瞳を見て、赤城はこちらが説得される思いがした。自分の道を自分で選んだのだと言える佳世子の強さは、本物だった。

——群青のことは……いいのか？

そう問うと、佳世子はしばし目を伏せていたが、自分の出した答えを確認するように、

——グンちゃんのお嫁さんになれたらいいなって思っていたこともあったけど、グンちゃんは私を女性として見てはくれていなかったみたい。もしそう思ってくれてたら、十年もほったらかしになんてしないはずだもの。

でも、と佳世子は微笑《ほほえ》みを浮かべた。

——そのおかげで私はグンちゃんていう「大好きな兄」を失わないで済んだのだと思ったの。これでよかったんだわ。

佳世子はもう夢見る少女ではない。いつのまにか、現実を選ぶことのできる大人の女性になっていた。いつまでも子供扱いしていたのは俺のほうだったな、と赤城は少し反省した。

——誰よりも幸せになるんだぞ。

佳世子はうなずいて「私たちはずっと家族よ」と言った。

——壮一郎兄さんも、幸せでいて。約束よ。

人の心に聡《さと》い佳世子には、赤城が独り身でいる理由も察することができてしまえたにちがいない。赤城の胸底に錆《さび》のようにこびりついた罪悪感の正体が、明確にはわからなくとも。

新郎の両親である東海油脂の白井修夫妻もやってきて、佳世子の花嫁姿にいたく感激していた。こんなに気立てのいいお嫁さんをもらえる息子は果報者だ、としきりに言っていた。白井の親族に

はいまだこの結婚に良い顔をしない者もいるようだが、この義理の両親のもとになら安心して嫁がせられる、と近江は言った。早くに親を亡くした佳世子の親代わりになってくれるだろう、と。

ひちりきの音が拝殿に響き、新郎新婦が厳《おごそ》かに入場する。

紋付き袴《はかま》姿の新郎・白井秀夫は親会社のホープらしく眼《め》に力のある青年だ。父親譲りの逞《たくま》しい顎《あご》と大きな口が実直な性格を表している。寄り添う若い夫婦を包むように神職の祝詞《のりと》が朗々《ろうろう》と響く。

細指で三三九度《さんさんくど》を交わす佳世子は、朝の光のように清らかに輝いていた。

近江も厳粛な顔をしているが、内心は胸一杯なのだろう。時折、指の先で目元を拭《ぬぐ》い、隣に座る妻レイコがハンカチを差し出した。終戦後の混乱の中、病弱な妹を守って立派に育てあげてきた。その日々が胸に去来しているのだとわかる。

赤城の隣の席はひとつだけ、空けてある。

群青のための席だ。

来ないとわかっていても、家族だ。血は繋《つな》がっていないが、焼け野原で一緒に生き延びた絆《きずな》はなにより強い。佳世子はどうしてもそこに群青の席を作っておきたかったのだ。

挙式を滞《とどこお》りなく終えて、夫婦の契《ちぎ》りを交わした佳世子たちは拝殿を後にした。控室に戻ろうとしていた時のことだ。

突然、佳世子が境内の石灯籠《いしどうろう》のあたりを見て、足を止めた。

「グンちゃん?」

驚いたのは新郎と媒酌人《ばいしやくにん》夫妻だ。

「ねえ、そこにいるの……グンちゃんでしょう?」

生け垣の陰から人影が去るのが見えた。佳世子は思わず裾《すそ》をたくし上げて階段をおり、足袋《たび》のまま小走りに後を追った。

「待ってグンちゃん！　おねがい、待ってったら」

騒ぎに気づいて赤城と近江も飛び出してきた。白無垢姿の佳世子は、境内の真ん中で履《は》き物も履かず、立ち尽くしている。

「どうした、佳世子」

「グンちゃんよ！　グンちゃんがいたの、今！」

なんだと？　と近江はあたりを見回した。

「見間違いじゃないわ！　グンちゃんだったの……、来てくれたのよ！」

新郎は困惑し、親族たちは花嫁の突飛な行動に驚いて、ざわつきながら遠巻きにしている。

赤城は境内をくまなく探したが、それらしき人影はどこにもなかった。

「いたのか？　群青……」

石段の上から山王鳥居を見下ろして、

「まさか幽霊になって現れたなんて言うんじゃないだろうな」

秋風が銀杏《いちょう》の葉を揺らしている。

佳世子の願望が見せた幻だったのか、それとも――。

＊

群青に関する噂《うわさ》や似た者を見かけたという話はたまに聞こえてくるのに、その後も本人が現れる気配はいっこうになかった。何もかもが曖昧《あいまい》で実体がないところは、確かに幽霊と同じだ。

十一月に入り、今年も群青の母・阪上スイの命日を迎えた。

赤城家のささやかな仏壇には養父母とスイの位牌《いはい》が並んでいる。墓のないスイのために作った位牌だ。群青が家を出る時に持たせるつもりだったが、群青は「この家に置いてくれ」と言った。

――だって、ここが俺の帰ってくる家なんだからさ。

位牌にはスイの戒名《かいみょう》が刻まれている。

赤城は線香をあげて、鳴らしたお鈴《りん》の音が消えていくまで手を合わせた。

仏壇の前には果物と心ばかりの手料理を供《そな》えた。線香の細い煙はまっすぐに立ちのぼり、やがて力尽きたように揺らいで暗い天井に広がっていく。ろうそくの火が位牌を照らしている。

「……群青のやつ、今年も帰ってこなかったか」

仏間には月の光が差し込んでいる。供えた白い小菊が、黒い波間にあがった水柱の飛沫《しぶき》と重なった。

薬瓶《びん》を高く掲げたスイの、怒りに満ちた眼差《まなざ》しが目に焼き付いていた。

群青の母スイはその直後、赤城の目の前で、引揚船の甲板から暗黒の海へと身を投げた。赤城を追ってきた元憲兵・鬼頭《きとう》の銃口から赤城を守ろうとして、咄嗟《とっさ》にとった行動のように思われたが、彼女はとうに覚悟を決めていたに違いない。その手にあった薬瓶には旧陸軍が極秘裏に開発した『甲53号』という薬物が入っていた。その開発を主導した大河内《おおこうち》中佐――群青の父親から赤城が預かり、密かに内地に持ち込もうとしていたものだった。スイは協力者だったのだ。

あの日からずっと、スイの胸中を思わない日はなかった。

身投げしたのは彼女自身の贖罪《しょくざい》でもあったかもしれない。異郷の大地で生き、敗戦とともに何もかもを失って、おんぼろの引揚船に詰め込まれ、そうなってまでもなおも船上で争いを続ける自分と鬼頭に「その愚《おろ》かさに気づけ」とスイは訴えたかったのだろう。

赤城は考える。あの時、薬瓶を抱いて海に飛び込むべきだったのは、自分のほうだったのではないか。そうしていれば、今頃スイと群青は内地で一緒に生きていけただろうし、日本軍の忌《い》まわしい成果もこの世から消し去れた。あんなものは中佐から受け取ってすぐにこの手で遺棄するべきだったのだ。決断する覚悟がなかった。スイの覚悟を見せつけられて自らの優柔不断にぼう然とした。

所詮《しょせん》、自分も上からの命令に逆らえない「日本男児」のひとりだったと。

引揚船に乗りこむ時、舷門《げんもん》にいた乗員が引揚者たちにこう声をかけていた。

――もう安心だぞ。船の上は日本だ。

満州や朝鮮北部から命からがらたどり着いた者たちは、その言葉に心から安堵しただろう。祖国から迎えに来た救いの船に見えたに違いない。あの頃の日本は確かにおんぼろ船そのものだった。

あの船が「日本」なら、そこから身を投げたスイは「日本を棄てた」のだろうか。

焼け野原と化した東京にたどり着いてから、目に映るもの全てにスイの「抗議」が聞こえるようになった。ぎゅうぎゅう詰めの引揚列車、垢《あか》まみれの孤児たち、手足を失った復員兵……。東京の至る所にスイの亡霊が立っていた。

その肉体は夜の海に落ちたきり、二度と浮かび上がることはなかったかもしれないが、その霊魂《れいこん》はこの国のあらゆる場所に佇《たたず》むようになっていた。「スイ」の姿が見える限り、自分の償《つぐな》いも終わってはいないということなのだ。

「どこにいても、あいつのことは、あなたが守ってくれていますね。スイさん」

――赤城壮一郎を超えるのが俺の目標なんだ。それが俺の〝仇討《かたき》ち《う》〟なんだよ。

群青は頑固で一度こうと決めたら簡単には翻《ひるがえ》さないから、自分が赤城と肩を並べられると思えるまでは、帰ってこないつもりなのだろう。そうにちがいない。そう思ってきたが……。

――ちがうだろ。……俺とあんちゃんの夢のためだろ！

窓から差し込む月明かりが、色褪《あ》せた畳に窓枠の影を落としている。

もう二度と帰ってこないつもりだろうか。

「おまえが俺に『ここにいろ』って言ったんだぞ。群青……」

柱時計が十時を報《しら》せた。

立ち上がって部屋の灯《あか》りをつけた赤城は、ちゃぶ台に置かれた新聞に、一通の手紙が挟まっていることに気づいた。

差出人の名がなく、消印もない。

直接、郵便受けに投函《とうかん》したもののようだ。不審に思いつつ封を切った。

便箋《びんせん》に記された一文に、赤城は息を止めた。


〝阪上群青は父親の研究を継いだ〟

なんだと？

父親の研究？
まさかそれは——大河内中佐のことか？
ばかな、と思った赤城は、スイの位牌を振り返った。
「……この手紙はいったい……」
隙間風に吹かれて、線香の煙が大きく乱れた。
白い灰が音もたてず、崩れた。

第二章

虹と雷鳴

手紙の差出人は何者だったのか。

唯一の手がかりは筆跡だが、見覚えはなかった。

わかるのは、赤城《あかぎ》が「甲53号」に関わっていたと知る人物ということだけだ。

「甲53号」とは旧日本軍が大陸で極秘開発した薬物の名だ。

開発を主導したのは、群青《ぐんじょう》の父・大河内英雄《おおこうちひでお》中佐だった。戦時中、赤城がいた満鉄調査部は憲兵隊からスパイ疑惑をかけられたことがあり、中佐に助けられたのをきっかけに、赤城は協力者となった。中佐に随《したが》う軍属として資材運搬《うんぱん》を任されていたのだが、研究所内に直接、足を踏み入れたことはなく、顔と名が一致する関係者もほんの一握りしかいない。

引揚後は誰とも連絡をとりあってはいない。

まさか、鬼頭《きとう》?

赤城を執拗《しつよう》に追ってきた元憲兵だ。GHQの手先になって「甲53号」を回収しようとくろんでいたが、失敗し、その後は音沙汰《おとさた》もない。目立った動きもなかったところを見ると、GHQはこの件は深追いしないと決めたのだろう。鬼頭がどうなったかも、不明のままだ。

「甲53号」は群青が持っていた母親スイの赤い御守《おまもり》に入っていた。現物ではなく化学式を記したメモだった。群青はその御守を引揚船の甲板《かんぱん》で拾ったと言っていた。御守を落としたことは、スイにとっては不覚だったろう。群青だけは巻き込みたくなかったはずだからだ。

そのメモも、赤城が群青の目の前で焼き捨てた。研究所にあった資料は全て燃やしたはずだし、誰かが持ち出しでもしない限りは研究の続きはない。

ただ可能性が全くないわけでもない。

メモは焼失しても群青の脳には焼き付いていたかもしれない。転写していた可能性だってあるし、疑えばきりがない。

だが、たとえ残っていたとしても、それは母が自死をもって葬《ほうむ》り去ろうとした忌《い》まわしい薬物の化学式だ。あの母親想いの群青がその手で蘇《よみがえ》らせるはずがない。それ即《すなわ》ち、母の死を無駄にすることを意味するからだ。

差出人の意図が見えない。

なんのつもりで今、この手紙を赤城によこしたのか。

まさか、群青が連絡を絶ったことと無関係ではないというのか。

誰に相談することもできず、事の真偽が摑《つか》めないまま、二週間が過ぎた。

この日、日比谷《ひびや》の老舗《しにせ》ホテルでは業界団体による会合が行われた。

かつてGHQが司令部を置いた建物にもほど近い。皇居の堀端にあって空襲を受けなかった界隈《かいわい》はかつての「帝都」の香りが残り、赤城が戦中過ごした大連《だいれん》の街を思い出させる。

華やかなシャンデリア、落ち着いた臙脂《えんじ》色の絨毯《じゅうたん》が敷かれた宴会場には、業界の重鎮や通産省の役人の姿も見える。花で飾られた丸テーブルの周りで各社の重役が和《なご》やかに交流する。グラスを手に歓談する人々を、背広で身を固めた赤城と勅使河原《てしがわら》は隅《すみ》から眺めていた。

「見ろよ、赤城。丸山《まるやま》も来てる」

「桜桃《おうとう》の取締役か」

「ああ、研究職からあがってきたやり手でな、子会社の桜桃化学を建て直した」

勅使河原は元「桜桃石鹸《せっけん》の製造部長」だった。その視線の先にいる男は赤城と同世代か。三角眉毛にずんぐりとした体つきが柔道家を思わせる。

「噂《うわさ》には聞いてる。STAC（科学技術行政協議会）の技術者派遣プログラムで最初に訪米したって。……あれが」

「あいつがまだ一研究員だった頃、ニッケル触媒《しょくばい》の温度管理がなってないと工場まで怒鳴り込んできたことがある。当時の工場なんて親方が仕切る職人の世界だったし、研究職が現場に口出すなんてありえなかった」

勅使河原も認める気骨ある男なのだろう。赤城も米国研修でたびたびその名を耳にした。

「蔵地《くらち》会長に見いだされただけはあるよ」

桜桃のスピード感は意思決定の速さにある。研究職出身の取締役ならではの強みだ。

「しかも桜桃は、戦時中の物資不足を乗りきるために油脂《ゆし》を使わない高級アルコール石鹸を開発してた。……物資豊かな米国で今まさにもてはやされてる合成洗剤が、それと同じ製法なんだぜ。皮肉だよな」

今でこそ日本企業の訪米視察は「昭和の遣唐使《けんとうし》」と呼ばれるほどになったが、その先陣を切ったのも桜桃石鹸だった。

「うちの親会社は化学メーカーで、洗剤業界は門外漢だ。この市場に打って出るために俺たちを取り込んだばかりなのに、ひとつ新商品を出しただけでもう桜桃に追いついた気分になってやがる。桜桃は何周も先を走ってるというのに」

追いつくどころか、ありあけは企業風土が全くちがう東海油脂《とうかいゆし》の下で四苦八苦している。

「おっと……。噂をすれば、だ」

桜桃の会長・蔵地善之助《ぜんのすけ》が会場に現れた。

齢《よわい》八十を越えたが矍鑠《かくしゃく》としていて垂れた頰《ほお》と深く刻まれた皺《しわ》がますます威圧感を与えるようになった。数年前に社長の座を長男に譲り、自らは会長となって桜桃グループの長として君臨している。業界団体「日本石鹼洗剤工業連合会（石工連）」の理事長も務め、まさに首領《ドン》の風格だ。

「まるでボスザルだな。うちの社長なんかひよっこだ」

「そばにいる若い女は誰だ？」

蔵地に付き従うその女性は、真っ白なジャケットにタイトスカート、ハリウッド女優のようなピンヒールを履《は》いて、しゃんと立っている。オードリー・ヘップバーンを思わせるショートヘアがよく似合い、すらりとした細身で、白い肌に小作りな顔は博多《はかた》人形を思わせる。

「噂のカミソリ秘書だ。近頃、蔵地さんがどこに行くにも連れてるっていう」

「目立つな。まるでファッションモデルだ」

「はは。蔵地さんの孫娘だそうだよ」

赤城はたまげた。

あれが？　蔵地の？

「俺が桜桃にいた頃、何度か会社に遊びに来てた孫のひとりだろう。眉毛が祖父そっくりだった気がするが、えらい美人に育ったもんだ」

「確かにあれだけの美貌《びぼう》なら、身内でなくてもそばに置いておきたくなるだろうな」

「きれいな顔してカミソリどころか大鉈《おおなた》振るうって話だ。こないだも買収した工場が採算とれないってんで工員三百人を首切りしたとか」

本社にまで抗議に押しかけた工員たちを、消火栓《せん》からホースをつないで放水し、追い返したという。その冷徹ぶりに「桜桃の雪女」と恐れられている。

「さすが蔵地の孫娘だ。血は争えないというやつだ」

赤城は蔵地と出会った時のことを昨日のことのように覚えている。勅使河原を取り返すため、小さな工場《こうば》に押しかけてきた蔵地に、赤城は言い返したものだった。

――いずれ日本一石鹸を売る会社になりますよ。

怖いもの知らずだった。蔵地は覚えてもいないだろうが……。

その蔵地がスピーチのためにこちらに移動してきた。壁際にいるふたりの姿に気づくと、わざわざ司会を待たせ、

「久しぶりだな、勅使河原。赤城くんも来ていたのか」

声をかけられるとは思わなかったので、ふたりは身を固くした。

「く……蔵地会長。ご無沙汰《ぶさた》しております」

勅使河原は戦地からの復員後、桜桃への復職を蹴ってありあけ石鹸に入社した手前、いまだに気まずいものがある。が、蔵地は気にもかけず、

「ありあけ石鹸の新洗剤、なかなか面白い。蛍光剤を入れてくるとは考えたな」

「い、いたみいります」

「蛍光剤を入れれば、白物は多少汚れが残っても白くなったように見える。いかにも若いホワイトカラー的発想だが、石鹸屋なら洗浄力で勝負してほしいものだ」

勅使河原と赤城は顔を見合わせて、渋い表情をした。

「ありあけが合成洗剤に本格参入したとなると、こちらもうかうかしておれん。まあ、お手柔らかに頼むよ」

言葉とは裏腹に全く歯牙《しが》にかけていないのが伝わった。

「……それにつけても君の面《つら》の皮の厚さは大したものだな、赤城くん。会社を潰しかけて売り渡した男が、社員だと？　責任を取って身を引くべき人間が、会社にしがみついた挙げ句、月給取りに収まるとは恥も外聞もない所行だな。かねてから図太い男だとは思っていたが、君には企業人としてのプライドはないのかね」

曖昧《あいまい》な表情で聞き流す赤城を見て、蔵地はつまらなそうな顔をした。

「日本一、石鹸を売る会社にするとわしに豪語しておいて、このざまか」

赤城は「え？」と反応した。覚えていたのか？　あの時の言葉を。

「さっさと負けを認めてこの蔵地に泣きつけばいいものを身売り先を間違えおって。今はどこの部署にいる。よもや守衛ではなかろうな」

赤城は名刺を差し出した。

「市場調査部に籍をおいております」

すると、蔵地の顔つきが変わった。

急に警戒するような鋭い目つきになり、

「市場調査部」

蔵地は太い眉を吊り上げたまま、何事かじっと考え込んでいたが、受け取った名刺を後ろに立つ孫娘に渡した。

「……まだ紹介をしていなかった。孫娘の遼子《りょうこ》だ。私の秘書をしている」

「はじめまして。蔵地遼子と申します」

スマートな動作で自分の名刺を差し出す。薄化粧だが白い肌は陶器のようで、つんととがった唇にルージュを引き、真っ白なスーツスタイルという隙《すき》のない出で立ちながら、どこか蠱惑《こわく》的だ。

「この通りのべっぴんだから、宝塚《たからづか》の音楽学校にでも通わせてやるつもりだったんだが、どうしても会社勤めがしたいと言って聞かん。とんだじゃじゃ馬に育った」

まつげが長く、大きな黒い瞳にはやけに力がある。気の強そうな顔つきはもう少し若ければ学生運動の女闘士にでもなっていそうだ。

固い意志を秘めたその瞳に、赤城はどこかで見覚えがあると感じた。はっとして、

「……君は……っ」

言いかけた言葉を遮《さえぎ》るように、遼子は微笑《ほほえ》みかけた。

「いずれは社長になりますわ。どうぞ、お見知りおきを」

司会に促《うなが》され、蔵地は遼子に付き添われて壇上へとあがっていった。

赤城はその後ろ姿をいつまでも目で追っている。勅使河原は「大したやつだ」と感心し、

「女だてらに今から社長宣言とは……。さすがは蔵地善之助が手塩にかけて育てた孫娘。侮《あなど》ってると痛い目を見るぞ」

ふと気づくと、黒田《くろだ》専務の一団も驚くほど近いところにいた。

蔵地と赤城のやりとりを先ほどから聞いていたようだ。蔵地は赤城に辛辣《しんらつ》だったが、そもそも関

心のない相手にわざわざ声をかける男ではない。いくら勅使河原を奪った因縁があるとはいえ、ご丁寧に孫娘まで自ら紹介するとは。

黒田たちも内心、穏やかではないのだろう。

カメラのフラッシュが焚《た》かれる。

蔵地のスピーチが始まると、皆が談笑をやめて、耳を傾ける。

業界の天下人は老いてなお血気盛んだ。虎視《こし》眈々《たんたん》と次を狙う企業人たちの顔つきは、まるで戦国武将だ。

そう、ここは和やかな酒宴の席などではない。

戦場なのだ。


賓客《ひんきゃく》の挨拶《あいさつ》が一通り終わり、歓談の時間に戻ると、赤城の顔見知りが続々と声をかけてきた。

身売りした会社の元社長に冷ややかな視線を注ぐ者もいる中、知人たちは親しみをこめて集まってくる。旧ありあけ時代からの取引先やライバル会社の役員もいる。

気がつけば、赤城を中心にそこそこ大きな輪ができあがっている。

それを見た黒田専務はあからさまに機嫌を損ねた。

「おい。誰がやつを呼んだ」

取締役である自分たちを差し置いて、一社員に過ぎない赤城のもとに人が集まってくるのを看過できないのか、苛立《いらだ》たしげな黒田に郷谷《ごうたに》秘書が耳打ちした。

「近江《おうみ》取締役が体調を崩し、その代理とのことです」

黒田は舌打ちをして、

「どうせ仮病だろう。ここは社員ごときが来る場所じゃない。経営者の集まる場だというのに」

社長という肩書きを失ったくせに、なおも人を集める赤城が目障《めざわ》りで仕方がない。

「……赤城のやつ、いつまで社長気分でいるつもりでしょうね」

と、常務取締役の久慈稔《くじみのる》が囁《ささや》いた。元海軍将校だった久慈はぬるいビールをまずそうに飲み干し、

「他社の人間と昵懇《じっこん》なら、まず〝上〟に紹介するのが筋というもの。これだから成り上がりは」

「企業人としての振る舞い方が全くわかっとらんのです」

横から平取締役の駒場秀一郎《こまばしゅういちろう》が同調した。胸に白いハンカチーフを覗《のぞ》かせて、英国紳士然としているが、メガネの奥の切れ長な瞳は冷たく、目つきは策謀《さくぼう》家のそれだ。

「身の程を思い知らせてやってはどうですか」

同業者の集まりでは、業界内の立ち位置が目に見える形で顕《あらわ》れる。ありあけ石鹸を買収した「よそ者」は他社から警戒される存在だったが、〝業界のドン〟である蔵地からはていよくあしらわれ、まるで新参者扱いだった。それどころか、赤城に対しては蔵地のほうから声をかけていったとあっては、こちらの面目丸つぶれだ。

「………。赤城を帰らせろ」

と、黒田が言った。郷谷秘書は一瞬、当惑し、

「は……、しかし」

「いいから帰らせろ。あんな振る舞いをされては他社の連中が勘違いする」

うまくいけば赤城のコネクションを掌握《しょうあく》する機会でもあったが、自分から輪に入っていくのは黒

田のプライドが許さない。こういう場では社員がまず気遣いを見せて、重役を立てるものであると頑《かたく》なに思い込んでいる。自分たちを蚊帳《かや》の外に置き、勝手に他社と盛り上がる赤城たちの無神経さが耐えられなかった。

苛立ちを隠せない黒田に、声をかけてきた者がいる。

「……あの一団が気に入らないようですね」

振り返ると、そこにいたのは奇妙なふたり組だ。米兵が着るような革ジャケット姿の青年とそのお付きらしき老紳士だ。青年のほうは室内だというのにキャスケット帽を目深《まぶか》にかぶり、サングラスまでかけている。

「なんだ君は」

「短気は損気。意のままにならない社員など、あえて野放しにするくらいでいたほうが、器《うつわ》が大きく見えるというものです」

「おい、無礼だぞ！」

久慈常務が咎《とが》めると、老紳士が割って入って、代わりに深々と頭を下げた。

「主《あるじ》がとんだご無礼を……。ありあけ石鹸の黒田恒夫《つねお》専務でいらっしゃいますか」

黒田は怪訝《けげん》な顔をした。この場違いな格好をした男、旧財閥《ざいばつ》の子息か何かか？　にしてはやけに粗野で不遜《ふそん》だ。老紳士のほうは白髪を隙なく整え、古めかしい黒いフロックコートを上品に着こなしている。控えめな物腰と丁寧な口調は、まるで執事だ。

「どちらさまで？」

「お初にお目にかかります。わたくし、佐古田《さこた》研究所の剣崎《けんざき》と申します」

と、老紳士が名刺を差し出した。黒田は思わず名刺と老紳士を交互に見た。

「当研究所の主任研究員が黒田専務にご挨拶をいたしたく、お声をかけさせていただきました」

「主任だと……？」

「はじめまして」

青年はサングラスを外した。眉の生え際が揃《そろ》った精悍《せいかん》な容貌《ようぼう》に、黒田は一瞬、圧を受けたようだった。

「佐古田研究所の大河内《おおこうち》と申します。東海油脂の遠野嶺《とおのみね》会長からご紹介をいただき、ご挨拶に伺《うかが》いました。どうぞお見知りおきを」


一方、赤城のもとに集まってきた者たちは、顔なじみが顔なじみを呼んで輪が広がり、気がつけば会場で最も盛り上がりを見せる一角となっていた。

類は友を呼ぶというやつで、皆、血が熱い。顔を合わせれば自然と討論が始まって、いつしか激動の洗剤市場で勝ち抜く方法を語り合っている。

「……技術的な差がそこまであるとは思えない。当面の肝《きも》は、どこが一番早く、アルキルベンゼン（ABS）の国産化を果たすか、だな」

語るのは三河《みかわ》石鹸の高杉《たかすぎ》だ。赤城たちと同じ戦後スタート組の中堅会社だった。

「界面活性剤の原料となるABSはどこもまだ米国輸入に頼っている。これぱかりは化学メーカーのがんばり次第だな。桜桃傘下の桜桃化学が自社技術でABSを製造ラインに乗せられれば、大幅なコストカットが見込める。そうなったらもう独走だ。誰も止められん」

「ABSか……」

赤城は懸念を抱えていた。

「うちの東海林《しょうじ》が言ってたが、ABSは石鹸よりも分解されにくく、排水されると自然に戻りにくいそうだ。実際のところどうなんだ?」

東海林は別原料を用いる方法を進言したが、経営陣からはコスト高を理由に却下された。河川に流れ出てもほどなく消えるから問題ない、というのが黒田たちの見解だった。

「泡は多少残るかもしれんが大した問題じゃない。どの道、これからはどの家も洗濯は機械任せが当たり前になる。手軽な分、洗濯回数も増えるだろう。天然油脂の粉石鹸は汚れもよく落ちるが、なにせ原価が高い。コスト面で合成洗剤には勝てん。鉱油系は高級アルコールより安いときてる。やはり合成洗剤だよ。この流れで置いてけぼりをくった社は、十年後には確実に消えるぞ」

今や鉱油系の合成洗剤が洗剤業界に革命を起こしている。

洗濯だけでなく、食器用洗剤やシャンプーも鉱油系に切り替わって、いずれは生産量で粉石鹸や固形石鹸を凌《しの》ぐだろう。

「……革命、か。この数年が勝負なのに」

ありあけ石鹸は、といえば、親会社がよこした出向組と現場が嚙《か》み合っていない。いまはまだ新商品の発売で沸き返ってはいるが、先行きは不安しかない。

勅使河原が赤城に小声で言った。

「いずれは製薬や化粧品にも手を広げる気だ。社長は景気のいいことばかり言ってるが、正直、綱渡りだぞ……」

固定費削減のしわ寄せも現場を圧迫している。旧ありあけの社員には、赤城が親会社との間に入ってくれるのを期待してくる者もいる。そのために会社に残ってくれたのだろう、と。

「力になりたい気持ちはわかるが、やめとけ。あっというまに首を切られるぞ」

勅使河原も赤城の微妙な立場はよく理解していた。

「おまえを切る口実ができるのを手ぐすねひいて待ってる。黒田たちにとっちゃ危険分子の親玉みたいなもんだからな」

労働組合の会合に顔を出しただけで上から脅されたくらいだ。

首輪をつけられている赤城は表立っては動けない。

「おまえは黙って睨《にら》みを利かせてるだけで充分だ、赤城。……とにかく今は新製品の売り上げが軌道に乗ってくれることを祈ろう」

紫煙《しえん》と人いきれが混ざって飽和《ほうわ》した宴会場の熱気は、まだまだ冷める気配がない。

会場の外には各社の展示ブースが設置され、ありあけ石鹸のブースには新製品「ニューレインボー」が高々と積まれている。

その前に立って、パッケージを見つめているのは、先ほど黒田たちに挨拶をした青年と老紳士のふたり連れだ。

一新されたロゴを見つめている。

代名詞の〝笑う星〟はかろうじて残っているが、素朴《そぼく》さが消えてやけに誇張された「笑顔」だ。

「……赤城氏にはお声をかけなくてよろしかったのですか」

青年は「ああ」とうなずいた。

「いいんだ、剣崎。今はまだ」

「お噂通り、人望のある方とお見受けしました」

「社長をおりたくせに相変わらず大勢の仲間に囲まれてる。変わってないな。あのひとに関わると、どういうわけか、みんな男惚《ぼ》れしちまうのさ」

だが、と青年は一新された〝笑う星〟を睨《にら》みつけた。

「俺が見たかったのは、こんな笑顔じゃない」

宴会場の扉が開いた。現れたのは桜桃石鹸の蔵地会長だ。とりまきを伴《ともな》って出てきた蔵地が、ちらり、とこちらを見たので青年は思わず会釈した。蔵地は目の端で捉《とら》えただけで反応せず、玄関へと去っていく。少し遅れて白いスーツに身を包んだショートカットの女性が出てきた。

蔵地の孫娘、遼子だ。

歩きながら関係者にきびきびと指示を出していたが、手にした書類に気を取られた遼子と蔵地に気を取られていた青年が、まともにぶつかってしまった。

小さく悲鳴をあげた遼子の手から書類が落ちた。青年は咄嗟《とっさ》に謝り、ふたり同時にしゃがみこんで、同じ書類に手を伸ばした。

目と目が合った。

遼子は口をぽかんと開き、青年も思わず吸い寄せられたように遼子を見つめ返してしまう。強烈な既視感に貫かれて、一瞬金縛りにあった心地がした。すぐに我に返って書類を拾い集めた。遼子も立ち上がり、書類を受け取ると優雅に、

「失礼。ありがとう」

と微笑み、そのまま去っていってしまった。

青年はその後ろ姿を見送っている。どうかなさいましたか、と剣崎から訊《き》かれ、

「いや。あんな目をしてる人間が、あいつ以外にもいるなんて……」

遼子は赤い絨毯の階段を足早におりていく。

その後ろ姿は、宴会場にいた誰よりも強い光を放っている。

＊

新商品「ニューレインボー」の出だしは好調とはいかなかった。

製品自体が他社に劣るわけでもないのにいまひとつ売上が伸びない。

急ぎその原因を探るよう、市場調査部に指令が下った。

「赤城部長……！」

廊下で呼び止めた黒ぶちメガネの男は、市場調査部二課の木暮博和《こぐれひろかず》だった。

調査部には現在、十五名の社員がいる。米国研修で市場調査の重要性を痛感した赤城の申し出で、増員された。人事を説得して、やっと集めたのがこの十五名だ。

顔ぶれは精鋭だ。中でも木暮は元満鉄《まんてつ》調査部の同僚だった。内地に戻った後、職を転々としていたところ、満鉄の元上司・加藤《かとう》の口利きがあり、ありあけ石鹸に入社してきた男だ。

「報告書出しときましたぜ。あとで目を通しておいてくれ」

「いつもながら仕事が早いな、木暮」

赤城にとっては頼もしい男だ。

木暮が加わってから、ぐんと機動力があがった。新戦力は若い社員にもいい影響を与え、調査部全体のスキルも底上げし、赤城も手応《てごた》えを感じている。

調査指令が下ると、ただちに調査マンが各地の取り扱い店に飛んで客の声を聞いて回った。手に取らない原因を探り、新商品への関心の高さは洗濯機に関心を持つ層と合致するとわかると、今度は東京中の電器屋を回って洗濯機の購買層を調べあげた。

家電業界で、洗濯機と白黒テレビと冷蔵庫は「三種の神器」と呼ばれている。どれも庶民の憧《あこが》れだ。中でも、洗濯は家事の中でもとりわけ負担が大きいため、主婦層から最も歓迎されていて、売れ行きは右肩上がりだ。

「洗濯機持ちの家庭も富裕層が多いが、ここにきて月賦《げっぷ》で購入する若いサラリーマン家庭がぐんと増えてきてる。この層は家電の所有率が高い。やっぱり新しいもんに飛びつくのは若い連中なんだな。『ニューレインボー』のパッケージを古臭く感じてる。アメリカの中流家庭を思わせるBタイプのデザインが好まれる傾向にある」

根拠となるデータを示し、調査部ではこう結論づけた。

「裕福な熟年層より若い家庭にターゲットを絞り込むほうが確実に商品が動く」

いま最も活気ある部署は、皮肉にも、赤城率いる市場調査部だった。満鉄流を若手に叩き込み、自分たちの足を使って現場の意見を拾いに行く。全員が出払って部屋が空っぽになる日も珍しくなかった。

ある者は若い家族が集まる場所に突撃した。幼稚園・保育園・小学校の運動会に赴き、時に保護者に交ざって徒競走や綱引きをしてアンケート活動や試供品配布を地道に行った。

リサーチ結果を踏まえてパッケージを最速で変えたところ、「ニューレインボー」の売上は劇的にのびた。コマーシャルにも人気のロカビリー歌手を起用し、商品全体にアメリカ中流家庭のイメージを持たせたところ、それらに憧れる若い主婦層の間で話題となった。素早いイメージ転換を図った結果、三ヶ月で桜桃を抜いて売上トップに躍《おど》り出た。

「やったな！」

近江は大喜びだ。

「調査部の大手柄だ。おまえが常々言ってたのはこういうことだったのか」

経営陣もようやく市場調査の重要性に気づいたのだろう。

赤城はこの日、黒田専務に呼び出された。

＊

「このところ、市場調査部の働きがめざましいようだな。赤城くん」

革張り椅子《いす》に腰掛けた黒田は、今日も仕立てのいい背広をきちんと着こなしている。

銀ぶちメガネの奥の怜悧《れいり》な眼差《まなざ》しが、相変わらず赤城を値踏みするように見つめている。その傍《かたわ》らには秘書の郷谷孝史《たかし》が立っている。おかげさまで、と赤城は一礼した。

「米国研修の成果を出すことができました。これも専務のおかげです」

「さすがは元満鉄調査部。満州統治の土台を担《にな》っただけはある。……まあ、左向き（共産主義）に染まった連中もよく育てたようだけどね」

黒田は皮肉を忘れない。赤城が神経質に目を上げると、

「安心したまえ。君たちの会社への貢献は大いに評価している。製品開発の場でも販売の場でも、君たちの調査データは重宝されているのがわかった。……ただこれ以上の増員に関しては、むずかしいと言わざるを得ない」

「それは、なぜでしょうか」

とすかさず問いかけた。

「米国研修で得たマーケティングの必要性は、今回の件でも実証されたはずです」

「現状、新規事業の立ち上げにも人員が足りていない。これ以上の予算も人員も調査部には割けないのだよ」

「客の声に耳を傾けるのは、ものづくりの第一歩です。人材を投入してもらえれば、我々はその分、必ず成果をあげてみせます。日本はこれから確実に米国並みの大量消費の時代がきます。マーケティングを疎《おろそ》かにしては作るものを間違えてしまう。それこそ資材の無駄ということに」

勘違いするな！　と黒田は強く机を叩いた。

「何を作るかは我々が判断する。君たちではない」

赤城は睨み返した。黒田にはその眼《め》が気に入らない。ため息をつくと、机の引き出しから一冊の雑誌を取りだして、赤城のほうに放り投げた。表紙に見覚えがある。『主婦倶楽部《くらぶ》』という雑誌だ。

「これを見ろ」

赤城は付箋《ふせん》の貼ってあるページを開いた。

この雑誌の名物コーナーだ。主婦が日頃使う製品をメーカーごとに同じ条件で使ってみて、性能や使い勝手を比べるというもので、メーカーに一切忖度《そんたく》なしのあけすけな批評は「大変参考になる」と主婦層に好評を博している。今月号のテーマが「洗剤」だった。

〃パッケージは目にも鮮やかで、新しさが目を惹《ひ》いた。だが宣伝文句ほど汚れ落ちがいいとも思えず、その割に高い。蛍光剤でごまかされているようだ。毎日使うならば、汚れ落ちが変わらない割に廉価《れんか》な「スパイク」(桜桃の主力洗剤)を買ったほうが家計にはよろしい〃

というようなことが書かれてある。

むろん、赤城たちはこの記事が出たことは発売日に把握《はあく》している。だが黒田は雑誌の存在自体知らなかったようで、いたく立腹している。

「言いがかりめいた記事だ。出版社には厳重に抗議しておくよう総務に指示した。大方、桜桃あたりに買収されて書いたのだろうが、一方で、パッケージを変えたくらいでは客は騙《だま》されんとの意見にも一理ある。売上があがったのは自分たちの戦功などと思い上がらず、粛々と報告をあげたまえ。ありあけの舵《かじ》は自分たちが握っている、などとは、ゆめゆめ思い違いせぬように」

赤城は物言いたげな顔をしていたが、黙って退室していった。

部屋に残った黒田は、後ろに控える郷谷秘書に問いかけた。

「あの新パッケージをどう思う」

改良版のほうだ。アメリカ風のポップな色合いが目を惹く。

「……少し派手すぎるように思いました」

「そうだろう。米国かぶれどもめ。日本人には日本人の情緒というものがある。あんな下品なパッケージで売れるとは世も末だ。……例の件はどうなってる」

郷谷は、はい、と答え、

「……準備は整っております」

進めろ、と黒田は言った。

「この会社に『赤』く染まった連中はいらんのだよ」

葉巻に火をつけて、ゆっくりと吸った。

「雑草ってやつは気がついたらあっというまにそこらじゅうに根を張る。これ以上、赤城という名の雑草をはびこらせないためにも、根は完全に断ちきっておかねばな」


専務室から出てきた赤城を、近江が廊下で待っていた。

赤城は「やれやれ」という表情だ。

「どうだった。勲《くん》一等でももらえたか？」

「とんでもない。それどころか、釘を刺されたよ。出過ぎた真似はするな、とね」

赤城はネクタイをゆるめて襟《えり》元をくつろげた。

「満鉄時代にもよく聞いた台詞《せりふ》だ。ああいうやつに限って『報告書の一体どこを読んで、その判断になった？』と言いたくなるような、とんちんかんな決定を下すんだ」

近江は「さもありなん」とうなずいた。

「黒田は調査部にこれ以上、力をもたせたくないんだろう。俺たちが怖いのさ」

製品開発で手柄をあげれば、調査部の発言力が高まる。調査部を率いる赤城への求心力も増す。

それを警戒しているのだ。

「くだらん牽制《けんせい》をしてる場合じゃないのに。『主婦倶楽部』の記事に抗議するとも言ってる」

「はあ？　そんな大人げない真似したらこっちが笑われるぞ」

「桜桃製品より高いのは助剤《ビルダー》（副原料）に蛍光剤を加えてるからだ。少量の界面活性剤で、目に見えて白くなったように見せるための苦肉の策だが、……そうしろと指示したのは駒場（取締役）なんだがな」

きちんと整髪していた癖毛をかき乱す赤城を近江がねぎらった。

「それより良い報《しら》せがあるぞ、赤城。親会社がとうとうやった。ＡＢＳの生産にめどがたった！」

「本当か？　国産一番乗りじゃないか」

「これで界面活性剤は輸入に頼らず自給できる。大幅にコストダウンできれば、桜桃を突き放せるぞ！」

悲願だった。東海油脂の傘下についたことがようやく実を結んだのだ。

風向きが変わる大きなきっかけになる。

ありあけ石鹸の逆襲だ、と近江とふたり、拳《こぶし》をぶつけあった。

＊

昼休みになった。

社員食堂の窓際から、調査部の社員たちが赤城に「こっちですよ」と手を振った。席に着くと待ちかねたように、木暮が報告書を差し出した。

「頼まれてた食器用洗剤に関するデータがまとまったぞ。都市部と農村部での食事内容の比較だ。やっぱり都市部のほうが脂《あぶら》っこいもん食べてるようですな」

ここ数日、姿を見ないと思ったら、木暮は東北の農村部を回っていたという。

市場調査部の主な業務は消費者の消費行動についてデータをとることだ。集めたデータは開発と販売双方に反映できた。

「相変わらず仕事が早いな。ちゃんと寝てるのか」

「帰りの夜行列車で集団就職の若い連中と一緒になったんで、ついでに根掘り葉掘り聞きましたよ。若者の食生活、実に興味深かった。これからは肉だ。特に牛肉の消費はどかんと増えるぞ。食器汚れもどんどん脂っこくなる。牛脂《ぎゅうし》の特徴といえば」

赤城はさんまにのせた大根おろしに醬油《しょうゆ》をかけながら、止まらない木暮の話を一旦《いったん》さえぎった。

「バイタリティーがあるのはいいことだが無理すると体にたたるぞ。若くないんだから」

「お互いさまでしょうが。……それと食用油の消費量についてだが――」

木暮が話の続きをしようとした時だった。

「会社の金で旅行ができるとは……いいご身分だね」

声をかけてきた者がいる。購買部の一団だった。原材料の仕入れを担当する部署だ。

経理部に次いで親会社からの出向社員が多く、中でも若手のリーダーを標榜《ひょうぼう》するのがこの鶴北《つるきた》祥一《しょういち》だ。久慈常務の甥《おい》っこでもある。

「こっちゃあ、仕入れ価格を一円でも切り詰めるのに必死だってのに。農村調査なんて洗剤とどう関係があるんだよ。わけのわからん名目で堂々と会社の金で豪遊できるんだから、さすが元社長さんは待遇がちがうわ」

木暮が思わず椅子を蹴って腰を浮かせたが、赤城が「相手にするな」と手で制した。すると、鶴北はますます声を大きくして、

「会社潰しかけて俺らの会社《とこ》に泣きついてきたくせによう。給料ほしさに会社にしがみついて、恥ってもんを知らないのかね」

「ほんとほんと」

「いいよなあ。調査部なんて適当なこと言ってりゃ仕事になるんだから」

周りの社員たちも迷惑そうな顔をしている。そんな出向組の中に、赤城は旧ありあけの生え抜き社員の顔を見つけた。

かつて製造部にいた羽村誠司《はむらせいじ》だ。

肩を細くして居心地悪そうにしている。工員時代、赤城になついて可愛《かわい》がられていたことを恥じ入っているのか、悪口こそ言わないが、関わり合いにもなりたくない。そんな顔だ。

そういう社員は羽村だけではないことを赤城は知っていた。旧ありあけの社員にも、赤城の調査部が手柄をあげるほど距離を置こうとしている者がいる。出向組のやっかみに巻き込まれないよう、自分たちの身を守っているのだ。

「おい、羽村。おまえもそう思うだろ」

鶴北が羽村の肩を勢いよく叩いた。

「元社長さんに言ってやれよ。あんたのせいで肩身が狭いってよう。なあ、ほら」

鶴北はわかっている。他の社員たちの前で踏み絵を踏ませるつもりだ。そう気づいた赤城が、すかさず立ち上がり、その場から離れようとしたが、

「……赤城さんは変わってしまいましたよ」

背中から、羽村のか細い声が聞こえた。

「昔は『自分たちが一番いいと思うものを世に送り出そう』がスローガンだった。なのに今は買い手に媚《こ》びてる」

「羽村」

「自分たちの信念なんかうっちゃって、お客ウケすることで頭がいっぱいだ。今の赤城さんを群青が見たらどう思うでしょうね」

羽村は「赤城の変節が許せない」と口では言いながら、心のどこかではそうさせた自分たちへの後ろ暗さがある。自分の裏切りを、赤城の変節をなじることで御破算《ごはさん》にしたい羽村の、そんな心の動きも読み取りながら、赤城は口を開いた。

「……いい製品を世に出したい思いは今も昔も同じだ。ただそれが本当に皆の求めるものなのか。顧《かえり》みる必要はあるんじゃないのか」

「それが媚びてるっていうんです」

「俺たちはなんのために石鹸を作ってきた？」

「……………」

「戦争の焼け跡で物不足に苦しんでる連中が必要としてるものを自分たちで作る。それが出発点だったはずだ。……時代が変わりゃ、欲しいものだってどんどん変わる。物を作る人間は買い手の心

変わりを捉えて、呑《の》み込んで、自分自身も変化してかなきゃならん。だがそれは志《こころざし》が変わるということじゃない。志が変わらないからこそ、そいつを根っこにして変化についていけるんだ」

だからおまえも変わっていいんだ、と羽村に伝えたかった。誰も責めやしない。こうなった責任が自分にある以上、おまえが誰につこうが、責める資格は自分にはないと。

だが赤城に恩がある羽村には、良心の呵責《かしゃく》がある。尊敬する男を捨てた、という自覚がある。いたたまれなくなって、うなだれてしまう。

鶴北たちはつまらなそうに見ていた。

「ふん、しらけちまった。時間の無駄だ。いこうぜ」

細くなっている羽村の肩をがしりと抱いて、連れ去るように行ってしまった。

居合わせた社員も重く黙り込んでいる。赤城は気を取り直し、空気を変えるように破顔した。

「さあ、メシにしようか」

＊

三月に入ると夜の冷え込みもだいぶ弛《ゆる》んできた。

その日、赤城は古株工員の田丸《たまる》一雄《かずお》から相談があると声をかけられ、行きつけの屋台に立ち寄った。かつて群青を「グン兄さん」と呼んで慕っていた一雄もこの春、所帯を持つ。寮から工場近くの社宅に移りたいとの相談だった。

ガード下の屋台でおでんをつつき、祝い酒を交わした。学生運動から流れてきた若者たちが酔っ払って、肩を組みながら村田英雄《むらたひでお》の「人生劇場」を放歌し始める。その隣では、まだ十代とみえるニキビ面《づら》の若い工員が酔った親方から説教をくらっている。

地方から就職列車に揺られてやってきた「金の卵」たちは、ありあけ石鹸にも多くいる。彼らは面倒見がいい先輩である一雄が寮を去るのを淋しがっていた。

屋台を出る頃には、月がだいぶ真上まで昇っていた。

寝静まった町に貨物列車の汽笛《きてき》が響く。

「……沈丁花《じんちょうげ》の匂いだ」

赤城が夜気にまぎれた甘い香りを嗅《か》ぎ取った。

「あ、本当だ。なつかしい匂いですね」

「このあたりは全部戦災でやられて、花の匂いなんて、とんと嗅いでなかったからな」

焼け残った木があったのか、それとも誰かの庭に植樹したものだろうか。

街灯の電球がちらちらと明滅する。小さな町工場が肩を寄せ合うように建つ界隈《かいわい》だ。香りはすれどもどこで咲いているのか、花の姿は見つけられなかった。

「うちの本社に昔植えた桜も、だいぶ大きくなりましたね」

「ああ。去年一昨年は花見どころじゃなかったが、今年はパアッとやりたいな」

「いいですねえ。やりたいですねえ」

他愛のない会話をしながら木造アーケードのある商店街にさしかかった。

ゴミをあさっていた野良犬がびくりと顔を上げ、逃げるように去っていく。赤城は不審な気配を感じて、足をとめた。

看板の陰《かげ》からぞろぞろと出てきたのは若い男たちだ。四人いる。柄《がら》の悪い風体でなぜか赤城たちの前に立ちはだかったではないか。手には角材を握っている。

「なんだ、おまえら」

「あんた、ありあけ石鹸の赤城かい？」

「……。俺に何か用かい」

右端の柄シャツの男がいきなり角材を振り上げて襲いかかってきた。赤城はとっさに一雄を突き飛ばしてかわしたが、それが合図だったように残りの三人も襲ってくる。振り下ろされる角材を左右にかわし、足払いをかけて転がした。殴りかかってくる男の腹に飛び込んで押さえ込み、赤城は叫んだ。

「逃げろ、一雄！」

一雄は腰を抜かして動けない。

「いいから早く逃げ……ッ」

赤城は角材で頭をしたたか殴られてしまう。一雄は悲鳴をあげ、助けを求めて「誰か！」と叫んだ。倒れ込んだ赤城を暴漢たちは滅多打ちしようとするが、赤城も負けていない。相手のふところに猛然と体あたりを決めて、乱闘になった。

一雄は逃げたが、追ってきた男に角材で背中を打たれて倒れてしまった。やめてくれ！　と泣きわめく一雄を蹴りつけていた男に、突然、後ろからタックルをかました影がある。

見ると、キャスケット帽を目深にかぶった青年が狼のような姿勢で、一雄をかばうように立ちはだかっている。

角材を振り下ろす暴漢の腕を摑んだかと思うと、大きく胸を反らせて頭突きをくらわせた。倒れた男の手から角材を奪いとると、今度は赤城に襲いかかる者たちへと駆け寄り、バットを振る要領で、後ろから何度も激しく叩きまくる。手加減もなく躊躇《ちゅうちょ》もしなかった。

取っ組み合いの最中だった赤城も気づいて、二度見した。物も言わず加勢してきたキャスケット帽の青年が大暴れしたおかげで、暴漢たちはたまらず、ほうほうのていで逃げ去っていった。

「……おまえ……」

赤城はこめかみからの流血が目に入って片目しか開けられなかったが、狭い視界で確かめた。

青年は街灯の下に立ち、肩を上下させている。その横顔と背格好に見覚えがある。やや小柄だが、がっしりとした骨格で、日本犬を思わせる顔立ちだ。どんぐり形の眼は鋭い眼光を帯び、やや厚めの唇は強く引き締まって意志の強さを示している。

「――まさか……」

キャスケット帽の青年は角材を放り、大きくため息をついて、こちらを見た。

「大丈夫かい。あんちゃん」

久しぶりに聞く声だった。

赤城はすぐに立ち上がろうとしたが、頭を殴られて平衡感覚が怪しく、よろめいて膝《ひざ》をついてしまう。そこに青年が駆け寄って横から支えた。

「群青……、おまえ、どうして」

「あんちゃんも足腰なまったたな。闇市《やみいち》でゴロまいてた頃は誰にも負けなかったのに」

「ぬかせ。酒が入ってなけりゃ、あんな連中」

「立てるかい？」

群青が赤城の肩を担《かつ》いでゆっくり立ち上がった。

一雄は、ぽかんと立ち尽くしている。

「……あんた、ほんとにグン兄さんなのかい？」

「久しぶりだな、一雄。あんちゃんの荷物持ってくれるか」

群青は赤城を支えて一緒に夜道を歩き出した。半信半疑の一雄はふたり分の荷物を持って慌《あわ》てて後からついてくる。何せ十年ぶりだ。一雄は突然現れた群青に困惑するばかりだったが、肩を担がれている赤城のほうは十年の空白などなかったかのように話しかけていた。

「……群青、おまえ今までどこで何してたんだ。捜索願まで出してたんだぞ」

「いろいろあったんだよ」

「心配かけやがって。まったくおまえってやつは……」

たどり着いた先はかかりつけの町医者だ。深夜だったが叩き起こして手当てをしてもらった。出血箇所を数針縫い、打撲も数カ所あったが骨折はなさそうだとの診断だった。治療を終えたのを見届けて「じゃあ」と去ろうとする群青を赤城が慌てて呼び止めた。

「おい、まさかここまで来ておいて『実家』に顔を出さないつもりじゃないだろうな」

診察室を出ていきかけたところで、群青は足を止めた。

「帰ってきたんだろ。だったら、ちゃんとおふくろさんに線香をあげていけ」

母のことを言われては嫌だとは言えない。

群青は気が進まないようだったが、わかったよ、と折れて、ぶっきらぼうに帽子のつばを下げた。

＊

表札には「赤城」の二文字がある。

群青がこの家にあがったのは、十年ぶりだ。

板敷きの床には見たことのない傷が増え、襖《ふすま》も色褪《あ》せて、見慣れない物が増えた家の中は群青の知らない十年間が積み重なっている。靴が溢《あふ》れていた玄関も今は、がらんとしたものだ。

一雄は帰っていったので、赤城とふたりきりになった。

家の中は冷えきっている。つま先が冷たくなるような寒さだ。赤城がマッチを擦《す》って石油ストーブに火を入れると、ようやく家に熱源が生まれた。

群青が母の位牌《いはい》を拝むのも十年ぶりだった。

仏壇に線香をあげ、手を合わせる。燃えた灰が折れても群青は合掌《がっしょう》を解かない。心の中で母と対話しているのか、ずいぶん長いこと、黙って位牌と向き合っていた。

柱時計の振り子が時を刻む。

物音のしない家だ。

「……ずいぶん淋しくなっちまったな。このうちも」

群青が呟《つぶや》くと、赤城は「ああ」と答えた。

「近江はレイコさんと所帯持って、通りの向かいに新居を構えたからな」

「レイコさんと近江の兄貴が？」

「ああ、近江のやつに猛アタックされてレイコさんがほだされちまった」

ふたりが出会ったのは、近江が闇市のアゴに捕まった騒動の時だった。群青の脳裏にも闇市時代が甦《よみがえ》り、感慨深くなったのか、伏し目がちに微笑んだ。

「新婚の家に居候《いそうろう》なんて野暮な真似はしたくないから、本当は俺が出ていくつもりだった。だが近江が気を遣って『この土地は赤城家のものだから』って。今はお向かいに家借りて、家族三人仲良くやってる。……カヨちゃんも去年結婚した。相手は会社を救ってくれた恩人の息子さんだ。挙式のまぎわまで、ずっとおまえを捜してた。ずっと会いたがってたんだぞ」

群青は暗い台所を見やった。台所に立つ佳世子《かよこ》の後ろ姿が目に浮かんだ。

毎朝まな板の上でねぎを切る軽やかな音で起こされた。ちゃぶ台に並ぶごはんと味噌汁《みそしる》から立ち上る湯気は朝日を受けて光っていた。四人で囲んだ朝の食卓。……今は暗い蛇口《じゃぐち》から落ちる水滴の音が響くだけだ。

こんな小さな平屋でも完成した時は興奮したものだった。廃材のバラックから始まった共同生活、新築の家では真新しい畳の上を佳世子と転げまわって大はしゃぎした。うつぶせになって、青いい草の香りを胸一杯吸った。かまどがふたつもある台所とドラム缶ではない木枠の風呂。当時は内風呂がある家など滅多になかったから、皆にうらやましがられた。便所に行くにもわざわざ雨の中、外に出なくていい。夢のようだった。

目に映る物は、皆で手に入れたものばかりだ。

生活道具は何もないところから、ひとつひとつ集めた。少しでも人間らしい暮らしを取り戻そうと。昨日よりマシだと思えるように、明日は今日よりよくなるように。

そんな切実な願いが形になっていく喜びは、何ものにも勝った。何もかも自分たちの手で叶えたという確かな手応えがあった。

青かった畳も今は色褪せ、い草の香りはもうしない。

茶簞笥《だんす》の上に写真立てがある。群青が高校を卒業した日、四人で撮った唯一の写真だ。学ラン学帽姿の群青を囲むように背広姿の赤城と近江、セーラー服の佳世子がいる。

たった一枚の「家族写真」だ。

ぼんやりと眺めていると、赤城が瓶《びん》ビールを持ってきて栓を開け、コップに注いだ。

「怪我してるのに……」

「なに。せっかく大事な弟が帰ってきたんだ。これが祝わずにいられるか」

気の進まない群青にはかまわず、赤城は強引に乾杯した。

「おかえり。群青」

コップが乾いた音を立てた。

久しぶりに帰宅した群青はすっかり青臭さが抜けて、顔立ちも顔つきも、若い成獣の頼もしさに満ちている。薄かった胸板も今では厚みをもち、もともと大きかった目は力強い眼光を湛《たた》えている。気力が充溢《じゅういつ》した肉体は張り詰めて、触れずとも、その身に蓄えた熱が伝わってくるようだった。

十年も経《た》てば若木も幹が太くなり、枝を方々に広げ、葉は青々と輝いていく。地下にしっかりと根を張って、生き抜くための養分を十分吸ってきた証《あかし》だ。赤城たちのもとを離れ、自分の力で歩いてきた自信が自《おの》ずと滲《にじ》み出ていた。

「おまえももう二十八か。俺が引き揚げてきた歳《とし》とそう変わらないな」

「あんちゃんこそ、歳とったな」

ここ、とこめかみの生え際を指す。何本か白いものが見える。

「そりゃ白髪も生えるさ。もう四十を越えたんだから。……痛ッ」

ビールが口端の傷に沁《し》み、赤城は苦笑いした。

石油ストーブの上に置かれたやかんの口から湯気が立ち上る。男の一人暮らしで部屋には飾り気もない。かろうじて、佳世子が残していったとおぼしき熊のぬいぐるみや貝殻《かいがら》の置き物が、無味乾燥な部屋に色を添えているくらいだ。

「所帯は持たなかったのかい?」

群青が問うと、赤城は遠い目をして、

「会社のことに必死でそれどころじゃなかったな……」

薄いカーテンに透ける外の街灯を眺めた。縁談話が全くなかったわけでもない。亀戸《かめいど》で小学校の先生をしている女性と少しばかりの間、交際のようなことになった時期もあったが、引揚者であることを理由に向こうの両親に反対されて、相手の転任とともに疎遠になった。

「……まあ、平日は帰って寝るだけだし、休みになれば近江が子供つれてきたり、会社の若い連中が酒持ち寄って勝手に料理を作ったりしてるから、おまえが思うほど淋しくもないさ。それに俺が所帯なんか持ったら、おまえのほうこそ帰りづらくなるだろう」

「へっ。ひとのせいにしてやがらあ」

顔をくしゃっとさせて笑った群青から少年の頃の面影がのぞいて、赤城は懐かしくなったのか、しみじみと目を細めた。

「……今までどこで何をしてた。前の住所には手紙も届かなくなってた。なんで連絡しなかった。就職はしたのか」

群青はあぐらをかいた足を摑んで、コップの底に残ったビールを見つめた。

「まあ……。いろいろあってね」

その「いろいろ」の中身を語ろうとはしない。コートはおんぼろだが、シャツもズボンも靴下もそこそこ良いものを身につけている。赤城には満鉄調査部で養った観察眼がある。全体にこざっぱりして爪もきれいにしているし、生活振りは悪くなさそうだ。

「俺たちには言えない商売でもしてるのか？」

「……研究員をやってる」

「どっかのメーカーの？」

「いや。知り合いの研究所で」

研究所、と聞いて、赤城の脳裏にあの「差出人不明の手紙」が浮かんだ。〝阪上群青は父親の研究を継いだ〟という。

「なんの研究を？」

「有機化学」

洗剤もだが、製薬にも関わる分野だ。赤城は単刀直入に問いただしたい気持ちをぐっと抑えた。それよりも今はただ、久しぶりに帰ってきた「弟」を温かく迎えてやりたかった。

「そうか……。まあ、ちゃんと働いてるなら、いいよ」

赤城は群青不在の間の出来事を語った。近江とレイコの結婚に至るまで、佳世子の就職……。群青はおとなしく聞いている。近江がレイコにプロポーズするために買った指輪が野良猫に持っていかれたエピソードにだけは、無邪気な笑い声をあげた。佳世子の結婚話になると今度はどこか淋しそうに微笑んだ。

「おまえカヨちゃんの結婚式のこと、本当に知らなかったか?」

佳世子が式当日、境内《けいだい》で群青の姿を見たと騒いだ話を伝えると、群青は茶色い瓶の底に残ったぬるいビールを最後の一滴までコップに注ぎきった。

「……。初めて聞いたよ」

「やっぱり他人の空似か。カヨちゃんの願いがそう見せたんだな」

群青は黙り込んだ。

「会社のことは、聞いたか?」

と赤城が訊《たず》ねた。群青はコップを摑んだまま、黙っていたが、

「なんで身売りなんかしたんだい?」

赤城は真顔になり、姿勢を正して、あぐらをかいた膝に両手を置いた。

「おまえには俺から直《じか》に説明しようと思ってた。手紙も書いたんだが、宛先《あてさき》不明で戻ってきてしまったからな。おまえもとうに知ってると思うが、ありあけ石鹸は三年前、東海油脂化学工業の子会社になった」

赤城は経緯をつぶさに語った。経営危機に陥《おちい》った理由も、回復できなかった理由も、石鹸・洗剤業界の状況も。その間、群青は険しい顔を崩さずに聞いていた。

「……今の経営陣は近江を除けば全員、親会社の人間だ。全ては俺の力不足だ。おまえと創ったあ

りあけ石鹸をこんな有様にしてしまったこと、本当にすまないと思ってる」

怒りをぶつけてくるかに思われた群青は、意外にも冷静だった。

赤城の口から語られる言葉には、嵐の海に翻弄《ほんろう》される船を必死で操舵《そうだ》するような苦闘に溢れていた。その船に乗っていた者にしかわからない波の高さや風雨の烈《はげ》しさ、自分は転覆の恐怖も味わわず、船体の軋《きし》む音も聞いていない、という負い目が、群青にはあったのだろう。

「……あんちゃんを責めるつもりはないよ」

「群青」

「俺は船に乗ってなかった人間だから、その資格もない。社員のみんなを路頭に迷わせずに済んだのは、やっぱりあんちゃんのおかげだ。ありあけの製品も残った」

だけど、と言葉を置き、

「今の〝笑う星〟は……好きになれない」

赤城は後ろめたい表情になった。新しくなったシンボルマークのことだけを言っているのではないのもわかった。

群青は口数こそ少ないが、眼だけは相変わらず雄弁なのだ。本当は言いたいことが山ほどあるのだろう。腹の底には憤懣《ふんまん》やるかたない想いが煮えたぎっている。できることなら思うさま、自分たちをなじり倒したいはずだ。なぜ、身売りなどしたのか、そんなことをしなくてもありあけを守れたのではないのか、と。だが、ぐっと抑えこんでいる。

経験をつんで分別も自制心も身につき、もう感情にまかせて物を言うほど青くもない。こんな夜更けに怪我人相手に議論する気にもなれないのか、群青はやりきれない想いにはけ口を与えるように、栓抜きのふちで瓶ビールの蓋《ふた》を強く叩くと、ひと思いに開けた。瓶の口から溢れだす泡に気持ちを託すようにして、群青は赤城のコップに勢いよくビールを注いだ。

「さっきの連中に心当たりはあるのかい？」

「ないな。初めて見る顔だ」

「名指しで襲ってきたんだろ？」

「身に覚えがない。闇市時代でもあるまいし、他社から嫌がらせをされる理由もない」

「………。身内かもしれないぜ」

群青は自分のコップにもビールを注ぎながら、

「あんちゃんのこと気に入らない誰かが金で雇ったのかも」

赤城の脳裏に社員食堂での出来事がよぎった。

「……。うちの会社にわざわざチンピラをけしかけるような行儀の悪いやつはいないよ」

「どうだかね。そう思ってるのはあんちゃんだけかもしれないよ」

内情を知っているような群青の物言いに、赤城は違和感を覚えた。

「どういうことだ」

「あんちゃんは自分の影響力ってやつを低く見積もりすぎてる」

群青は一口、ビールをあおり、

「何にもしてないつもりでも、あんちゃんの周りには勝手に人が集まってきちまう。地位も権力もないくせにだ。当然、上の連中は面白くないし、目障りだろうよ」

赤城には良くも悪くも「磁力」がある。ひとを引き寄せる力も強い分、反発させる力も強くなる。

「あんちゃんを面白く思ってない連中は、追い出したくて仕方ないはずだ。あんちゃんがありあけに居座り続ければ、周りの人間に害が及ぶかもしれない」

「俺に、出ていけっていうのか?」

赤城は釈然としなかった。

「おまえが言ったんだぞ。俺に、ここにいてくれと」

群青には、なんのことだか、わからないようだった。

が、赤城の切実な眼差しを見ているうちに思い出したのだろう。十年前のあの日、群青の前から赤城が去ろうとした朝のことを。赤城は覚えている。まだ夜も明けきらぬ真冬の暗い道を駅まで、着の身着のまま追いかけてきた群青の姿を。白い息を弾ませ、寝間着の前ははだけ、足元は素足に下駄をつっかけただけだった。黒い機関車が吐き出す蒸気に包まれたホームで客車に乗り込もうとする赤城の背中に、群青は後ろからしがみついて止めたのだ。

——行くなよ。ここにいてくれよ。頼むから。

——赤城壮《そう》一《いち》郎《ろう》を超えるのが俺の目標なんだ。それが俺の〝仇討《かたきう》ち〟なんだよ!

まさかそれが理由だったとは思いもしなかったのだろう。群青はしばらく絶句していた。

勘の鋭い群青はその一言で全て理解したにちがいない。そして青ざめている。あの駅のホームでなりふりかまわず発した自分の言葉が、今の赤城にこうさせた。自分が放った言葉の重みを、今度は群青自身が受け止める番だった。

赤城が経営権を手放してまでありあけ石鹸を存続させる道を択《と》ったのも、恥を忍んで屈辱に耐えてまで、今もこうして会社に残り続けているのも……。

赤城にそうさせたのは、あの日の自分だったのか。

自分が赤城をありあけに縛りつけていたのか、と。

柱時計の振り子が時を刻む。

「……どうするつもりなんだい？」

問いかけた群青の目にストーブの青い炎が映っている。

「厄介《やっかい》者扱いされながら、定年まで会社にしがみついて終わるのかい？」

目の前の人間が「本心」を明かせる相手かどうか、見極めるのが習性となった赤城も、相手が群青なら話は別だった。他でもない群青だ。赤城はためらうことなく、

「……ありあけ石鹸は俺たちの会社だ。再起を図るためにこんな形になったが、いずれ独立を果たす」

群青は目を瞠《みは》った。

赤城は心の底に秘めた反逆心を打ち明けるように、

「このまま終わるつもりはない。時間はかかるかもしれないが、どんな手を使ってでも、ありあけを取り返す」

戻ってこないか、と赤城は言った。

「東海油脂の傘下に入ったありあけ石鹸は、おまえには不本意だろうが、俺はカヨちゃんが描いた〝笑う星〟のもとで、またおまえと一緒に石鹸を作りたいと思ってる。戻ってこい、群青」

群青はじっとしたまま動かない。即答できないのは今の「ありあけ石鹸」で働くことにためらいがあるからか、それとも戻れない理由でもあるのか。目を伏せて、後ろめたそうにしている。

ストーブの上のやかんが白い蒸気を噴いている。

群青の逡巡《しゅんじゅん》を受け止めるように、赤城は何度かうなずいた。

「……確かに。おまえにも今の仕事があるんだから無理にとは言えない。だから今すぐでなくてもいい。おまえが帰ってくるなら、俺は必ず約束を果たす」

親会社から独立するという約束を。

「待ってるぞ。群青」

赤城は「空白の十年」についてはあえて聞き出そうとはしなかった。それは群青への配慮でもあった。

群青の口を重くさせるものの正体が、赤城にはまだ、見えない。


明け方の始発電車で帰る群青を玄関先で見送った。

連絡先を求められて、群青はメモにさらっと電話番号を書いて差し出した。

「勤め先だ。こっちのほうが連絡がつくから」

赤城は怪しんでいる。群青は靴紐《くつひも》を結び、

「安心しなよ。もうトンズラみたいな真似はしないから」

「カヨちゃんと近江も会いたがってる。近いうちに必ずまた来いよ」

「怪我お大事に。おやすみ、あんちゃん」

赤城が久しぶりに聞く群青の「おやすみ」だった。

群青は帽子を深くかぶり、まだ暗い夜明けの道を歩き出していった。

家の前で見送った赤城は、たくましくなった群青の背中が路地の角に消えるまで、感慨深く見つめていた。仕草や話し方にも世間を知った若武者の頼もしさが溢れていた。

だが、世間擦れもした。どこか剣呑《けんのん》で、たまにこちらがドキリとするような皮肉を口にしたかと思うと、真意の読めない笑みを口元に刻む。陰のある眼差しは、何時たりとも刀の柄《つか》から手が離せない人斬りのようだ。

渡されたメモには、職場の住所も走り書きしてあった。飛鳥山《あすか》とあるから北区の王子《おうじ》周辺か。確か醸造《じょうぞう》試験所があるあたりだ。

「佐古田研究所……」

明け方の冷たい風が首筋をわななかせる。

赤城はメモを掌《てのひら》に包んで、白み始めた東の空に瞬《またた》く星を見上げた。

＊

あの群青が帰ってきた！

吉報は瞬く間に近江兄妹や旧ありあけの仲間の知るところとなった。

一夜明けて、一雄はいたく興奮している。昼休みになると工場の休憩所を陣取り、古い同僚だけでなく、後輩たちまで集めて身振り手振り語りまくった。

「まるで石原裕次郎《いしはらゆうじろう》だったぜ。こう、チンピラをちぎっては投げ、ちぎっては投げ」

「すげえ。日活映画みたいだなあ」

多少の誇張は仕方ない。一雄は我が事のように鼻高々で、群青を知らない若い工員たちも「ありあけを創った伝説の男」に興味津々《しんしん》だ。

「グンのやつ、なんでよそに就職なんてしたんだ」

役員室では赤城から話を聞いた近江が不満を口にした。佳世子にも電話で伝えたところ、大喜びしてすぐにでも飛んできそうな勢いだったが、お産を控えた大事な体だから、と兄に止められてしまった。

「まあ、十年も離れていれば、いろんな事情が出てくるもんさ」

「やっぱり、うちが身売りしたせいかな……」

近江の後ろめたさを見て取った赤城は「いや」と首を振り、

「……あいつはもう大人だよ。本音のところはわからないが、会社を潰さないでくれて感謝してると言ってた」

近江もしきりに今の群青の様子を知りたがったので、赤城から見た印象を有り体に語ると、近江は「やさぐれちまったかな」と兄らしく心配する素振りも見せた。

「しかし、なんでまたおまえがチンピラに絡まれてるとこに居合わせたりしたんだ。偶然にもほどがある」

仕事でたまたま錦糸町《きんしちょう》に来ていたのだと群青は言っていた。界隈の街並みがつい懐かしくてぶらついていたのだと。同じ町内まで来ておいて、と近江は不義理を責めたが、赤城には群青の気持ちが少しわかる。十年も帰っていなかったのだ。仕事のついでに、などと気楽な理由では敷居をまたげないだろう。それに――。

——赤城壮一郎を超えるのが……。

そのために赤城のもとを離れた群青だ。生来頑固だから「男としての自分」にこだわるあまり帰る機会を逸《いっ》してしまったのだとしたら、赤城との思わぬ再会はばつが悪かったかもしれない。

「それはともかく、俺はおまえを襲ったチンピラが気になる」

昨日の購買部との一悶着《ひともんちゃく》は、近江の耳にも入っていた。彼らが仕組んだのでは、と疑った。

「まさか。あんな育ちのいい坊ちゃん社員が愚連隊《ぐれんたい》と繋《つな》がってるとも思えない」

——身内かもしれないぜ。

群青の言葉が耳にこびりついていたが、赤城は懐疑的だった。近江も心配して、

「また来ないとも限らん。身辺に気をつけろ。しばらくは寄り道しないで帰れ」

ああ、と赤城は生返事をして、窓辺から工場の敷地に行儀良く並んだタンクの列を眺めている。

寒さが弛んでだいぶ薄くなってきたボイラーの蒸気に、どこか後ろめたそうにしていた群青の姿が重なった。元から内向的なところはあったが、やけに伏し目がちで、赤城の目をなかなかまっすぐ見ようとしなかった。会社のことで赤城たちを責めようとしなかったのも、群青自身に何か後ろ暗いことでもあったからなのだろうか。

原料の入った重袋《じゅうたい》を山と積んだトラックがまた一台やってくる。

張り巡らされたパイプが春の陽《ひ》を受けて光っている。

＊

そんなある日、事件は起きた。

「ありあけの偽製品が見つかっただと?」

赤城にそのことを伝えてきたのは、調査部の木暮だった。

「ばかな。洗剤か?」

「いや、石鹸だ。石鹸の包装材料が何者かに持ち出されていたようです」

石鹸の包装材料（包材）は外注の印刷工場で作られる。納入された包材は工場の充填《じゅうてん》包装工程に運ばれて、製品にするのだが、その包材がよその業者のもとに持ち込まれ、粗悪な石鹸に用いられていたのだ。それを買った者から「石鹸の品質が落ちた」とクレームが入って発覚した。路上の出店で売りさばかれていたが、正規の包材を用いていたため、すっかり本物と信じ込んで買ってしまった客から文句が来たのだ。

「販売部がすぐに偽物を売った業者へ押しかけて回収したそうだが、すでに三百個ほど売ったとかで」

「どこのどいつが持ち出したんだ。警察には?」

悪い噂が立つのはまずい、との上の判断で、通報はしてないという。内々で調査が進み、工員たちがひとりひとり呼び出されて尋問を受けていた。幸い発覚が早かったため、被害は最小限で済んだ。が、偽物業者によると、ありあけ石鹸の関係者が包材をひそかに売りつけてきたという。

犯人捜しでしばらく社内は落ち着かなかった。包材の管理体制が見直され、二度と同様な横流しが起こらないよう、対策がとられたが、旧ありあけ時代には一度も起こったことのない社内不祥事だったので、赤城たちは少なからず衝撃を受けた。

いつのまにか社内の風紀が弛んでいる、その証拠だ。

動揺が広がる中、さらなる激震が走ったのは、それから二週間ほど経った頃のことだった。

社内に張り出された一枚の異動告知で、全社員が騒然となった。

その日、赤城は調査部員とともに銀座界隈の飲食店を回っていた。食器用洗剤の需要を調べるためだ。他社製品の使用感も一軒一軒聞き取りをして、帰社したのは夕方五時すぎのことだった。

社内の様子がおかしい。

「赤城さん、大変です……！」

一雄たちが赤城の姿を見つけるなり駆け寄ってきた。

「勅使河原《てしがわら》部長が！」

泣きついてくるのを見て、赤城はさっと表情を変えると、何かに突かれたように走り出した。

掲示板の前で目を疑った。

「……なんだ、これは……」

人事異動の辞令が張り出されている。


〝下記の者は昭和三十五年四月一日付にて勤務部署の異動を命ずる〟


簡潔な文章の後に、勅使河原と東海林《しょうじ》の名が並んでいる。

「〝本所《ほんじょ》工場長〟……だと？」

かつて釜炊《かまだ》き石鹸を製造していた工場だ。今はほとんど使われていない。

勅使河原はまがりなりにもありあけ石鹸の製造部長だ。戦国時代なら大軍団を率いる侍大将のような立場にある。それがほとんど稼働していないちっぽけな旧式工場に異動せよというのだ。

一方、製品開発部長である東海林は「資料整理室」という聞いたこともない部署への異動を命じられている。

「あからさまな左遷《させん》じゃないですか！　なんでこんなことに！」

一雄の悲痛な叫びを最後まで聞かずに、赤城は告知紙をむしりとると、勢いよくきびすを返した。駆け込んだ先は黒田専務の役員室だ。

黒田はすでに帰り支度をしていた。終業時間を過ぎて部屋に飛び込んできた赤城の形相を見て、黒田は無味乾燥な目を向けた。

「……ノックもなしにいきなり何だね」

赤城は告知紙を黒田の机に叩きつけた。

「これはいったい何の真似です」

黒田は冷めた眼差しで見下ろし、革カバンに本を入れて帰り支度を続けた。

「記してある通りだが？」

「勅使河原部長を本所工場に異動させる〝理由〟を聞いているんです」

「……勅使河原くんは創業以来の功労者だ。今後は新人指導を任せることにした。本所工場を研修場として新人工員にノウハウを教育してもらう」

「では東海林は」

「ありあけは創業からすでに十年以上経った。製品開発の資料が散逸せんうちに整理して残す必要がある。東海林くんはこの任にふさわしいと考えた」

「それはいま、東海林がやるべきことですか。ふたりを飛ばす理由を教えてください」

赤城の口調には隠しきれない怒りが滲み出ている。黒田は鬱陶《うっとう》しげに、

「人聞きの悪い。これでも寛大な処置をしたつもりなのだがね」

「寛大？　勅使河原と東海林になんの非があったというんです」

黒田は億劫《おっくう》そうに引き出しから帳簿を取りだし、机に投げてよこした。

「……監査からの報告だ。偽石鹸事件の調査が完了した」

赤城が素早く報告書に目を通すと、黒田は身支度をしながら、

「包材を横流ししたのは、包装ラインにいた工員二名だった。すでに両名とも解雇した。勅使河原くんには監督責任がある」

「責任を取らせるために、製造部長をやめさせたっていうんですか」

「今回の資材流出は重大な問題だ。偽製品であやうく消費者を混乱させるところだった。これでも寛大な処置だと思うが？」

赤城は恨めしそうな顔で睨んでいる。

「……では東海林は？　開発部は関係ない」

「横領が発覚した」

「横領だと？　ばかな、あの東海林が⁉」

「やらかしたのは部下の開発部員だ。本来なら懲戒解雇の上、告訴するところだが、親が全額返済して詫《わ》び金も出したので、警察には届けず、辞職届を書かせて内々に片付けた」

「……それも監督責任、ですか」

赤城は声を押し殺した。

「どっちも解《げ》せない。責任をとるにしても減俸で十分なはず。東海林が離れたら、いま動いてる新製品の陣頭指揮は誰がとるんです」

黒田は涼しい顔で外套《がいとう》を羽織り、ボタンを几帳面《きちょうめん》にしめていく。

「両名とも後任はすでに決まった。親会社に処分を任せられたので、取締役会を開き、全会一致で決議した」

「近江は……？　近江取締役がこんな人事に賛同するはずがない！」

「近江くんは取締役会を無断欠席した。無断欠席は議決権を他の取締役に委任したものとみなされる」

赤城はあ然として、とうとう両掌で机を叩いた。

「なにかの間違いだ。近江に限って」

「後任の製造部長は穂積《ほづみ》部長代理に任せることにしたよ。製品開発部長には五輪《いつわ》石鹸から優秀なのを引き抜いた。君が心配することはない」

待ってください、と赤城が追いすがった。黒田は部屋を出る間際、もう一度振り返り、

「これはすでに決定したことである。我々の決めた人事に不満ならば、止めはしない。この会社からとっととと出ていきたまえ」

黒田は退室した。廊下には高峰《たかみね》経理部長が待っていて、黒田と仲睦《むつ》まじく去っていく。

赤城は放心し、立ち尽くすばかりだ。

やがて、ふつふつと怒りが湧いてきた。たまらず壁を拳で叩いた。

＊

やられた。

黒田たちがとうとう本性を顕した。

ありあけの柱だった勅使河原と東海林を飛ばして、いよいよ自分たちの力が及びやすい形にありあけ石鹸を根こそぎ変えていくつもりだ。

赤城はすぐに近江を問いただした。なぜそんな重要な取締役会をすっぽかしたりなどしたのか。

「すっぽかしたんじゃない。……ひどい食あたりに遭《あ》った」

役員室のソファーで、近江は悔しさを滲ませた。

「夜中から猛烈な腹痛で出社どころじゃなかった。取締役会があることは知っていたが、とても出られる状態じゃなかったから、カミさんに病欠する旨《むね》、連絡させた。秘書に言伝《ことづて》して延期を申し入れたが、黒田は『何も知らされていない』の一点張りだった。そんな重大な決議だったと前もって知ってたら、クソ垂れ流してでも出てたぞ！」

緊急決議だったと言っていたが、あまりに不自然だ。赤城は不審に思い、

「その食あたりというのは前の晩飯か？　どこで何を喰《く》った」

「深川《ふかがわ》で呑んだんだよ。高峰と」

「高峰経理部長と？」

「向こうから声をかけてきた。やけに殊勝に擦り寄ってきて、最近疎遠にしていてすまなかった、また昔みたいに一緒に呑みたいだなんて言うもんだから、こっちもほだされて、久しぶりに飯食いに行くことになって」

赤城の脳裏に、黒田と肩を並べて去っていった先ほどの姿が甦った。

「まさか……高峰が」

高峰は旧ありあけ時代からの仲間だったが、子会社化してからは黒田たちにあからさまに擦り寄っていた。その高峰と呑んだ直後にひどい食あたりを起こすなどただの偶然とは思えない。近江も後から事の顚末《てんまつ》を知って、はめられたと気づいた。

「……俺としたことが。昔、陸軍学校でさんざん叩き込まれたってのに、こんなわかりやすい手に引っかかるとは」

近江は高峰に盛られたのだ。ひどい下痢《げり》を引き起こす薬を盛られて、翌日の取締役会への出席を妨害されたのだ。だが黒田たちに抗議しようにも証拠がない。

「高峰は経理部長だ。横領疑惑とやらも何か工作していたのかもしれん」

「まさか……」

絶句した近江は「くそ」とテーブルの脚《あし》を蹴飛ばした。

「ふざけやがって、黒田のやつ！」

「資材の横流しも横領も、どっちも誰かに仕組まれた臭いがする」

「黒田が仕組んだ自作自演だってのか。こんなの見過ごしにするのか！」

横流しも横領も、どちらも企業にあってはならない重大な不祥事だ。その責任を負って、と言われれば、誰もが納得するしかない。あからさまな左遷人事を成立させるために仕掛けられた罠だ。決議の撤回を求めて取締役会の再招集を求めたが、近江の他は全員、黒田派だ。聞き入れるわけもなかった。赤城たちは五十嵐《いがらし》社長に直訴して、不当決議を批難したが、所詮《しょせん》お飾り社長、聞き流して、びくとも動かない。

打つ手がないまま、異動日を迎えた。

勅使河原はいつかこうなることを薄々予感していたのだろう。

本所の小さな工場は長く閉め切っていたため、空気がよどんでいた。冷え切った反応釜にかけられたカバーをとると埃《ほこり》が舞って、ガラス窓から差し込む陽差《ひざ》しにきらきらと光った。

「定年まで過ごす場所としては、悪くないよ」

ろくに予算もまわってこない本所工場でやれることなど限られている。

赤城は消沈している。

「すまん。テシさん……」

「なに。俺の後釜は穂積なのが救いだ。穂積は信頼できる男だ。製造部には俺が育ててきた頼もしい部下たちもいる。安心しろ、何も変わりゃせんよ」

どこか悟り澄ましたような勅使河原とはちがい、赤城は依然、憤懣《ふんまん》やるかたない。

「こんなあからさまな飼い殺しがあるか。退職になってないというだけで」

「黒田のやつ、新製品が軌道にのる頃合いを見計らって、目の上のたんこぶを切った。そんなところだろう」

赤城一派の一掃――社内で噂されるところの通称〝赤城狩《アカ》り〟だ。

黒田は今後ますます旧ありあけ色を払拭《ふっしょく》するために大鉈を振るい始めるだろう。

「これを皮切りになんやかんやと理由をつけて赤城派を追い払ってくぞ。濃硫酸《りゅうさん》で鎖を融《と》かすように」

一雄や常磐《ときわ》たちの顔が浮かんだ。苦楽を共にした彼らは今も赤城を慕っている。

先日の群青の言葉が耳から離れない。

――周りの人間に害が……。

「だったら俺をさっさと解雇すればいいじゃないか」

「それはできんよ。後ろ盾の白井《しらい》さんが親会社で力を持ってる限り、黒田もおまえには手を出せん」

「だからってこんな姑息《こそく》な真似がまかり通るなんて！」

「おまえはしがみつけ。赤城」

勅使河原は肩を摑んだ。

「ありあけ石鹼にしがみついて絶対に離れるな。黒田はおまえを恐れてる。だからこんな卑劣な手も使う。だが、おまえと近江がいる限り、ありあけはありあけであり続ける」

――今の〝笑う星〟は好きになれない。

赤城は砂を嚙む思いがした。いずれは起こることだった。人手に渡した会社がいつまでもそのままの姿を保てるわけもない。だが黒田がありあけの理念を尊重して社員を大事にできる男なら、自分たちだってこんな抵抗などしていないのだ。

「……わかってるさ。テシさん」

自分の甘さを痛感しながら、赤城は目の前の釜を睨んでいる。汚い手を使ってまで、ふたりを放《ほう》逐《ちく》した黒田が許せなかった。彼らなしでは製造開発は成り立たず、黒田も手を出せない、などと思い込んでいた自分が甘かった。

見苦しくても、あさましくても、しがみつくしかない。しがみついて抵抗するしかない。

旧ありあけの社員を守れるのは、自分と近江しかいないのだ。

＊

東海林《しょうじ》が製品開発部を去る日が来た。

ありあけ製品の全ての開発に関わってきた東海林の代わりに入ってきたのは、五輪石鹸から引き抜かれた中郡勇人《なかごおりゆうと》という男だ。

東海林は陸軍時代から根っからの学究肌で、一言で言えば変わり者だ。非社交的で人付き合いはほとんどせず、研究所に籠もって四六時中実験に没頭している。エキセントリックなところがあり、予算が足りないと経理部に乗り込んでまくしたてたりもした。一管理職としては補佐役がいなければ業務にならなかったが、研究リーダーとしてはカリスマ的な魅力があって、その熱量で皆を率いてきた。

後任の開発部長は真逆だ。

会社組織のなんたるかをよくわかっていて調整や根回しが得意らしく、管理職としては非常に優秀な男ではあった。技術的なことは現場に任せて自分はまとめ役に徹するタイプだ。黒田専務とはツーカーの仲のようで、有り体に言えば「上の者が扱いやすい管理職」なのだろう。

だが東海林という熱源がなくなったことで、現場の士気はあきらかに落ちた。

東海林だけが把握《はあく》していたプランも多く、本社の「資料整理室」に引っ込んだ東海林のもとには毎日、開発部員がひっきりなしに通ってきた。

——東海林さんを戻してください！

とうとう音《ね》を上げて近江に直訴してくる始末だ。

——このままじゃ開発部は空中分解です。

東海林の天才肌が裏目に出た。開発部の独裁者がいなくなり、急な異動でまともに引き継ぎもできていなかったせいで、ひどい混乱が起きている。

だが黒田たちが聞く耳を持たない。開発部員の資料室通いを黙認しているが、東海林を戻すつもりは毛頭ないようだ。

そんなある日のことだった。

「あら、赤城さん？　赤城の旦那《だんな》じゃあありませんか」

たまたま月島《つきしま》の飲食店で調査活動をしていた赤城を路上で呼び止めたのは、長い髪を胸の前で束ねた若い女だった。銭湯《せんとう》帰りなのか、手には湯桶《ゆおけ》を抱えている。小鈴《こすず》という深川の芸者だった。赤城が社長だった頃、取引先の接待で何度もお座敷をもった顔なじみだ。

「最近とんとご無沙汰じゃあありませんか。他にご贔屓《ひいき》ができたんじゃやって置屋《おきや》のお母さんもお姐《ねえ》さん方もやきもきしてますよ」

「すまんね。社長をやめたら顔出す機会もなくなってね」

「うん、もう。水くさい。肩書きなんてどうでもいいの。旦那の顔が見たいだけ」

口を尖らせて、指先で赤城の胸をつついた。

「……ああ、それよりもずっとお伝えしたいことがあったんですよ。少し前にね、おたくの専務さんのお座敷にあがったのだけれど」

「黒田の？」

「ええ、それがね、一緒にいたお客さん、どこかで見た覚えがあると思ったら、テシさんところの部下の方じゃありませんか。確か名前は、穂高《ほだか》だか穂積だか」

穂積のことだ。勅使河原の後任として部長に昇進した。

「それはいつの話だ？」

「いつって……庭の椿《つばき》に雪が積もってた頃だから、きっとお正月明けね」

赤城の表情がサッと変わった。正月だと？　異動辞令の出るずっと前ではないか。

「その前にも何度か。やけに昵懇《じっこん》な様子だったけど、テシさんもいないのにいいのかしらって」

その一言で全てを察した。当時、穂積は部長代理だった。黒田専務は穂積に声をかけ、丸め込んだに違いない。勅使河原を追いだした後、子飼いである穂積を昇格させ、製造部を掌握する魂胆《こんたん》だったのだ。勅使河原が忠実な部下だと信じ、後を任せた男の裏切りだ。部長職に目がくらんだか、多額の報酬《ほうしゅう》でもちらつかされたか。

勅使河原にはとても言えない。

赤城の危機感は高まるばかりだ。どうにかしてこの「旧ありあけ崩し」に歯止めをかけなければ。

それから数日後のことだ。

今度は、開発部で例の「横領事件」を起こしたとされる社員が、親会社の研究部署に再就職したという話が赤城たちのもとに伝わってきた。

近江は憤慨《ふんがい》した。

「ふざけるな！　親会社にだと？　そんなの取引があった証拠以外の何もんでもねえだろ！」

その社員は黒田から「親会社への転職」をちらつかされて「横領の犯人」という泥をかぶったにちがいない。おそらく好待遇での転職だったのだろう。こうなると本当に横領があったかどうかも怪しい。経理部長の高峰が絡んでいるなら帳簿を工作してやればいくらでも捏造《ねつぞう》できる。そもそも起きてもいない横領事件の責任をとらされたのかもしれないのだ、東海林は。

「うかつなことは言えないが、本当だとすれば、やり方が汚い」

各部署の頭を自分たちの持ち駒《ごま》にすげかえる。そのために「不正」を「捏造」するとは。

最悪、黒田たちは解雇の理由もいくらでも捏造できる。証拠を探して捏造を告発するしかないが、当のジャッジする人間が黒幕では告発自体を握り潰される。人事を握っているのは出向組だ。よしんば証拠を得て、取締役たちを告発するため団結をかなえたところで、かえってその社員たちは「赤組」とみなされ、標的にされる。

「どうすればいい。どうやって守る」

――〝赤城狩り《アカ》〟の犠牲をだしたくなければ、貴様がこの会社から去れ。

直接手を下せない黒田は、赤城に自ら「退職願」を書かせるしかない。

親会社の白井という後ろ盾を笠《かさ》に着て、赤城が強く出れば一波乱は起こせるかもしれないが、その代償に仲間たちが報復を受ける。それは自分が身を切られるよりもきつい。

赤城に近い社員が冷遇されるようになれば、身を守るために赤城から遠ざかる。人が離れれば、支えてきた土台が「崩れる」。

仲間を守るために赤城が身を退《ひ》けば、それこそ旧ありあけは求心力を失う。抵抗勢力が消えれば、黒田は心置きなく自分流の経営ができるようになるだろう。「ありあけ石鹸」は名だけとなり、ロゴマークの〝笑う星〟同様、似て非なるものになる。黒田たちに完全に舵を明け渡せば「ありあけ石鹸」の名を残した意味がなくなる。

名を残したのは創業の理念を残すためだ。創業の理念とは会社の魂《たましい》だ。魂を失って別物になり果てるくらいならば、いっそ名を変えるべきだったのではないか。いつかありあけのアイデンティティーを失う日が来るとわかっていたなら、その名をよそ者に名乗らせてはならなかったのだ。

子会社になると決断したのは自分だ。いざとなれば体を張る覚悟はある。群青が帰ってきて、ありあけの魂を甦らせるまでは守り抜くつもりでいた。

だが権力も失った自分に果たして守り切る力などあるか。

〝笑う星〟を、仲間の生活を。

＊

開発部の混乱は二週間が過ぎても収まる気配はなかった。

業《ごう》を煮やした開発部の社員がとうとう「東海林を戻してくれ」と直訴状を出し、経営側が応じないとわかると、今度は社屋の前で抗議活動をする騒ぎとなった。古株社員の中には赤城を担ぎ出そうとする動きまで出てきた。

黒田も当初は無視を決め込んで、騒ぐ社員には処分を下すと脅していたが、旧ありあけ社員の結束の強さを見せつけられて、さすがに看過できなくなってきたのだろう。

「技術顧問を招くだと？」

近江から報告を聞いた赤城は、怪訝そうな顔をした。

「なんだ、それは。社外からまた誰か連れてくる気なのか？」

ああ、と近江は役員室のソファーで渋い茶を呑み干した。

「黒田が直々《じきじき》招いたらしい。なんでもB&M《プライスモリスン》の研究所にもいたと」

「B&M？ 北米トップのメーカーじゃないか。例の合成洗剤の」

「名目は顧問だが、東海林のプランを丸ごと請け負って中郡《なかごおり》部長の代わりに現場のほうまで仕切らせるとか言っている」

赤城は愕然《がくぜん》とした。まさか黒田が東海林を追い払えたのは、最初からこの切り札を用意していたからでは。

日本より遥かに進んだ世界屈指のメーカーの開発ノウハウを持つなど、この業界では垂涎《すいぜん》の人材だ。あの桜桃だってそれほどの者は抱えていないだろう。

だが、と赤城はムキになり、

「誰を連れてきたところで一緒だ。どんなに優秀な技術者だろうが、東海林の後を社外の人間なんかに任せられん。こうなったら俺があいつらを！」

「ばか、おまえが旗振りなんかしてみろ。黒田を喜ばせて一発解雇だぞ。おとなしくしてろ」

堪忍袋の緒が切れかけている赤城を、近江は必死になだめ、

「わかってる。俺も気持ちは一緒だ。黒田が今日これからそいつを連れてくるというから、俺が直接面談する。東海林を引き継げる力量がないとわかったら、そいつを口実に今度こそ東海林を連れ戻すよう、俺が黒田にかけあう」

「そんなことできるのか」

「白井さんを通じて親会社に根回しする。東海林を戻すのが親会社の意向だとなれば、黒田も強引には通せまい」

今の赤城の立場では物が言えない。近江に託すしかない。

わかった、と言い、

「同席はしないが、そいつの顔は見ておきたい」

技術顧問として招かれた人物は、黒塗りの車でやってきた。社長でも乗らないような外国車で玄関前に乗り付けたその人物は余程、期待をかけられているのか、黒田と重役たちが玄関先まで直々に迎えに出た。

赤城と近江たちは社長室の前で待ち受けている。

階段をあがってきた黒田たちも、赤城たちの姿に気がついた。

「……おや。来ていたのかい。赤城くん」

一連の騒動などなかったかのようなふるまいだ。

「あなたがB&Mから招いた技術顧問とやらを紹介してもらおうと思いましてね」

「なかなか耳ざといじゃないか。まあいい、改めて機会を設ける手間が省ける」

黒田は後ろからやってくる人物のために道を開けた。

「きたまえ」

階段から背広姿の男があがってくる。中折れ帽をかぶり、やや小柄な体つきで、仕立ての良い上下には皺ひとつなく、足元にはよく磨かれた……。

赤城の心臓が跳ねた。

脈が速くなっていき、動悸《どうき》がし始めた。

「紹介しよう。B&Mの元研究員で、本日より当社の技術顧問となる大河内くんだ」

赤城と近江は息を呑んだ。……大河内だと?

「――おまえ……まさか」

うめくように名を呼んだ。

「……群青……」

帽子をとって胸にあてた群青は、ふたりの前に立ち、礼儀正しく深々と一礼した。

「このたび、ありあけ石鹸の技術顧問として招かれました大河内群青と申します。なにとぞよろしくお願い申し上げます」

第三章　オオカミの息子

大河内群青《おおこうちぐんじょう》……だと？

いま、そう名乗ったのか？

赤城《あかぎ》には目の前の状況が理解できなかった。黒田《くろだ》は自らの秘蔵っ子を自慢するように、

「日本人で初めてあのＢ＆Ｍ《ブライスモリスン》社の研究員になった優秀な青年だ。聞けば、その昔、数ヶ月ほどありあけ石鹸《せっけん》の工員として働いていたそうじゃないか。すぐに退職して進学したそうだが、よい選択をしたものだ。ダイヤの原石をみすみす河原《かわら》の砂利《じゃり》石に埋もれさせるところだった」

当時の社員を「河原の砂利」にたとえられた赤城は、本来なら怒るところだが、黒田の台詞《せりふ》はほとんど耳に入ってきていなかった。

群青が黒田の招いた「技術顧問」だと？　留学してＢ＆Ｍの研究所にいたというプロフィールと目の前にいる群青がどうしてもうまく重ならない。なにより――「大河内」は実の父親の姓だ。なぜ群青が「阪上《さかがみ》」ではなく大河内中佐の姓を名乗っているのか。

これはどういうことなんだ、と。

思わず口をついて出た。

「……一から説明しろ、群青。俺は何も聞いてないぞ」

驚いたのは黒田たちのほうだった。Ｂ＆Ｍの研究員だった男を躊躇《ちゅうちょ》なく呼び捨てにした赤城は、怒りに駆られている。当の群青は動じることなく赤城を見据えている。

「答えろ。群青！」

今にも摑《つか》みかかりそうになる赤城を見て、近江《おうみ》が「よせ」と割って入った。赤城が人目も憚《はばか》らず声を荒らげるのを、黒田たちも初めて見たのだろう。それでも近江を押しのけて群青に詰め寄ろう

とする赤城に、久慈《くじ》常務が「やめたまえ」と一喝《いっかつ》し、

「社長がお待ちだ。話は後にしてもらおうか」

近江が赤城を押さえている間に、黒田が群青を連れて歩き出す。後に従う群青は赤城に目もくれず、目の前を通り過ぎていく。赤城はなおも食い下がろうとしたが、近江が「おい」と力ずくで止めた。

「落ち着け！　とにかく俺が話を聞いてくるから、おまえはここでおとなしく待ってろ」

なだめた近江は険しい顔で、社長室に消えた。

赤城はぼう然《ぜん》と立ち尽くすほかない。

――阪上群青は父親の研究を継いだ。

あの匿名《とくめい》の手紙の意味がようやく理解できた。佐古田《さこた》の研究所のことだけではない。大河内への改名、それはすなわち大河内家の後継者になったということではないか。

「なぜだ、群青……」

なぜ、大切な母の姓を捨てて、顔も知らぬ父親の姓を名乗っているのだ。

この十年の間に、群青の身に一体なにがあったのか。

＊

大河内群青の「技術顧問」就任は正式に決まった。

技術顧問とは、専門的な知識やスキルを持って、社外から客観的に組織の強化や製品の品質向上

に貢献する役職だ。外部から招く技術指導者のような立場で、社内の者ではないため決裁権こそ持たないが、場合によっては深く組織に入り込んで踏み込んだ意見や提案もできるという。

近江も、相手が他ならぬ群青では反対もできなかった。一時間ほど懇談《こんだん》して、ようやく社長室から出てきた群青を、赤城は向かいの壁にもたれてずっと待っていた。興奮は収まったのか、いきなり掴みかかったりすることはなかったが、じっと腕組みをして群青を睨《にら》む目つきが、不穏なことこの上ない。目線が合うと、赤城は言った。

「……………。ふたりきりで話がしたい」

廊下には西日が差し込んでいるのにやけにひんやりと感じる。まるで闇夜《やみよ》に浮かぶ青白い月のように寒々しい目つきをする赤城に、群青は顔をあげてまっすぐ向き直った。こんなに殺気立って人を見る赤城を、黒田たちも見たことがなかったのだろう。赤城と群青の間に流れるただならぬ空気に、口出しもままならないようだった。

「……すみません、黒田専務。後ほど伺《うかが》います」

群青が断りを入れると、赤城は他の者には目もくれず「ついてこい」というように軽く顎《あご》を振り、階段をあがっていく。群青は黙ってついていきた。

やってきたのは屋上だ。

堤防の向こうに隅田《すみだ》川が横たわり、木材を運ぶ筏船《いかだ》が行き交っている。築地《つきじ》から浅草《あさくさ》の方角は建物の屋根がひしめいていて、焼け野原だった頃の面影はない。目を転じれば、春霞《がすみ》に滲《にじ》む銀座《ぎんざ》の向こうにエッフェル塔とよく似た朱塗りの鉄骨塔がそびえ立っている。一昨年できたばかりの東京タワーと名付けられた電波塔だった。

誰もいない屋上で、赤城と群青は向き合った。

「……おまえ、どういうつもりだ」

口を開いたのは赤城のほうだった。

「ちゃんと説明しろ」

納得のいく言葉を聞くまでは梃子《てこ》でも動かないつもりだった。

長い沈黙の後で、群青はようやく口を開いた。

「……黒田専務から新工場建設と新製品開発のために招かれた。B＆Mにいた知識と経験で力を貸してほしいと。他でもないありあけ石鹸のためなら、と請け負った」

米国最大手の消費財メーカーにいたことなど、この間は一言も言わなかったではないか。どういう経緯で渡米したのか、どうやってB＆Mに入社することができたのか。訊《き》きたいことは山ほどあったが、赤城が一番知りたいのはそのどれでもなかった。

「なぜ、大河内を名乗ってる」

単刀直入に訊いた。

「おまえ……父親に——大河内中佐に会ったのか」

群青は口を一文字に引き結んでいたが、腹を括《くく》るように一度スッと息を吸い込んだ。

「………。中佐は亡くなった。満州で自決したそうだよ」

赤城は衝撃を受けた。

が、同時にそうなったことも容易《たやす》く理解できた。赤城が最後に中佐と会ったのは哈爾浜《ハルビン》の駅だった。終戦の三日後のことだ。「甲53号」が入った薬瓶《びん》を受け取るためだ。その後中佐は研究所のあらゆる資料を燃やして、最後にその全てが詰まった自らの脳をピストルで撃ち抜いたという。赤城は黙禱《もくとう》するように目を閉じてから、

「ではなぜ」

「中佐の奥さんと会った。俺を捜していたそうだ」

大河内の妻は内地にいた。夫が大陸での任務にあたる間、東京の自宅で留守を守っていた。夫と阪上スイとの間に子がいたことは、遺言書で知ったという。

「……中佐の息子さんたちは、それぞれ出征先で戦死したそうだ」

本妻との間にはふたりの息子がいたが、長男は陸軍士官として南方で、次男は海軍航空隊に入り鹿児島沖で、共に戦死した。戦争未亡人となり、息子ふたりも失った大河内夫人は、妾《めかけ》の子が引き揚げてきていたことを知り、ずっと捜していたという。

「死んだ息子の代わりに大河内の家を継いでくれと頼まれた」

赤城は絶句した。

夫も跡継ぎも両方失った夫人の胸中はいかばかりだったかしれない。妾の子といえど、大河内中佐の子にはちがいない。これも軍人一家に嫁《とつ》いだ宿命。本妻の役目と腹を括ったのか。背に腹は代えられない、名門の跡継ぎを絶やすくらいなら、と。

「……それで、受け容《い》れたのか」

「ああ」

「なぜだ」

「………」

「おまえは父親の顔も知らなかったはずだ。それどころか、おふくろさんを巻き込んだ中佐のことを恨んでいるんだと思っていた。なのにどうして」

「恨んでるからだよ……」

鉄橋のほうを眺める群青はどこか達観したような顔つきをしている。

「恨んでいたから応じたんだよ。母さんが海に身を投げたのは、あんちゃんのせいでも鬼頭《きとう》のせいでもない。そうさせたのは……大河内中佐だ」

「だから大河内家の財産を手に入れるのか。それはおふくろさんの姓を棄ててまですることか！」

赤城に詰め寄られ、群青は押し黙った。「阪上」は母の姓だ。母ひとり子ひとりで生きてきた。女手ひとつで育てられ、生まれてからずっと母だけが家族だった。その姓を名乗ることは母と子の唯一無二である絆《きずな》の証《あかし》でもあったのだ。母を尊敬し、母の息子であることを誇りに思っていた群青が、その名を棄てたということが、赤城には信じられなかった。理解もできなかった。

「……………。俺がどちらを名乗ろうが、母さんの息子である事実は永遠に変わらない」

それに、と群青は皮肉そうな笑みを浮かべ、

「母さんだって気持ちは同じはずだ。たったひとりの息子に『父は死んだ』と嘘《うそ》をつき続けなきゃならなかった。たとえ生きて内地の土を踏めたとしても、母さんは大河内を頼るわけにも名乗り出るわけにもいかなかった。そんな妾の子が大河内の跡継ぎになったんだ。きっとあの世で溜飲を下げてくれたにちがいない」

赤城は苦々しい顔をした。

「大河内を利用したのか」

「母さんの無念を思えば、こうなるのも報《むく》いというやつだ。母さんの息子として、それくらいさせてもらうさ」

これは本心なのだろうか。悪ぶっているようにも見える。自力で道を拓《ひら》くと誓った、あの真っ直ぐさはどこへ行ったのか。悪意に満ちた物言いをする群青が、赤城には気にかかった。

自分たち母子《おやこ》を巻き込んでおいて、今更、跡取りに迎えたいなどと言える大河内家の人間の横柄さに怒っているのか。顔も知らぬ実父へのわだかまりがそうさせるのか。

「……おかげで奨学金も返せたよ。米国留学も叶えた」

苦学生だった群青は、大河内家という後ろ盾《だて》を得た。米国留学の便宜《べんぎ》を図ってくれたのは大河内中佐の友人だったという。

「もしかして、それが佐古田か。北満《ほくまん》商事の」

群青は驚いた。

「……調べたのかい?」

「名前に聞き覚えがあった。佐古田研究所と聞いて少し調べさせてもらった」

そう、と群青は目を伏せた。

「さすが元満鉄《まんてつ》調査部」

佐古田重吉《じゅうきち》というその男は、戦中は哈爾浜《ハルビン》で北満商事という商社を経営していて、大河内の研究に資金援助から資材購入の代行まで、様々な面で支援した。赤城とは直接面識はないが、その社名には覚えがあった。物資輸送の際の伝票上で何度か目にしたことがある。

その「佐古田」は終戦後、中佐の遺言に従って、ある財団を作っていた。「佐古田平和財団」という名称で、群青がいる研究所の運営母体だ。

軍事機密にあたる研究の大半は闇に葬《ほうむ》ったが、医学的に有用とされる研究成果の一部は米国に持ち込んで特許を取っていた。その特許使用料が研究所の運営費にあてられていた。

「その縁で米国留学をさせてもらった。B&Mに推薦してくれたのも佐古田さんだった」

国からの援助もない私的な留学には莫大《ばくだい》な費用がかかる。それを叶えられたのも佐古田のおかげか。

「ならB&Mにいたというのも本当だったのか」

「……ほんの四年だったけどね」

北米最大の消費財メーカーであるB&Mの研究所で、合成洗剤やシャンプーなどの製造開発だけでなく、工場設備のエンジニアリングや最新のマーケティングまで学んだ。

「黒田に呼ばれてやめたのか。B&Mを」

「たまたまだよ。佐古田研究所の欠員を埋めるために戻ってきていた」

欠員を？　本当に？　〝父親の研究〟を継ぐためではないのか？

疑問は喉《のど》まで出かかったが、いまこの場で質《ただ》すべきかどうか、迷った。不用意なことは言えない。

赤城は慎重に口を開いた。

「研究成果で特許をとったと言ったな。まさか〝御守《おまもり》に入っていたアレ〟のこともか？」

群青の母スイの自決を招いた「甲53号」のことだ。

大河内中佐が陸軍の研究所で極秘開発した向精神薬。軍事利用を前提に開発された薬物で、使用されれば大きな成果を得られるが、その使用には人道上問題があり、服用した人間はひどい後遺症から逃れられないという。

「……とってないよ」

群青は真顔で答えた。

「アレに関する記録は中佐が全て抹消《まっしょう》したそうだ」

その存在すら知られてはならなかった薬物のことだ。開発に関わった研究員は全員自死したという。

米軍から隠すために、赤城は鬼頭の執拗《しつよう》な追跡を逃れ、その果てに阪上スイの死という大きな代償を払ったのだ。そんな母の遺志を群青がないがしろにできるはずもない。まして、その続きを進めるわけがない。

「そうか……」

赤城は腹の奥で受け止めた。

「………。俺はおまえを、信じるよ」

風が出てきた。群青は神妙な表情で赤城を見ている。

階下から車のエンジン音が聞こえてきた。車寄せから黒塗りの社用車が出ていくところだった。

黒田を乗せた車だ。門から出ていくまで目で追って、赤城は問いかけた。

「……黒田とはどこで知り合ったんだ？」

「佐古田さんが東海油脂《とうかいゆし》の会長と親しかった。うちの研究所でアルキルベンゼンの国産化に協力した」

「例の界面活性剤か！　なら親会社のＡＢＳは、おまえたちが」

群青が渡米で得た知識は、鉱油系界面活性剤の初国産化という快挙となって結実していた。それは、ありあけ石鹸が合成洗剤市場で勝つための、第一条件だったのだ。

　これを聞いて赤城も納得した。黒田が群青に目をつけたのはその功績があったからだ。

「だが、妙だな。さっきの黒田の口ぶりからすると、おまえがありあけの創業メンバーだったこと、やつはまだ知らないのか？」

「さあ……」

　創業時はまだ中学生だったし、高校卒業して社員になった期間も一年に満たない。内地に引き揚げてきてから赤城たちと寝食を共にしていたことは、履歴書にわざわざ書くことでもないし、まして苗字《みょうじ》が変わっている。

　もっとも、高峰《たかみね》経理部長のような黒田寄りの旧ありあけ社員が気づけば、あらかた伝わってしまうだろうが。

「東海林《しょうじ》が黒田に飛ばされたことは知ってるのか。知ってて引き受けたのか」

　隅田川をポンポン船が黒い煙を吐きながら、大量の丸太をひいてゆっくりと下っていく。群青は黙ってその航跡を眺めている。赤城はサッと青ざめ、

「まさか、おまえが」

「今のありあけ石鹸に必要なのは、ひとりの天才でもカリスマでもない。開発競争に勝てる合理的で効率的なチーム作りだ。ちがうかい？」

　赤城は愕然《がくぜん》とした。東海林をおろせ、と黒田に助言したのはまさかこの群青なのか？

　ありあけの柱を折ったのは群青自身だったのか？

「……そんな顔しないでくれよ。ありあけ石鹸の将来を思えば、だよ」

群青がいう「ありあけ石鹸」とは、なんだ？「東海油脂の子会社になったありあけ石鹸」か？

それとも「俺たちが育てたありあけ石鹸」か？

群青は黒田の意向で招かれた。その意向とは「旧ありあけの繋《つな》がりを断って、新しい社内体制を作ること」のはずだ。黒田の改革に全面的に協力するというなら、これは「群青が戻ってきてくれた」などと手放しで喜べる状況では、決してない。

どこか摑みどころのない群青の態度も、赤城の警戒に拍車をかける。

「おまえは何のために戻ってきた？」

群青はポケットに手を入れ、生ぬるい春風に吹かれながら「決まってるじゃないか」と答えた。

「ありあけ石鹸を日本一の石鹸会社にするためだよ」

「今のありあけはもう昔のありあけじゃない。おまえは黒田に従うのか」

「従うも従わないも、あんちゃんたちの力じゃ手に負えなかったから、あの人たちが舵《かじ》を握ってるんだろ？」

言葉に詰まった赤城に、群青は皮肉そうな笑みを浮かべ、

「新しい船長のやり方が気にくわないからって、失敗した船員が逆らうのも変な話だ。俺はただ、ありあけ石鹸という会社の発展のために働く。黒田さんがボスなら、その意向に従うだけだ」

「群青」

「でも嬉《うれ》しいよ。また毎日、会社で会えるね。あんちゃん。いや」

群青は明晰《めいせき》な表情になり、

「赤城市場調査部長」

失礼します、と頭を下げて階段口に去っていく。

赤城は動悸《どうき》がやまなかった。

去り際に群青が見せた、心底が読めない、無風の湖面のような眼差《まなざ》しが、かつての大河内中佐を彷彿《ほうふつ》とさせたせいだ。

屋上にぬるい風が吹き、砂埃《すなぼこり》が渦をまく。

本当の心を隠しているというより、見えているのに焦点が合わない望遠鏡を覗《のぞ》いている心地がした。輪郭《りんかく》がぶれて像を結べない。赤城は群青と話している間中、暗い沼に延々と小石を投げているような気がしていた。

少年時代、人見知りで内向きだった群青は警戒心が強く、シャイな性格から簡単にはひとを寄せ付けないところがあったが、一度心を許してしまえば甘え上手で、人恋しくなると何をするでもなく、じっとそばにいるようなセンチメンタルなところがあった。強がりのくせに寂しがり屋で、そんな群青だから本当の弟のように思えたし、守ってやらなければ、との使命感にも駆られた。

あんなふうに人を突き放す、皮肉めいた目をしたことはなかった。

黒田たちを警戒して、素を隠しているだけなのか。それとも心根ごと変質してしまったのか。

家に帰ってきた群青と話した時に感じたわずかな違和感の正体も、それなのか？

おまえの正体が見えない。群青。

なぜ帰ってきた？

なにを考えて戻ってきた？

おまえは俺たちの敵なのか？　それとも——。

＊

群青がありあけ石鹸に帰ってきたことは、あっというまに伝わった。

古参の社員は群青の帰還を喜んで沸いている。米国のB＆Mにいたという驚くような経歴もさることながら「技術顧問」という立場での「凱旋《がいせん》」をもてはやした。

だが、群青に最も近かった「ふたりの兄たち」は手放しに喜べずにいる。

「どういうつもりなんだ、群青のやつ」

役員室の近江は、憤慨《ふんがい》していた。

あの後、屋上から戻ってきた群青を今度は近江が捕まえて自分の役員室につれていき、経緯を一から問いただした。音信不通を謝る言葉は聞けたが、やはり、他人行儀だった。会社だからよそゆきの顔になるのはわかるし、大人の振る舞いを身につけただけとも言えるがそれを差し引いても、十年ぶりの再会がひどくよそよそしい。社外でならば素の群青に戻るだろう、と思った近江は「うちに遊びに来い」とくだけた笑顔で肩を叩いたが、群青はニコリともせず「ええ。そのうち」と社交辞令のように答えただけで、距離を縮める素振りを見せなかった。

「黒田の眼《め》を気にしてるんだ」

赤城は窓辺にもたれている。場内をせわしく行き交う三輪トラックを眺め、

「黒田のあの口ぶりからすると、群青は俺たちと昔一緒に住んでたことは話していないんだろう。創業メンバーだったこともあえて隠しているんだとすれば、他人行儀になるのもわかる」

「んなことしたって社員と顔合わせすりゃバレる。黒田の耳にもすぐ入るだろ」

「だからこそ身内気分を出されちゃ困るんだろ」

「……納得いかねえな」

近江はソファーに腰掛けて、卓上ライターで煙草《たばこ》に火をつけた。

「グンのやつ、苗字を変えたのも理解できんが、その佐古田ってやつも聞くからに胡散臭《うさんくせ》ぇ」

「戦時中からあまり良い噂《うわさ》を聞かなかった。北満商事は軍の指示で阿片《アヘン》を扱っていたとも聞く」

「軍の指示でだと？」

「阿片で稼いだ金を終戦後、満州閥《ばつ》の元将校どもが山分けしたなんて話も聞くくらいだからな。その佐古田が設立した財団とやらも怪しいもんだ」

しかも大河内中佐の名義を群青が引き継いだのだとすれば、佐古田の黒い金脈と無縁とは言えない。

「その佐古田とやらが恩人なら、群青は顔を立てないとならないしな。会社じゃお互い立場ってやつがある。俺たちとべたべたしてたら、真っ先に黒田が機嫌を損ねるからな」

見たところ、群青は黒田一派からずいぶん気に入られているようで、今夜も取引先の接待に同席するつもりなのか、終業前に重役の社用車で出かけていった。黒田にとっては群青は製品開発部を掌握《しょうあく》するための切り札なのだろう。その狙い通り、赤城たちは群青に東海林の役割を奪われて、東海林を元の部署に戻す口実をなくしてしまった。

「まさか群青のやつ、本当に黒田側についたわけじゃねえよな。旧ありあけ狩りに手ぇ貸したりしないよな」

「群青に限ってそれはない。それを阻止するためにあえて黒田に近づいたんだ。きっと」

そうならいいが、と近江は口から煙を大きく吐き、

「そんならそうだって言ってくれりゃ、こっちも振る舞い方を考えるってーのに」

赤城も同感だった。あの夜、腹を割って全て話してくれればよかったのだ。

そうしなかった群青を近江は「水くさい」というが、打ち明けられない理由にも赤城は考えを巡らせた。群青には没入癖があるが、決して器用ではないし、自分ひとりで背負ってしまうところがある。敵を騙《だま》すにはまず味方からともいう。黒田の手駒《てごま》になったのは、いずれはこれを打倒するための準備だとしたら。

「だとしても東海林の後釜《あとがま》ってところが気に入らねえ。グンのやつ、東海林のポジションって餌《えさ》につられて、戻ってきたんじゃねえのか?」

「ばか言うな。あいつに出世欲なんて似合わない」

「今のありあけなら黒田に尻尾振ってりゃ出世も夢じゃない。俺たちのことなんか、はなから眼中になかったかもしんねーぞ」

赤城は一笑に付した。

「……なにをしようとしているにせよ、俺は群青を信じるよ」

そう言い切った後で、赤城はふと喉の奥から重苦しいものがこみあげるのを感じた。……本当だろうか。本当に、そう言い切れるだろうか。

近江には言えなかったが、東海林の異動を黒田に進言したのは群青本人だ。

――母さんの無念を思えば、こうなるのも報いというやつだ。

大河内中佐の遺産を手に入れることは、母を巻き込んで死なせた父親への報復なのだという。それは本心かもしれない。だが、驚くほど大河内中佐と似てきたあのポーカーフェイスが、赤城の心をざわめかせている。これが親子というものか。血は争えないというやつか。大河内という男に赤城が感じていた「腹の底の読めない不気味さ」を、群青にもまた、感じた。

――今の〝笑う星〟は好きになれない。

と漏《も》らしたのと同じ口で、黒田への忠誠を口にする。

――阪上群青は父親の研究を継いだ。

心は、群青を信じている。だが、群青が矛盾《むじゅん》を口にするように、赤城自身もまた、頭の中にいる冷静な分析屋の赤城がこうジャッジするのだ。

今の群青は「信用できない」……と。

＊

週明けから群青は、製品開発部に用意された席で「技術顧問」として動き始めた。

部の現状を把握《はあく》するために補佐役があてがわれた。道明寺晋作《どうみようじしんさく》という。

道明寺は群青より十歳年上、五年前によそから引き抜かれて入社したといい、研究職出身だが、オールラウンダーで各部署の橋渡しができる有能な人物だ。名目は「補佐役」だが、黒田の指示で動く「監視役」で「お目付役」であることも、群青はわかっている。

数日後、その道明寺を連れて、群青は黒田のもとを訪れた。


「噴霧乾燥塔……？」

はい、と群青はうなずいた。黒田は机の上に差し出された分厚い資料を、しげしげと見た。

「以前、お話しした米国で取り入れられている最新の洗剤製造プラントです」

建物五、六階分はある塔のことだ。界面活性剤などの溶液（スラリー）を大きな塔の左右からノズルで噴霧して、熱風で瞬時に水分を蒸発させて乾燥させ、粉状にするというものだ。

「現在の製造法では、溶液を粉状にするための『濾過《ろか》・脱水・乾燥・粉砕・分級《ぶんきゅう》』という工程が不可欠ですが、これらを一気に短縮することができます」

最新式のスプレードライ製法だ。画期的な製造プラントをありあけ石鹸に導入しようというのが、群青が黒田たちに提示した新戦略だった。黒田は差しだされた事業計画書を手にとった。

「米国のケミカル・ブランディング社製のものを検討しています」

黒田はざっと目を通し、見積もりの額を見たところで難しい顔になった。

「これはまた大きな買い物だな」

「競争が激しい洗剤業界においては喫緊の問題です。界面活性剤の自社製造と並んで、スプレードライ製法への移行は欠かせません。国内ではまだどこも導入していない噴霧乾燥塔《スプレータワー》の建設で、圧倒的な効率化を実現します」

噴霧乾燥塔の建設は、合成洗剤時代を勝ち抜くための切り札でもある。

界面活性剤アルキルベンゼンの自社生産はすでに親会社がプラントの稼働試験に漕《こ》ぎ着け、国内での低廉《ていれん》安定供給を実現するため、他社をリードした。次なる目標は「噴霧乾燥塔」の導入だ。

「ありあけは洗剤のトップメーカーとしての名を揺るぎないものにするでしょう」

専務席に腰掛けた黒田は、満足そうに「大した男だ」と笑った。

「君は本当にありあけを変えてしまうかもしれんな」

「そのために呼ばれました」

「さっそく取締役会を招集しよう。社長には私から報告しておく」

よろしくお願いします、と群青は深く頭を下げ、道明寺とともに専務室を後にした。

廊下で郷谷《ごうたに》秘書とすれちがった。郷谷は群青に会釈したが、群青の視界には入っていないのか、前を向いたまま去っていく。郷谷は肩越しにしばらく見送った。

入れ替わりに専務室に入った郷谷秘書は、黒田に向かい、一礼した。

「……大河内群青の身元調査が完了しました」

郷谷は旧ありあけ時代の群青について調べていた。その後まもなく、群青が創業メンバーのひとりだったことをつきとめ、古株社員からの聴き取りも済ませた。

「穂積《ほづみ》製造部長によると、大河内氏は中学時代に赤城部長とともに内地に引き揚げてきたとのことで、赤城・近江の両者と生活を共にしていたようでした」

なんだと？　と黒田の顔つきが変わった。

「それは本当か」

当時の苗字は「阪上」だった。正式な社員だったのは一年足らずだったが、赤城とは血縁こそないが義兄弟の間柄であったこと、近江とも闇市時代の苦楽を共にした仲で、年若いが社内では一目置かれた存在だったこと。報告を聞いた黒田は驚いていたが、同時に腑《ふ》に落ちた。

「……それで赤城のあの反応だったわけだな」

ただの一社員相手にしてはやけに感情的になっていたから、変だとは思ったのだ。

「大河内家の養子に入る以前の経歴調査が不十分でした。いかがなさいますか。赤城や近江にこちらの情報を渡す恐れが」

郷谷秘書が懸念しているのは、群青が今も赤城たちと密に繋がっているのではないか、ということだ。旧ありあけ組がよこした工作員では、と。

革張りの椅子《いす》にもたれていた黒田は、その可能性を否定した。

「赤城の反応からみるに、長年音信不通だったというのは事実のようだ。我を忘れてくってかかるくらいだ、衝撃を受けたのは赤城のほうだろう。大河内は使いようによっては、大掃除の切り札になるかもしれん」

黒田は資料の中に挟まっていた古い集合写真に視線を落とした。工場を背景に、当時の社員たちが写っている。真ん中に写る十代の群青と、その斜め後ろには今より若い赤城が立っている。

「……やつの腹の内を確かめますか」

赤城と裏で繋がっているかどうか。忠誠心がどこまで本物なのか、確かめる必要がある。

「しばらく泳がせておけ。道明寺にはやつの行動から目を離すな、と伝えろ」

黒田は口元に笑みを浮かべている。赤城があれだけ感情を剝《む》き出しにした。両者が繋がっているなら、あんな反応にはならない。大河内群青は、こちらの手の内だ。

「……義兄弟、か。これは面白いことになってきたな」

＊

それからまもなく、群青は東海林《しょうじ》とも再会を果たした。

東海林は資料整理なる業務には退屈していたが、管理職という立場を離れたこと自体にはせいせいしていたようで、群青がB＆Mにいたと知るといたく関心を示し、専門分野の話で盛り上がった。天才肌の東海林が関心を持つのはもっぱら最新研究の成果だけで、社内の派閥《はばつ》争いにはからきし興味がない。自分が飛ばされた理由はなんとなくわかっているようだが、後釜《あとがま》の群青にわだかまりを抱くわけでもなく、まして群青がそう進めた張本人であるなどとは疑いもせず、むしろ研究者同士、話が通じるようになって昔よりも打ち解けたくらいだ。

ただ根っからの研究の虫である東海林は、現場に戻りたがっている。

モチベーションを折られて、すっかり老け込んでしまっていた。

群青は東海林が研究中だった新しい助剤《ビルダー》（洗浄力の増強剤）についてのノートを見つけて、中を開いた。

「……酵素《こうそ》、ですか」

「ああ。不溶性のたんぱく質汚れを落とすには酵素が最適だとわかった」

界面活性剤を活性化させる助剤《ビルダー》、というより、添加物だが、東海林は洗剤に酵素を配合させることを研究しているところだった。

開発チームから外されて、あとは残った研究員たちで進めるしかないが、東海林はあきらめず、脳内で試行錯誤《さくご》をしているようだった。

「……東海林さんは、本当は研究の現場にいたいんですよね」

山積みになった資料に埋もれている東海林は、コーヒーを煎《い》れながら遠い目をした。

「製品開発は創造だ。目標を掲げて試行錯誤を繰り返し、まだ誰も用いていない道筋で、新しいものを生み出すことだからな」

研究者というよりもクリエイターに近い。

東海林たちを外す辞令で、黒田は赤城たちに強いメッセージを送っている。つまり——。

——おまえたちがありあけの舵を握ることは二度とない。

優秀な研究者はメーカーの宝だ。それを社内政治のためにみすみす飼い殺しさせるような判断を、赤城だったらするはずもない。

「研究開発ができないなら、ありあけに留まる意味もないな……」

と、東海林はひとりごちた。赤城たちが聞いたら、それこそ黒田の思うつぼだと言って止めるだろう。黒田は彼らを閑職《かんしょく》につかせて、自ら退職するよう仕向けているのだ。

群青は手帳を取りだした。万年筆でサラサラと何か書き込むと、ページを破り、差し出した。

「……東海林さんさえよければ、紹介できる職場があります。ここに記した〝剣崎《けんざき》〟という人物に連絡をとってみてください」

東海林はそこに記された研究所の名称を見て、神妙そうな顔になった。

「大河内と名を変えたと聞いて、もしや、とは思っていたが、……やはり君は中佐の息子だったのか？」

群青はうなずいた。どうりで似ているわけだ、と東海林も納得した。

「この佐古田研究所というのも、中佐の……？」

それには答えない。群青は窓辺に立って後ろで手を組み、空を見上げて、

「……雨が降り出しそうですね。傘を忘れた」

空は鉛色《なまり》の雲が覆《おお》っている。

風が出てきたのか、柳の枝が大きく揺れてざわめいている。

＊

赤城と近江にはろくに近づこうともしない群青も、製造現場には率先して訪れた。

主力商品「ニューレインボー」を製造している工場内にはたくさんの貯蔵タンクが並び、縦横無尽に張り巡らされたパイプの下を腰をかがめてくぐると、バルブを操るオペレーターが群青を見て頭を下げた。排気口からあがる蒸気が靄《もや》のように漂って、敷地内では晴れた日でも太陽がぼやけて見える。製造ラインを見てまわり、工場長から話を聞いた。

一雄《かずお》たち古参工員は歓迎し、昔のように打ち解けるまでになった。一雄たちにとって兄貴分の群青は誇りであり、凱旋祝いと称した宴《うたげ》まで開いてくれた。

「グン兄さんはやっぱりすごいよ。俺たちの誇りだよ」

工員たち行きつけの安い居酒屋を借り切って、積もる話で盛り上がった。

擦《す》り切れた畳の座敷に薄っぺらい座布団を並べ、ぎゅうぎゅうに詰めて飲み食いする。きんきの煮付けやレンコンと里芋《さといも》の煮物、イカの塩辛、炙《あぶ》って醬油《しょうゆ》を垂らした厚揚げといった庶民《しょみん》のごちそうが座卓いっぱいに並ぶ。群青を囲むのは懐かしい顔ぶれだ。当時はまだあどけない顔をしていた少年工員たちも今では立派に成長して、それぞれの持ち場で大きな機械を動かしている。

一雄のような中卒入社の工員からしてみれば、群青の経歴は輝かしすぎて、尊敬の念で目がきらきらしている。

「嬉しいよ、グン兄さんが帰ってくるの、俺はずっと待ってたんだよ」

隣に陣取った一雄は、興奮しきりだった。

「俺もおまえたちにまた会えて嬉しいよ」

「あの頃を思い出すなあ。俺たちが作った石鹼がどんどん売れてさあ。銭湯《せんとう》でみんなが使ってるのを見ると嬉しくて『それおいらが作ったんだよ』って言いたくてウズウズしたもんさ」

思い出話に花が咲く。

群青にとっては皆、弟分みたいなものだ。

「町工場の親方んとこで住み込みで働いてる同級生からもうらやましがられた。おまえんとこはいいなあ、給料がどんどん上がって旨《うま》い飯も食えてって。うちの母ちゃんも喜んでた。戦争で父ちゃんが死んでどうなることかと思ったが、ありあけさんなら安心だって」

「梱包班の女子工員と昼休みに中庭で会えるのが嬉しくてさあ」

「どんどん入ってくる注文をさばくのに夢中だった。あの頃はよかったなあ」

旧ありあけ石鹼が苦境に陥《おちい》った時、彼らは人件費削減で真っ先に切られてもおかしくなかった。

懐かしい顔が欠けずに揃《そろ》っているのは、ひとえに赤城が守ってくれたおかげなのだ。

非情になって容赦《ようしゃ》なく切っていれば、ありあけ石鹸は自力再生できたかもしれないが、赤城には切れなかったのだ。赤城にとって彼らはただの「社員」ではない。「仲間」だからだ。社長には彼らの生活を守る責務がある。赤城はそう信じていた。会社を生かすことを優先して彼らを切り棄てることは、できなかったのだ。

今の群青ならわかる。

社員を切れなかったのは、経営者としての赤城の「甘さ」だ。

仲間を守り、倒産も避ける。そのための選択が、経営権を手放すことだったとは。

彼らに憎まれてでも切ってさえいれば、ありあけ石鹸の「主権」は保たれた。生き延びるためにむざむざ大国の占領下に入ることはなかったろう。

赤城の甘さを責めようと思えばいくらでもできる。

だが目の前の皆の笑顔を見ると、わからなくなる。

非情になれなかったことを「経営者失格」の一言で片付けていいのか、群青にはわからなかった。

「……今もありあけで働いてられるのは赤城さんのおかげだ。みんな感謝してるんだ」

一雄は鼻を真っ赤にして安い清酒をあおった。

「でも恩の返し方がわからねえ。グン兄さんが帰ってきてくれて百人力、いや千人力だ。兄貴なら救える。昔のありあけ石鹸を取り戻せるって信じてんだ」

群青はイカの塩辛を口に入れ、酒で流し込んだ。塩辛いはずが、やけに苦く感じた。

「そのために戻ってきてくれたんだよな。そうだろ？　グン兄さん」

「まあ、呑《の》めよ。一雄。それより俺はおまえの嫁さんの話が聞きたいよ」

「はは。うちの嫁さんとはよう、寮のクリスマス会で出会ったんだけどよう」

工員たちにしみついた油の臭いや、飾らない笑顔がひどく懐かしかった。当時とは石鹸の製法も変わってしまい、今ではすっかり機械頼みになっていたが、それでも物作りに携《たずさ》わる現場の空気がやはり好きなのだと群青は実感した。

——ありあけ石鹸はおまえの帰る家だからな。

赤城の言う通りだった。

こんなに明るく受け容《い》れてもらえるとは。

「ろくに働き口がなかった俺たちが就職できたのも、考えてみりゃ赤城さんのおかげだもんなあ」

そう呟《つぶや》いたのは満州から引き揚げてきた年配工員の都倉《とくら》だった。

「引揚者住宅から出られたのも毎月ちゃんと給料をもらえてたおかげだ。俺たち親子が食いつないでいけたのも。引揚仲間にゃ長野の山奥に行ったやつもいる。満州の荒れ地で苦労して農地を切り拓《ひら》いて、そいつも敗戦で何もかも奪われたってーのに、また内地で開拓して……。今も荒れ地と格闘してるやつらの話を聞くと、俺たちは幸運だった」

ここにいる皆が赤城に恩を感じている。今でも慕っている。そんな皆の心があるからこそ、ここは帰る場所たりえているのだと群青は気づいた。

酒が苦く感じた。

「そういえば、羽村《はむら》の姿が見えないな？　忙しいのか？」

羽村誠司《せいじ》は一歳違いで少し生意気なところはあったが、群青とは一番仲が良かった。

すると一雄たちは急に笑顔を消した。

「羽村ならずいぶん前に購買部へ異動になったよ。今じゃすっかり出向組になついてら。取り入って出世したいのさ。高峰と一緒さ」

「経理の高峰か」

「ああ、高峰なんて掌返《てのひらがえ》しの早かったこと。重役たちに尻尾振ってさ、赤城さんたちを見下してやがる。まあ、あいつは昔から自分よりエライやつにへつらってたけどさ」

やってられないよな、と一雄たちは侮蔑《ぶべつ》をあらわにする。

「……うちも勅使河原《てしがわら》部長が飛ばされちまって、この先どうなるかわからねえし。製造部の現場でもそのうち親会社組が幅利かせて、そいつらにへこへこしてなきゃならなくなるのかな……」

先行きを不安がっている。

「子会社になってから、俺らの給料も減らされちまって、全然上がらないしな」

全員雇用という条件を呑む代わりに、旧ありあけの頃よりも、工員たちは大幅に減給されてしまった。

「今までがいい思いしすぎたんだって。赤城さんたちが会社の儲《もう》けを手厚く社員に回してくれたおかげだろ」

だが、そのせいで会社の内部留保が他社よりも極端に少なく、立て続けに襲ってきた危機を乗り越えられなかったことを、群青は知っている。が、工員たちは一度不満が噴き出すと止まらない。

「今の重役どもは、二言目には経費削減・人件費削減、コストカットコストカット。会社にゃ利益がたんまり貯まってるはずなのに、なんで俺たちにはいっこうに回ってこないんだ」

「重役どもが取り過ぎなんだ。株主にはいい顔するくせに、社員は安月給で扱《こ》き使って」

「桜桃《おうとう》の工員なんか、毎年給料が上がってるんだぜ。うらやましいよなあ」

「一度ボイラーの火を落とすと起ち上げるのに金がかかるってんで連続生産するようになってからは、ギリギリの人数を三直まわすもんだから、まともに休めやしねえ」

群青が思っていた以上に工員の不満は深刻だった。

「誰かに訴えたくても、赤城さんは首輪つけられてるし、近江さんも現場に来てくれない。テシさんは俺たちの声を聞いてくれて、上に噛《か》みついたりしてくれたけど、穂積部代が部長になってからはひたすら上の言いなりだ」

悲愴《ひそう》な表情で一雄は言った。

「グン兄さんが頼りなんだよ」

「俺は外の人間だ。正式な社員じゃない」

会社と契約した「技術顧問」だ。報酬《ほうしゅう》は給料ではなく顧問料という名目で支払われる。製品や製造のことについて客観的な意見を述べることはできるが、社内のことにまで口を出せる立場にはない、と言うと、一雄はすがりつくような目になり、

「俺たちを見捨てるのかい？」

「そういうことじゃない」

「グン兄さんは創業メンバーのひとりじゃないか。ちっとも外の人間じゃねえよ。赤城さんたちはもう頼りにならねえ。頼りになるのはグン兄さんだけなんだよ。昔のありあけに戻してくれよ！」

そうだそうだ、と工員たちは同調する。群青は盛り上がりに水を差すように、

「おまえたち、何か勘違いしてる。俺はこの会社を昔のありあけに戻すために帰ってきたわけじゃない」

「どういうことだよ」

一雄はムキになった。

「出向組の言いなりになる気かよ。羽村たちみたいに」

「おまえたちもいい加減、目を覚ませ。あんちゃんたちのありあけじゃ生き残れなかったから、こんなことになってんだろ。ありあけを取り返すだなんてナンセンスな考えは棄てろ。昔はよかった、なんて、まやかしだ。現実逃避するためにそう思い込んでいたいだけだ」

「見損なったぜ、グン兄貴！　兄貴まで親会社の味方すんのかよ！」

「後ろばっかり向いてないで前を向け！　新入りに居場所取られるのが怖いなら、自分を磨け！俺も死ぬほど勉強した。誰かなんてあてにするな！」

座が水を打ったように静まりかえる。気まずい空気が流れた。

工員たちはやりにくそうに面《おもて》を伏せていく。群青には自分の発言が彼らに響いていないのがわかった。ただ突き放されたことへの困惑と反発と、徒労感のようなものが、天井に広がる煙に混ざって漂っていた。白熱灯を慕って飛んでいた小さな虫の羽音だけが、やけによく聞こえた。

長い沈黙の後で都倉が言った。

「……俺たちにゃ変えられねえんだよ。優秀なあんたと違って所詮《しょせん》ただの工員だからさ」

叩き上げが優遇されないのは、親会社の意向だ。中卒工員はせいぜい現場主任止まりで、その上にいくルートは用意されていない。赤城たちのいた頃とはちがうのだ。

「夢のない会社になっちまったよ……。ありあけは」

ぼやきの中に無力感が滲んでいる。安酒で自分を慰めるしかない工員たちの心の声を群青は知った。

「なんでえ、ちくしょう！　兄貴ならわかってくれると思ったのによう！　期待した俺が馬鹿《ばか》だったぜ。裏切り者！」

群青への悪態をつき始めた一雄は深酒した挙げ句、潰れてしまった。気まずい空気のままお開きになり、一雄をおぶって帰っていく工員たちを、群青は店の前で見送った。宴の初めの盛り上がりが嘘のように、皆、どこか群青に距離を置いて、別れ際には他人行儀になっていた。

深夜の小名木《おなぎ》川を歩き始める。貨物線の鉄橋の下には丸太がひしめきあうように浮かんでいる。安酒のせいでだいぶ酔った。揺れる視界に、遠くの銭湯の煙突がだぶって二本に見える。

「情にこだわって守ってやった結果が、これかい。あんちゃん」

こんなことになるならいっそ潔《いさぎよ》く切ってやったほうがよかったのではないか。昔と違って今は（業種にさえこだわらなければ）働き口も増えた。終戦からそろそろ十五年、神武《じんむ》景気だ岩戸《いわと》景気だと浮かれるくらいには景気も右肩あがりだ。一度、子会社になってしまったら、そう簡単に主導権を取り返すことはできないことくらい、わかっていただろうに。

俺のせいなのかい？　あんちゃん。

俺にありあけを残すために、ただそのためだけに。

――おまえが言ったんだぞ。俺に、ここにいてくれと。

群青は立ち止まって、煙突の上に浮かぶ月を見上げた。

「前を向け……か」

——前を向け。群青。

昔、引揚列車の中で赤城に叱咤《しった》された言葉だった。母がいなくなった引揚港ばかりを思い、列車の進行方向とは逆を見ていた群青の気持ちを、あの言葉が断ち切った。赤城がどんな思いであの一言を発したのか、群青は今の今まで考えもしなかった。

——裏切り者！

群青は橋の上から石を投げる。波紋で、黒い川面《かわも》に映っていた街灯が歪んで、対岸に広がった波は小舟を揺らした。後ろめたさを奥歯で嚙みしめた。

だが、後戻りしても何もいいことはない。

ありあけを生まれ変わらせる。

日本のトップメーカーになるためには、なにを置いても噴霧乾燥塔の建設を急がなければならない。どこよりも早く最新の製造方式を導入するのだ。それを実現できるのは、今はもう赤城たちではない。黒田だ。

「もう後には引けないんだよ……、あんちゃん」

京城《けいじょう》での暮らしは、今になって思えば、池に漂う浮島での借り物の暮らしだった。戻ってもあの日の「続き」は二度と紡《つむ》げない。ありあけもそうだ。

失われた景色を懐かしんだところで、吹き溜まりの埃玉《ほこりだま》となるだけだ。

澄んだ眼《め》をしていた親友の面影を川面に描く。上野《うえの》の戦災孤児だった親友は、施設につれていかれたきり、音信不通で今も行方がわからない。

――何もかも覚悟の上で、おまえは帰ってきたんだろ。群青。

そうだとも、リョウ。

ありあけ石鹸は、俺たちの夢だった。この会社を日本一にするために俺は戻ってきたんだ。

生き残るためには後ろなど振り向いていられない。前に進まなければならない。力を手に入れ、富を手に入れる。黒田の権力を利用して、俺はありあけ石鹸をどこよりも強い会社に成長させる。

月の光が運河に浮かぶ丸太の群れを照らしている。

ゆらゆらと揺れている。

群青は煙草をくわえた。酔った手でマッチを擦《す》り、火をつけた。

＊

新商品に関する会議の席で、群青は赤城と久しぶりに顔を合わせた。

市場調査部と製品開発部の代表が、長机を並べた会議室で向き合う。技術顧問である群青は、東海林の後任として出席した。

赤城とは顔を合わせても、私語はない。

赤城も空気を読んでいるのか、無駄話はせず、着席した。

木暮《こぐれ》が市場調査の分析結果を説明する。ガリ版刷りの資料を配り、黒板に図を書き込みながら理路整然と語るのを、群青はじっと聞いていた。正直、舌を巻いていた。

群青がいたB＆M社も市場分析を重視していた。項目は多岐にわたっていたが、ありあけの調査部が出してきた内容もそれと遜色《そんしょく》なかったのだ。

さすが国策を担《にな》った集団の調査マンだけある。日本の満州経営を支えた〝知の集団〟の本領発揮か。分析能力はお墨《すみ》付きだ。

「……家電各社のデータを総計すると、洗濯機の販売台数は百万台を突破し、すでに三割の家庭で購入している計算です。特筆すべきは団地族と呼ばれる若い家庭で半数を超えています。またT社が発売した新商品が好調で、パルセータ（水流を攪拌《かくはん》する羽根）が洗濯槽《そう》の底についた〝渦巻式〟は、従来の噴流式より攪拌効率があがり、洗浄能力も大幅に向上しました」

各社の製品データを提示して、洗浄力の比較までしている。

「次に衣類の素材に関しての項目ですが、レーヨンをはじめとする合成繊維は現在……」

周辺他業種のデータまで徹底的に集めている。各市場の相関関係を分析して、今後の消費動向を見極める。あの桜桃石鹸ですらここまでしているかどうか。

群青は直感した。ありあけ石鹸の強みは、開発でも製造でもない。

この赤城率いる市場調査部が存在することが、何よりの強みなのでは？

質疑応答が進む間も、赤城はじっと群青を凝視している。発言はしない。その視線だけで圧をかけてくる。

「こちらからは以上ですが、調査部長。他に何か」

「例の苦情の件は伝えたのか」

初めて赤城が口を開いた。

「今月に入ってから、箱の中で洗剤が固まるという苦情の手紙が十件も届いている。原因と対処法について技術顧問の意見が訊きたい」

　群青を名指ししてきた。

　苦情は、使っている洗剤が箱の底で固まってしまい、最後まで使い切れないという内容だった。わざわざ現物を取り寄せた調査部員が群青たちにも見せた。群青は箱の中を覗き込み、

「蓋《ふた》を完全に閉めずに保管して、梅雨《つゆ》に入ったために吸湿が進んだのでしょう。助剤《ビルダー》で解決できると思います」

「助剤で」

　界面活性剤と共に用いることで品質や性能を向上させる「洗浄力の増強剤」のことだ。

「『ニューレインボー』の助剤には縮合リン酸塩が使用されています。硬水中のカルシウムイオンを捕捉《ほそく》して軟化させ、泥などの不溶性無機汚垢《おこう》を落としやすくします。頑固な汚れに対する洗浄力が格段にあがるのでピロリン酸ナトリウム――ＴＳＰＰを用いています」

　群青の応答はよどみない。

「夏の高温多湿は日本の風土ならではの現象とも言えるので、吸湿による固化を防ぐならば、ＴＳＰＰよりイオン捕捉性能は落ちるが、吸湿に強いトリポリリン酸ナトリウム――ＳＴＰＰに切り替えるという手もあります」

「それはすぐに対応可能なのか？　改良版を出した頃には冬でした、では意味がないぞ」

「そこは購買部に汗をかいてもらうことになるかと。ただし、洗浄力が下がります」

「石鹸のビルダーで用いる珪酸《けいさん》ナトリウムではだめなのか？」

「もちろん代替できますが、固化防止性能が乏しい」

「TSPPとの混合は？」

「コスト次第ですね。ただし、夏場の衣服は無機汚垢の比率が高くなるのでTSPP並みの洗浄力を保たなければ、汚れ落ちが悪くなったと苦情が来ます」

いつのまにか、他の者を差し置いてふたりで議論になっている。

予定時間を三十分ほど超過して、会議は終わった。

「赤城部長、なかなか手厳しいですね」

会議室から出てきた群青に話しかけてきたのは、補佐役である道明寺晋作だ。

赤城の質問攻めからようやく解放された群青は、思わずネクタイを緩めた。

「……テストだよ。俺が本当に東海林さんの後釜にふさわしいかどうか試してるのさ」

「ただの嫌がらせにしか見えませんでしたがねえ……」

赤城のあまりの執拗さに道明寺は悪意すら感じたようだが、群青は一連の質問攻めから赤城のメッセージを読み取っていた。そう簡単に自分が東海林の代わりになれるとは思うな、おまえが作りたいありあけ製品のビジョンがあるというなら、それを示して俺を納得させてみろ……と。

「昔から妥協しないひとだからな……」

それにつけても恐るべしは赤城率いる市場調査部だ、と群青は思った。戦時中の満鉄調査部が残した熾火《おきび》が戦後の消費財メーカーの中で粛々と燃えている。こんな部署を持つ会社は他にないだろう。

――人間は見たくないもんから目をそらす。

いつか赤城が漏らした言葉だ。データとはつくづく扱う人間次第なのだ、と。

かつて日本は失敗した。今のありあけ石鹸はどうか。

「大河内くん、会議は終わったか」

噂をすれば影とばかりに、黒田専務と鉢合わせた。

「今夜は新規事業の件で厚生省の担当者と一席設けた。君もつきあえ」

メーカーは工場を建てるにも製品を売るにも、行政の許可がいる。ありあけのような戦後創業組の中堅はしばしば官僚の顔色を窺《うかが》うのも戦法のひとつだ。東海油脂の社風を受け継ぐ黒田たちは、毎夜のごとく官僚や取引先の接待に忙しい。

群青の「B&Mの元研究員」という肩書きは絶大で、黒田たちに重宝されている。なにせ同席するだけで心証がいい。米国一の消費財メーカーとのコネクションを匂わせるだけで官僚も取引先も態度が変わる。下駄《げた》を履《は》かせているのだ。断る選択肢《し》は群青には与えられていない。煩《わずら》わしいが、仕方ない。これも最新の噴霧乾燥塔を導入するためだ。

去っていく群青たちの姿を、今度は赤城たち調査部の面々が見つめている。

「大河内氏は出向組とべったりなんですなあ……」

一緒にいた木暮が、黒ぶちメガネをハンカチで拭きながら呆《あき》れ気味に言った。

「聞きましたよ。あのひと、ケミカル社の噴霧乾燥塔を買ってくれって上におねだりしてるんだとか。うちには高すぎる買い物ですよ」

経理は難色を示している。だが、お気に入りである大河内の「おねだり」を、黒田は聞いてやるつもりでいるようだ。

「本当にあれが創業メンバーなんですかい？　出戻りのくせにあっさり掌を返したもんだなあ」

創業の頃の群青を知らない木暮の目には、恩知らずな小狡《こずる》い男にしか見えないのだろう。

「あれでも俺の弟分だ。あんまり悪く言ってくれるな」

「大体、満鉄調査部の一匹狼だったあんたが、赤の他人と義兄弟の契《ちぎ》りを結んだなんて、冗談かと思いましたよ。今時博徒《ばくと》でもあるまいし」

「おまえにはわからんさ」

「向こうは中学生だったんでしょ。離れてからのほうがずっと長いんじゃないですかい?」

一緒に暮らしたのは四年、離れて暮らして十年。確かに共に過ごした時間より、離ればなれだった時間のほうがずっと長い。

「だが俺たちが過ごしたのはただの四年間じゃない。引き揚げで身ぐるみ剝がされて、なんにもなかった東京をバラックで生き延びた仲だからな」

どんなに離れてもあの四年間があるから、心が繋がっていられる。そう信じている。

だからこそ、黒田のお気に入りになっている群青を見るのは忍びない。

「ほっとくんですかい? 赤城部長」

第三者である木暮の眼は冷静だった。

「黒田はわかってるんですよ。あんたもあいつにゃ手が出せないって。情でがんじがらめになる前に、禍《わざわい》の芽は摘んどいたほうがいいんじゃないんですか?」

良くも悪くも、群青は赤城の急所なのだ。それを黒田に利用されることを木暮は危惧《きぐ》している。

赤城は何も言わない。

西日が廊下に差し込んできて、窓枠の長い影が横たわっている。

＊

黒田陣営と昵懇《じっこん》であることを隠そうとしない群青の振る舞いに、「強い味方が戻ってきた」と期待した旧ありあけの社員は次々と失望をあらわにした。

そんな中、黒田専務がついに工員の人員削減に踏み切った。社員の雇用維持という赤城が出した子会社化の際の条件を堂々と踏み倒して、首切りを始めたのだ。整理対象になった工員がたまらず群青に助けを求めてきたが、群青は冷淡にも無視した。それどころかリスト作成に口を出す始末だ。あらゆる業務で現場の意見をことごとく無視して黒田たちに同調し、出向組の肩を持って旧ありあけ社員には冷然と接するようになった。

いまや群青は悪者だ。蛇蝎《だかつ》のごとく嫌う者も出る始末で（一雄もそのひとりだ）とうとう群青は「旧ありあけ一の嫌われ者」というありがたくもない称号を得てしまった。

かたや出向組は歓待している。その経歴も知られた上で当初は警戒されていたが、今は「黒田に従順な創業組の優等生」などと呼ばれ、赤城らへの裏切りによって抜群の信頼を得た。そんな群青を鼻白《はなじろ》む者もいれば、新ありあけ体制がいよいよ本格的になると嗅《か》ぎ取り、赤城たちと距離を置く者も増えた。群青と赤城の対立を噂する者もいて、波紋は大きくなるばかりだ。

一方で、開発部では停滞していた研究が進み始め、部員からの抗議もなくなった。群青が持ち込んだB＆M方式の合理的な開発チーム作りが功を奏して、現場のモチベーションアップに繋がったようだ。製造部でも新体制が軌道にのってきて、社内から急速に旧ありあけ色が払拭《ふっしょく》されつつある。

黒田に権力が集中し始めたことは明白だった。

旧ありあけから唯一経営陣に残った近江のもとを訪れる社員も日に日に減ってきて、少し前までは活気があった役員室に閑古鳥《かんこどり》が啼《な》いている。

群青がやってきて、四ヶ月が過ぎた。そんなある日のことだった。


「やっと来たか。群青」

本所《ほんじょ》の石鹸工場にようやく姿を見せた群青を、迎えたのは勅使河原《てしがわら》だった。

あんなに騒がしかったセミの声が、いつしか鈴虫の声へと変わっていき、東京の下町にも秋の気配が漂い始めていた。

会社の花形である製造部長から降格をくらった勅使河原は、ろくに予算も回ってこない旧式工場で、名ばかりの新人教育を任されていた。

「ご無沙汰《ぶさた》してました。テシさん」

背広を小脇に抱えた群青は、勅使河原の記憶にある線の細い少年とはまるで別人だ。眉の生え際も凜々《りり》しく、たくましい青年になった群青を見て、勅使河原は目を細めた。

「師匠のもとに挨拶《あいさつ》に来るのが遅すぎやしないか？　聞いたぞ、B＆Mにいたんだって？　すごい夢果たしやがって。さすがは俺の弟子だ。やることがでけえ」

その勅使河原はランニングシャツ姿で、空っぽになった大きな反応釜《がま》の底に入り、こちらを見上げている。

「……なにしてるんですか」

「なにって見ての通り、釜の掃除よ。もう何年も使ってなかったからな」

「掃除をしてどうするんです」

「久しぶりに火を入れてみようと思ってな」

カバーをかけられた釜はどれも埃《ほこり》をかぶっていたが、ひとつだけ外され、勅使河原はその釜の内側をたわしで念入りに磨いているところだった。

「せっかく立派な釜があるんだ。新入りどもに石鹸作りってやつを一から体験させてやる」

群青は呆気《あっけ》にとられている。

「なんだ？　今時、釜炊《かまだ》きなんか教えても無駄だって顔してんなあ」

筋の入った太い腕でたわしを握り、釜をこすり続ける。群青はおもむろに上着を脱ぎ、裸足《はだし》になってズボンの裾《すそ》をまくり上げた。釜の中へと下りてきて、ワイシャツを腕まくりした。

「手伝いますよ」

デッキブラシで底を磨き始める。師弟は昔そうしていたように肩を並べて釜を磨き始めた。

「……うちぐらいの規模になると、石鹸製造はどこももう連続式だからな。釜（バッチ）で生産できるのは効率度外視のもはや贅沢《ぜいたく》品だ。シャンプーなんかもいずれは液体が主流になって材料を管の中でブレンドするだけでできあがっちまう時代になるんだろうが、仮にも石鹸屋を名乗るなら一度は釜炊きの脂《あぶら》の匂いを嗅いでほしいじゃねえか」

群青は言えなかった。この本所工場も黒田は近々、売却するつもりでいることを。

それを伝えるために来たのに、言い出せず、黙々と釜を磨いている。

勅使河原は手を止めず、

「黒田専務に呼ばれたって？」

「……………」

「旧社員たちからすっかり嫌われたみたいだな。赤城たちを助けに戻ってきたのかと思いきや、おまえの目的は〝今のありあけ〟での出世か？」

「俺はありあけの製品が売れて、日本一のメーカーになれればいい。それだけですから」

「そのために黒田の竹を摑んだわけか」

勅使河原の口調には批判も批難もこもっていない。

「会社での出世は竹登りみたいなもんだ。選ぶ竹を間違えると、途中でしなって折れちまう。しなった竹から他の竹に乗り移れた人間だけが上に行ける。俺も桜桃じゃそうやって出世した」

「責めないんですね。俺のこと」

すると、ようやく勅使河原が群青のほうを見た。

「小言のひとつも言ってほしかったか」

「そういうことじゃなくて」

「おまえ、ここに戻る前に、赤城がチンピラに絡まれたのを助けたんだってな」

あの夜のことだ。日活のアクション映画のようだったと一雄が得意げに言い触らしていた話が勅使河原にも伝わっていたのだろう。

「おまえ……本当は赤城がそいつらに襲われること、事前にわかってたんじゃないのか？」

どきり、としたように群青の手が止まった。

「いてもたってもいられず、助けに駆けつけた。ちがうか？」

群青は答えない。勅使河原はまた釜をこすり始め、

「……首謀者が誰かはあえて訊かないが、おまえにゃ見て見ぬ振りができなかったんだ。その行動が全てを語ってるじゃないか。そんなやつを誰が責めたりするもんか」

「テシさん……」

「敬語はよそうぜ。俺とおまえの仲じゃないか。昔みたいにぞんざいに話せよ。グン坊」

勅使河原の明察ぶりに頭が下がる思いがした。群青以上に群青という人間を理解している男だ。あれから十年、石鹸の師匠は白髪が増えて眉間《みけん》の皺《しわ》も深くなり、見た目は老けたが、懐《ふところ》深く見つめてくる眼差しはなにも変わっていない。

「悔しくないのかい？　テシさんは。こんな目に遭《あ》って」

「俺ももうすぐ定年だしな。若いやつに道を譲る頃合いだったのさ」

だが後釜の穂積新部長は黒田に丸め込まれた。信頼していた男の寝返りに、心中穏やかなはずがない。群青はそう口にしかけて、呑み込んだ。自分も黒田派にいるくせに。穂積を責められない。口ごもる群青の心を読んだように勅使河原は言った。

「俺みたいな老兵の意向なんて気にすんな。道は今背負ってる者が決めればいいのさ。どんな形でもありあけが前進できるなら、それが一番じゃないか」

飄々《ひょうひょう》と言うが、やせ我慢にも聞こえた。同時にその言葉が自分に向けられている気がして、群青はやるせなくなった。

「やせ我慢してるのは、おまえのほうなんじゃないのか？　グンよ」

心の中を見通したように勅使河原は言った。

「本当は、赤城と一緒にまた石鹸を作りたいんだろうに」

壁に取り付けられた換気扇が鈍い音を立てて回っている。

釜炊きをしていた頃、蒸気に混ざっていた脂の甘い匂いが、ふいに鼻の奥に甦《よみがえ》ってきた気がした。

「もうガキじゃないよ、テシさん……」

「赤城も本音は同じだろうよ」

外から差し込む光が換気扇に遮《さえぎ》られて、チラチラと揺れている。

群青は懐かしそうにそれを見上げた。

「……俺はありあけを日本一の洗剤メーカーにするために戻ってきたんだ。センチメンタルはごめんだよ」

釜の内側を磨き上げると、ちょうど正午のチャイムが鳴った。

「昼メシでも喰《く》いに行くか。久しぶりに増野《ますの》屋《や》のそばはどうだ」

「いいね。あそこの鴨南《かもなん》そば、ずっと食べたかったんだよ」

そんなやりとりをしながら、表に出てきた時だった。

門の前に一台の車が停まっている。テントウムシを思わせる洒落《しやれ》たフォルムの白い車は、スバル360。イタリア車を思わせる丸みを帯びたデザインと愛嬌《あいきよう》のあるフロントが目を惹《ひ》く。

運転席から降りてきた者を見て、群青と勅使河原は驚いた。

女だ。

車と同じオフホワイトのスラックス・スーツに身を包んだ背の高い女だった。

端整な小顔にベリーショートの髪、サングラスをかけ、細い首にはスカーフを巻き、長い脚《あし》で凜《りん》と立つ。すらりとしたスタイルのよさはまるで外国人モデルのようだ。サングラスを外すと、一度眩《まぶ》しそうに空を見上げ、ふたりをまっすぐに見据えた。

群青はどきりとした。女は迷わず颯爽《さっそう》とこちらに近づいてくるではないか。

すぐにわかった。あの時の女だ。業界のパーティー会場でぶつかった。勝ち気で自信に満ちた大きな瞳が印象的だった。目線を交わした一瞬があまりに鮮烈だったので、群青の瞼《まぶた》に焼き付いていたのだ。

「お久しぶりですね。勅使河原さん」

白いスーツの女は形のよい赤い唇の両端をきれいに吊り上げて微笑《ほほえ》んだ。

勅使河原も困惑しているようだった。

「君は桜桃の……蔵地《くらち》会長のお孫さんじゃないか」

群青は驚いて、思わずその色白の小顔を凝視した。これがあの蔵地の……孫娘？

似ても似つかない。こんなに美しい孫娘がいたとは。

「蔵地遼子《りょうこ》です」

凜とした声だった。外したサングラスをジャケットの胸ポケットに差し、目元に上品な微笑みを湛《たた》えて、勅使河原に話しかけてきた。

「お元気そうで何より。本当にこちらの工場に勤めておられたんですね」

「桜桃のお嬢様が、こんなむさ苦しいところに来るなんて、一体どういう風の吹き回しです？」

遼子は黒い瞳を大きく見開いて、小さな石鹸工場の安普請《やすぶしん》な建て構えをしばらく観察した。

「これがありあけ石鹸の本所工場ですか。創業したての頃、ここで釜炊きと枠練りを行っていたと聞きますが、驚くほど可愛《かわい》らしい工場ですこと。もうとうに売却したものと思っていました」

「半分は売りました。この一棟だけ残したんですよ。うちが最初につくった工場ですから、創業地のようなものです」

「あら、ここは二番目なのでは？」

正解だ。群青の認識では一番初めの「工場」は、初めて石鹸作りに挑戦した家の裏の小屋だった。だが工場としての登記はない。蔵地の孫娘がなぜそんなことまで知っているのか？　蔵地がわざわざ教えたと？

「身売りする前はかなり苦しい経営状況だったと聞きます。なのに売却もせずに残していたなんて、赤城元社長はよほどこの工場に愛着があるようですね」

「釜炊きはありあけの魂《たましい》だからですよ」

と、群青が横から口を挟んだ。

「赤城さんもいつかそいつを復活させるつもりで残していたのだと思いますよ」

「赤城元社長のことをよくご存じですのね。あなたも旧ありあけの方なのですか」

「いえ。四月からありあけで技術顧問をしております、大河内群青と言います」

「おおこうち……？」

遼子はなぜか怪訝《けげん》そうな顔をしてみせた。しげしげと大きな瞳でその顔を覗き込んでくる。品定めでもするように上から下まで舐《な》めるように見て、不敵な笑みを浮かべた。

「そう、あなたが例の。わざわざ専門のコンサルタントを外部から招くなんて、おたくの黒田専務は先進的でいらっしゃるのね。ありあけでは、大黒柱のひとりだった東海林開発部長も上の意向で飛ばされたと聞いています。つまりあなたは〝ありあけの破壊者〟の〝軍師〟ということですね」

群青は露骨に警戒した。桜桃は他社の内部事情まで逐一《ちくいち》調べ上げているのか？

「そんなことより桜桃のご令嬢がこんなさびれた工場に、なんのご用です？」

「用があるのは、勅使河原さんに、です」

勅使河原は群青と顔を見合わせた。

「私に、ですか。それは一体」

「本日は祖父の意向を伝えに来ました」

遼子は勝ち気に微笑んだ。

「現在、沼津《ぬまづ》で建設中の新しい洗剤工場に、工場長として、あなたを迎える用意があります。勅使河原一登《かずと》さん。古巣の桜桃石鹸でもう一度、私たちと働いてみませんか」

第四章　夜は明けたか

これは世に言うところの「引き抜き」というものか。

勅使河原《てしがわら》だけでなく群青《ぐんじょう》にとっても青天の霹靂《へきれき》だった。蔵地遼子《くらちりょうこ》は会長秘書という立場だが、実質的には「蔵地の代理人」だ。遼子の言葉は蔵地自身の言葉である。

「祖父は新工場の工場長に勅使河原さんを指名しました。ぜひ迎えたいと強く望んでおります。合成洗剤部門は新工場に集約させます。噴霧乾燥塔を備えた最新式の工場です」

「噴霧乾燥塔……！」

群青が思わず声をあげた。

「桜桃《おうとう》も噴霧乾燥《スプレードライ》方式を導入するのか!?」

遼子はふと察したように不敵な目をすると「そのとおりよ」と微笑《ほほえ》んだ。

「米国から技術者を招き、すでに着工しています。稼働すれば、桜桃の年間生産量は最大で二十万トンに達します」

群青も勅使河原も絶句した。他社の追随《ついずい》を許さない生産量だ。

右肩上がりの合成洗剤市場で勝ちを取っていくために、桜桃もすでにスプレードライ方式に舵《かじ》を切っていたのだ。まだ計画段階のありあけは、大きく水をあけられた。

「勅使河原さんには来年の稼働開始に向けて準備に携《たずさ》わっていただきたいのです。ただ、桜桃は古巣とはいえ、当時とは大きく体制が変わりました。できるだけ早くいらしてもらえないものかと」

「早く、とは……いつ頃に」

「そうですね。年内には」

あまりにも急な話だ。

言葉は悪いようですが、と遼子は前置きし、

「率直に申しまして、ありあけ石鹸《せつけん》様にとって勅使河原さんは戦力外。御社は勅使河原部長を必要のない人材とみなしたわけです。引き留める理由がない」

「勝手に決めるな。テシさんをありあけが手放すとでも思うか」

群青がムキになって言い返すと、遼子も負けじと声のトーンを上げ、

「手放さないとしたら、それは飼い殺しという意味です。御社の経営陣は〝宝の持ち腐れ〟を選んだのです。桜桃は勅使河原さんの能力と経験を高く買っております。こちらをご覧ください」

遼子が勅使河原に渡した書面には、桜桃が提示した条件が記されている。年俸を見て、勅使河原はギョッとした。ケタがちがう。

「弊社の規定では定年は五十五歳ですが、勅使河原さんは特例採用として五年間の延長が可能です。新工場の成績如何《いかん》では事業部長からの役員待遇も夢ではないかと」

勅使河原はすぐには答えられなかった。が、桜桃の新工場設立という大仕事を目の前に差し出されて、一度は涸《か》れた石鹸屋としての野心を掻《か》き立てられたのか、即答で断ることもしなかった。

「条件はご相談の上、できうる限りご希望に沿うよう努めます。じっくりお考えになって。一ヶ月後にお気持ちを伺《うかが》いにまいります。良いご返答をいただけると信じていますわ」

勝ち気な黒い瞳をたわめて微笑む遼子を見て、群青はまたしても既視感に襲われた。……やっぱり似ている、あいつに。

遼子は颯爽《さつそう》と愛車に乗り込んでいく。白いスバル360は軽やかなエンジン音を響かせて、走り去っていった。

群青はいてもたってもいられなくなった。困惑している勅使河原を尻目に、ただちに自分も車に飛び乗ると、後を追うように走り出していった。

執拗《しつよう》に追いかけてくる群青の車に、遼子は気づいたようだ。しばらく無視して走っていたが、群青は「止まれ」というように窓から身を乗り出してクラクションを鳴らしてくる。遼子はうるさそうにバックミラーを見てハザードランプを出し、隅田《すみだ》川の堤防脇で車を停めた。

運転席から降りてきた遼子は荒っぽくドアを閉め、車を停めて駆け寄ってきた群青を、腰に手を当てて待っている。

「しつこいひとね。まだ何かご用かしら？」

「訊《き》きたいことがある」

群青はいつになく真剣な眼差《まなざ》しになっていた。遼子は鼻で笑い、

「新工場の件でしたらこれ以上は明かせませんことよ」

「そのことじゃない」

殊《こと》のほか強く否定されて、遼子は目を瞠《みは》った。群青もそうは言ったものの、何をどう問いかければいいのかわからず、言葉を探して口ごもった。

「……あんた、男の兄弟はいなかったか？」

「兄弟？　わたしに？」

「あんたにそっくりな眼《め》をしたやつを知ってるんだ。そいつは……上野《うえの》の戦災孤児で、無二の親友だった。親を戦争で亡くしたが、小さい子供たちを守りながら『アメンボ団』っていう子供だけの集団を率いてたんだ。頭がよくて度胸があって俠気《おとこぎ》があった。施設に連れていかれてもう十数年行

方がわからない。そいつのことを知らないか？　ずっと捜してるんだ。もしかしてあんたの身内だったんじゃないのか」

遼子は大きな瞳を見開いている。群青が一気にまくしたて、

「あんたと顔立ちも似てる気がする。兄弟でないなら、いとこか何かかもしれない。リョウって言うんだ。知らないか？　家は入谷《いりや》で呉服屋をしていて」

ぽかん、としている遼子を見て、群青は我に返った。……何を言っているんだ、俺は。

目の前にいるのは蔵地の孫娘だ。リョウが蔵地の孫だったなら、そもそも上野の浮浪児になどなっていない。早とちりもいいところだと気づいて、群青はうろたえながら「すまない」と頭を下げた。遼子は不思議な微笑を湛《たた》えている。

「……大河内《おおこうち》さん。明日の晩は、空いてます？」

え？　と群青は無防備に顔を上げた。

「よろしければ夕食をご一緒しませんこと？」

＊

「東海林《しょうじ》が退職とは、……どういうことだ、近江《おうみ》！」

この日、近江の役員室に呼び出された赤城《あかぎ》は、想定もしていなかった事態が起きたことを聞いて絶句した。

近江は憤懣《ふんまん》やるかたないといった表情で、東海林から提出された「退職願」を赤城のほうに指先

で滑らせた。

「一連の資料を整理しおえたら、ありあけを退職する、だそうだ」

赤城は奪いとるようにして封書から便箋《びんせん》を引き抜き、広げた。したためられていた文字は間違いなく東海林の筆跡だ。退職の決意が簡潔な文章で記してある。

「どうやら、まんまと、やつらの思うつぼにはまっちまったようだ」

第一線にいた社員に閑職《かんしょく》への異動でダメージを与えて、自ら会社を去るよう仕向ける。派閥《はばつ》争いにおける常套《じょうとう》手段というやつだ。東海林にはありあけに残る理由がなくなったのだ。

「うちをやめて、どうするんだ。働き口は」

「転職先が見つかったと言っている」

ありあけの製品開発部長をやっていたほどの男だ。他社から引く手あまたであることは想像に難くないが、自ら率先して他社に売り込みに行く性分とも思えない。

「東海林と話をしてくる」

「俺たちには引き留められないぞ、赤城」

東海林に残ることを求めても、今はあてがうポストがないし、愛着で会社に残るタイプでもない。他からいい条件で声をかけられたなら、それ以上の条件を出さねばならない。

赤城は資料整理室に駆けつけた。堆《うずたか》く積まれた研究資料のまとめ作業をしていた東海林は、赤城から事の仔細《しさい》を訊《たず》ねられると、有り体に答えたのだ。

「佐古田《さこた》の研究所だと？」

群青から声をかけられたと聞き、赤城はたちまち警戒した。東海林はかつて陸軍の研究所にいた。

内地勤務だったが、関東軍の大河内中佐とも仕事上の接点があった。

佐古田研究所がもし中佐の研究の続きをしているならば、東海林はうってつけの人材だ。

「転職先というのは、佐古田の研究所だったのか」

「いや。実はもう一社からも声をかけられてる」

赤城は意表をつかれた。

「どこなんだ、もう一社というのは」

東海林は「亀戸《かめいど》」と所在地を答えた。赤城は「まさか」と机に手をついて身を乗り出し、

「桜桃か？　桜桃からも声をかけられているのか！」

「洗剤部門を強化するそうだ。今までの積み重ねが生かせる」

東海林の頭脳にはありあけの商品開発のノウハウが詰まっている。それを丸ごと持っていかれるようなものではないか。

「待ってくれ、東海林。考え直してくれ。おまえに桜桃に行かれては困る」

「悪いが、赤城。給料や待遇の問題じゃないんだ。俺は研究を続けたい。それだけなんだよ」

東海林にとっては、開発する製品が「桜桃の洗剤」か、「ありあけの洗剤」か、それだけの違いだ。

「おまえたちには世話になったな。赤城」

閑職に追いやった社員を会社都合で引き留めるなど、虫のいい話だ。だが赤城は東海林を、佐古田研究所と桜桃、どちらにも行かせるわけにはいかない。感情がどうにも許さない。

「時間をくれ、東海林。俺が上を説得する。頼む」

赤城が頭を下げるのを、東海林は醒《さ》めた目で見ている。これ以上、社内の派閥争いに巻き込まれるのはうんざりだ。そういう顔をしている。

窓から差し込む西日が、追いこまれた赤城の瞳を朱《あか》く染めている。

＊

遼子が予約していたのは銀座《ぎんざ》の『ル・サロンブラン』という高級フランス料理店だった。

落ち着いた照明の店内はテーブルごとにキャンドルが置かれ、和《なご》やかな雰囲気の中、身なりのよい客たちが低く談笑しながら料理を堪能《たんのう》している。皿の両脇に揃《そろ》えられた銀のカトラリーがシャンデリアを映して、遼子が手に取るごとに手元で控えめに輝くのを、群青は見つめている。

——昨日の一件については一切お話しできません。

——それよりもアメリカのお話を聞かせてくださらない？　B《ブライス》&M《モリスン》にいた日本人とお会いできる機会なんて滅多にございませんからね。

こんな蠱惑《こわく》的な黒い瞳で請われて断れる男など、まずいない。陽光の下ではきらきらと輝いていた瞳も、キャンドルの下では熔《と》けたガラスのように潤んで、妖艶《ようえん》ですらある。だからといって男に媚《こ》びるような色はまるでなく、その瞳の奥には常にぶれない芯の強い光を湛えているのだ。

上品に盛りつけられた料理をナイフで切り分ける手つきはいかにもこなれていて、ウェイターへの声がけもナプキンの扱いも、幼い頃から西洋のテーブルマナーを身につけてきた「社長令嬢」らしいスマートな振る舞いだ。群青も米国に住んでそこそこ洋食には慣れたつもりだが、自分の無骨な手つきやとってつけたマナーとは大違いで、遼子のそれは体に染みこんでいる。

「ワインは赤でいいかしら。お好みはボルドー？　それともブルゴーニュ？」

よくわからず、任せます、と群青が言うと、遼子はざっとワインリストに目を通し、ウェイターを呼ぶ。祖父の蔵地善之助《ぜんのすけ》は食通でも知られていて、よく同席するのだという。ワインにも詳しいわけだ。

グラスを扱う手も優美だ。

佇《たたず》まいには気品があって、自然にしていても誇り高い気性が振る舞いに顕《あらわ》れるのか。周りの人間には決して自分を雑には扱わせない、疎《おろそ》かにはさせない、そんな空気をまとっている。

空気といえば、先ほどから懐かしい香りをほのかに感じる。

香水だ。たぶん遼子がつけている。

「あら？　お気づき？　そんなにこってりつけたつもりはないのだけど」

「いえ。昔、うちで作った化粧石鹸のモデルにした香水だったので……」

母の香りだ。京城《けいじょう》にいた頃、母の鏡台に置いてあった美しいガラス瓶《びん》に入っていた。母は芸者でお座敷にあがる時はもちろん普段から和装が多かったので、滅多につける機会はなかったが、たまの休みに洋装でデパートに行く時だけ、つけていた。あの懐かしい香りだったのだ。

「まあ、そうでしたの。『夜間飛行《やかんひこう》』はお好き？」

「ええ……まあ」

母と一緒にいるようで、胸が締めつけられるような懐かしさを感じている。などとは言えなかった。ワインの香りと母の思い出の香りが入り混じり、群青は郷愁《きょうしゅう》のぬくもりのような居心地のよさに浸っていた。

だが話題のほうは癒《い》やしとはほど遠い。米国の消費財メーカーについてだ。頭の回転が速く、ビジネスの話には鋭く斬り込んでくる遼子だが、徐々に酔いがまわってくると、次第に口調も柔らかくなってきた。

「……私、子供の頃に食べ物で苦労したので、こういうお店でお腹《なか》いっぱいフルコースを食べるのは、仇討《かたきう》ちのようなものなの」

意外なことを言い出した。繊細なワイングラスの足を親指と人差し指でつまんで傾け、ルビー色をした赤ワインの縁《ふち》を、遼子は宝石でも堪能するように眺めながら、

「私たちをあんな目に遭《あ》わせた世の中に向けて、見せつけてやるの。私は自分の力でこの食事を手に入れたわ。パンのかけらも皿のソースも残さず平らげるから、皿洗いには喜ばれているかもね」

自分の力で、という一言に、群青は引っかかりを感じた。社長令嬢という座は生まれながらのものので、自力で手に入れるようなものではないと感じたからだ。

「………。あなたのようなお金持ちの家でも、喰《く》うに困ることがあったんですか？」

すると、遼子は我に返り、曖昧《あいまい》に微笑んだ。

「……終戦直後はどこもそんなものだったでしょう？」

だからみんな闇市《やみいち》を頼ったのだ。だが親がいた子供と親のない子供では、食べ物を手に入れる苦労も天国と地獄《じごく》ほど違ったはず。いささか反発を覚えた群青は、

「経営者一族のご令嬢が、あの終戦直後の東京で、闇市の残飯で飢《う》えを凌《しの》いだ者たちと同じ苦労であるかのように語るのは、お金持ちの奢《おご》りというものではありませんかね」

皮肉は、遼子のような「恵まれている者」を辱《はずかし》める類《たぐい》のものであったが、そう指摘されても遼子はムッとするどころか、かえって明晰《めいせき》な眼差しでこちらを見つめ返すだけだった。

「……そのとおりよ。外地から引き揚げてきて右も左もわからず、血の繫《つな》がらない義兄弟を頼りにしなければならなかった方の苦労に比べれば、大したものではなかったかもしれないわね」

言葉にトゲを感じて癇《かん》に障《さわ》ったが、一方で、違和感をおぼえた。

「俺の出自を調べたんですか」

「あなたのことは祖父が知ってたわ。苗字《みようじ》を変えたようですね。引揚者と苦労比べをすれば、私は必ず負けます」

同じ時代に生きた「戦争経験者」でも、その中身はひとによって全くちがう。身を置いた場所が違う者に話しても理解してもらえないこともあったから、虚《むな》しさから沈黙する者もいる。

遼子も終戦時は中学生だったというから、年齢も自分やリョウとそう離れていない。遼子という名にも宿縁を感じる。だが、相手は蔵地の孫娘だ。

「……そんな辛気《しんき》くさい話をしにきたのではないの。私が聞きたいのはアメリカの話。向こうのひとたちの暮らしはどうなの？　すでに総天然色のテレビがあるっていうのは本当？」

遼子は未知の世界に関心を寄せる。群青がアメリカ暮らしについて話し始めると、その瞳はいっそうキラキラと輝いた。そんなところもリョウと似ている。リョウも群青が京城での暮らしを語ると好奇心でいっぱいになり、目を輝かせたものだった。

メイン料理を終えて食後酒にシェリーを頼んだが、話は尽きず、二軒目のバーに赴いた。

遼子との会話は弾んだ。語彙《ごい》が豊富で機知に富み、少しシニカルなジョークを交えながら、時々鮮烈な一言を放って群青を驚かせる。なにより会話のテンポが心地いい。会ったばかりな気がしない。ジャズのセッションでもしているようだ。笑うタイミング、混ぜっ返すリズム、何もかも心地いい。会話は広がりと深掘りを繰り返した。

が、群青はそれがただの意気投合ではないことにも気づいていた。

遼子の口調が砕けてくると群青の心はいよいよ乱れ始めた。遼子に心惹《ひ》かれるのは、彼女の魅力に男心を刺激されたから、ではなかった。笑った時の顔の崩し方、驚いた時の目の開き方、機嫌を損ねた時の口のとがらせ方……。男が恋に落ちる時しばしばそうであるような「彼女の全てが新鮮で未知の魅力に溢《あふ》れていたから」などというものではない。むしろ「全て知っている」。既視感で頭が混乱している。まさか。いや、それはない。だが、そうだとしか説明がつかない。

話し方のクセ、言葉遣い……、あまりにリョウと似ている。

でもリョウは女ではない。

何が起きているんだ？　彼女があまりに似すぎているだけなのか？　この混乱を、運命の出会いなどと思い込むほどロマンチストでもない。遼子は解けない数式そのものだ。群青の脳内はこの矛《む》盾《じゅん》の数々をなんとか解析しようと躍起《やっき》になったが、ある瞬間、気づいたのだ。

その数式を解く方法が、ひとつだけ、あることに。

店を出たのは、もう午前零時を過ぎる頃だった。

群青もそこそこ酒には強かったが、遼子はさらに上をいく。もう何杯飲んだか覚えてもいなかった。すこぶる上機嫌で、千鳥足気味に夜の街を歩き続ける。よろけて転びかけたのを群青が横から支えた。

「おい、大丈夫か」

勢い余って鼻先がくっつくほど顔が間近になった。が、遼子は恥じらうどころか、ニッといたずら小僧のように笑うと、ハイヒールを脱いで、

「このほうが歩きやすい」

と言い、ストッキングをはいただけの足で歩き始める。社長令嬢とも思えない行儀の悪さだ。だが、遼子は気にも留めない。群青も慌《あわ》てて追いかけ、

「おい、車を待たせてるんじゃないのか？」

「いいよ、歩いて帰るよ」

「銀座から亀戸まで歩くつもりか？　ばか言うなよ」

「気分がいいんだ。こんな気分のいい夜はなかなかない」

千鳥足で築地《つきじ》に向けて歩き続けて、勝鬨《かちどき》橋《ばし》までやってきた。深夜の隅田川には月が映っている。

遼子は橋の欄干《らんかん》にもたれかかって、夜風に吹かれながら、ほてった頬《ほお》を冷ました。

黒い河にはさざ波に月明かりが反射して、ゆらゆらと揺れている。

欄干にもたれるその華奢《きゃしゃ》な背中に、群青は古い記憶を重ねていた。その時間を嚙《か》みしめていた。

車のライトが過ぎ去り、橋の上には静寂が戻ってきた。

「どうしてなんだ？」

群青がおもむろに問いかけた。

「なんで……、ずっと隠してた？」

遼子は黙ったまま夜の川面《かわも》を見つめている。川上から橋をくぐって下ってきたタグボートの航跡

が、黒い川面に白く浮かび上がって、両岸へと広がっていく。

「……仕方ないだろ」

遼子が背を向けたまま、答えた。

「生きるためだったんだよ。女であることを隠したのも。〝女〟みたいな振る舞いをしなきゃならないのも……」

群青は放心した。そうだとわかれば、実に簡単に解ける数式だったのだ。だが、十数年来の認識をそうたやすく書き換えられるものではなかった。答え合わせをするように、出会った時からの記憶を辿《たど》る。どうして気づかなかったのか、困惑しかなかった。

「おまえこそ、なんで気づいたんだよ」

遼子が問いかけてきた。群青は我に返り、一度嘆息してから、

「ずっと話してたからな」

「ずっと？」

「おまえがいなくなってからずっと、俺は心の中にいるおまえと毎日毎日話してた。そんな俺が、おまえとこれだけ話してて、気づかないわけないだろ」

振り返った遼子の顔にはもう、心を鎧《よろ》うような勝ち気な瞳も、男を蕩《とろ》けさせるような蠱惑的な瞳も、ない。素の表情に戻った遼子は、いたずらをしたように微笑んだ。

「驚いたか？　群青」

「驚いたなんてもんじゃないよ。まだ頭の中が混乱してるよ。いろんなことがどんでん返しされたみたいだ」

「そうだろうな。でも信じてたよ、群青。おまえなら、きっと『遼子』の中から俺を見つけてくれるって」

十数年来、心に描いていた懐かしい笑顔がそこにある。群青は胸がいっぱいになった。

――夜が明けたら、また会おう。

また会えたなら、必ず言おうと思っていた言葉を、群青はようやく口にした。

「おまえの夜は、明けたのか？　リョウ」

遼子は苦笑いを浮かべた。

「……さあな。明けたとも言えるし、まだ明けていないとも言える」

内地に引き揚げてきてから、初めてできた友達だった。上野の闇市で出会って、赤城や霧島《きりしま》の心遣いで仕事をまわしてもらえるようになった「アメンボ団」の子供たちは、リヤカーを引いてこの隅田川にかかる橋を何度も往き来した。リョウともいろんな話をしながら、川べりを歩いたものだ。

「養子になったんだ。蔵地さんとこの」

「なら孫娘っていうのは、養子縁組で」

「そう。血縁はない」

「でもなんで桜桃の創業家なんかに」

「……俺が連れてかれた施設はろくでもないところばかりでね、金目当ての施設長が軍隊ばりに威張り散らしたり、ガキのメシ代ピンハネしたり。ひどいもんだった」

戦災孤児を受け入れた施設はピンからキリまであって、国からもらえる運営資金が目当ての悪徳運営者もいたのだ。

そんな施設では毎日戦争だった。施設長に反抗して、殴られて顔がパンパンになるほど腫《は》れ上がったこともある。食事も抜かれて、物置に監禁され、水すら飲めない日もあったという。

「年端もいかない娘たちを部屋に呼んで手を出すクソ野郎もいた。そんな胸くそ悪いとこ、逃げようと思えばいつでも逃げれたけど、子供たちがイカレた大人の餌食《えじき》になるのを見逃せなかった」

「おまえは大丈夫だったのか？」

「大丈夫なもんか。懲罰って名目で襲われかけたが、パンパンの姐《ねえ》さんたちに教えてもらった通りにやり返して、キンタマ蹴り潰してやった。ざまあみろだ。今度俺たちに手ぇ出したら、もう片方も蹴り潰すって脅したら、びびったんだろうな。赤線に売り飛ばされかけたもんだから、仲間と一緒に施設長を襲って、裸にして簀《す》巻《ま》きにして真冬の外に放り出して、施設に立てこもってやった」

警察も来て大騒ぎになり、捕まって別の施設に入れられた。そこで待っていたのは今度は子供同士の凄絶《せいぜつ》ないじめだ。義侠心《ぎきょうしん》からいじめられた子供を守って標的にされた。そこでも戦い、ボスの少年の鼻を潰して、またしても追い出された。そんなことが続いて、施設を転々とした。

「それでも学校にだけは必ず通ったんだぜ。そのためにたくさん我慢もした。おまえに早く追いつきたかったからな」

群青は胸が詰まった。

自らの「夜」を明けさせるために、リョウは戦い続けていたのだ。

「最後に行き着いた孤児院が、蔵地さんの寄付を受けてた施設だった」

蔵地は篤志《とくし》家で、孤児に奨学金を与える活動をしていたが、特に目をかけた優秀な子供は引き取って、手元に置いて教育した。桜桃チルドレンと呼ばれ、桜桃石鹸の創業家を担《にな》う人材として迎えたという。

「蔵地さんは俺がやらかした立てこもり事件のこともなぜか知ってて、痛快だといたく気に入ってくれたらしい。うちで引き取る、と申し出てくれた。どっかで見たおっさんだと思ってたら、赤城の旦那《だんな》んとこに押しかけてきた桜桃の社長じゃないか。びっくりしたよ」

だが、引き取られた子供全員が養子になれたわけではない。最も優秀で、かつ、それにふさわしい人間性を備えると認められた者だけが、養子の座を勝ち取れた。蔵地に認められるために死にものぐるいで勉強した。

「おまえたちのライバル会社だってことは知ってた」

遼子は強い眼差しになって顔を上げた。

「……だからこそ、とも思った」

リョウには、赤城たちと共に夢を追う群青への羨望があった。群青へのライバル心もあったし、彼らと同じ業界に関われるまたとないチャンスでもあった。彼らと同じ場所へと這《は》い上がるために、リョウは「桜桃石鹸」という大きな山の岩壁にとりついたのだ。

「……それで桜桃だったとは」

群青は複雑だ。創業したてのありあけで、一緒に働いた友が敵方についていたのだ。リョウが女性であったというだけでも衝撃だというのに、よりにもよって蔵地家の養子になるとは。

さすがの群青も目の前の現実を受け止めかねている。

「なんで女であることを俺に言ってくれなかったんだ？」

すると、遼子は苦笑いした。

「本当に気づいてなかったのか？」

「気づくもんか。言葉遣いも振る舞いも、そのへんの男より男らしかったし。きれいな顔だなとは思ったけど、まさか女だとは」

とはいえ、リョウが騙《だま》したわけでもない。本名を名乗らなかっただけで、自分が男だとも女だとも口にしないでいた。群青がそう思い込んでいただけだ。

もっとも、それは群青だけではないはずだが。

「上野の地下道で寝起きしてた頃は誰も守っちゃくれなかった。いくらガキでも女ってだけで危なかった。身を守るためだったんだよ」

群青は引揚船の中で出会った女を思い出した。ソ連兵による強姦《ごうかん》から身を守るために、髪を短く切り、男の格好をしていた。戦災孤児となった年頃の少女の中には、喰い繋ぐために娼婦《しょうふ》になる者もいた。身を売って稼ぐのに元手は要らない。やむなく売春を始める少女もいたが、リョウはそれだけはいやだった。男になりきることで身も心も守ったのだ。

「男のフリするのはつらかったろ」

「そうでもない。元々、男みたいな性分だったから苦じゃなかったな。苦になるどころか、女であることから解放されたような気すらした。だが成長すりゃ嫌でも体は女になってく。それを隠すのが煩《わずら》わしかった」

今は女の姿に戻っただけだ。だが、それは戦闘服を纏《まと》うようなもので、ちっとも彼女本来の姿ではないように、群青には思えた。

遼子はハイヒールをつまんで不敵に笑った。

「そりゃそうだ。この世の中は男が支配する社会だ。実力がいくらあったって女ってだけで下に見られる。だったら持ってるもん全部利用してやれって思った。会長の孫娘って地位も、この容姿も、〝女〟であることも」

遼子は決して「会長のお飾り」ではない。勝ち気で非情な「社長令嬢」を演じることで、遼子は経営にも口を出せる「ポジション」と「権威」と「力」を獲得したのだ。自分を侮《あなど》る周囲を黙らせる、そこに至るまでの道のりも決して平坦ではなかっただろう。

群青は言葉が出てこなかった。リョウの戦いは「女であること」との戦いでもあったのだ。

「……ああ、でも赤城の旦那はあの頃から気づいてたな。俺が女だって」

「あんちゃんが？」

「口にはしなかったけどな」

群青は今の今まで気づかなかった。そんな大事なことを赤城はなぜ教えてくれなかったのか。

「俺とおまえの仲を気遣ってくれたんだよ」

「おまえが女だってわかっても親友をやめたりしない」

「どうかな……。本当は今日こうしておまえと会うのも、勇気が要ったんだぜ」

自分が女であることを群青が受け入れないかもしれない。遼子は自分が女であるせいで友情が壊れることを恐れているようだったが、群青には心外だった。

「おまえはおまえだ。男でも女でも関係ない」

遼子は伏し目がちに微笑んだ。自分が異性であるために起こりうる絆《きずな》の変質を、群青よりはもう少し深く理解しているようだった。まあ、いいよ……、と遼子は言い、

「おまえのほうこそ、なんでテシさんたちが飛ばされるのを止めなかった。新しい重役連中に気に入られてるくせに」

言い訳を潔《いさぎよ》しとしない群青は、黙り込んだ。表情を硬くして、企業人の顔になり、

「……ありあけもいつまでも旧式ではいられないのさ」

「だから切り捨てるのか。赤城の旦那たちも」

「ありあけはもうあんちゃんたちのもんじゃない」

「おまえの恩人たちを切り捨てて、自分だけ、のしあがろうってのか」

「ああ、そうだ。会社ってやつは派閥でできてる。強い側につかないと出世もできないからな」

群青の言い分が遼子にはショックだったのか、瞳に失望の色を浮かべ、急にしらけた顔つきになると、

「おまえ、変わったな……」

と吐き捨てるように言い、

「おまえがそのつもりなら、こっちも手加減なしだ」

「リョウ」

「テシさんは、うちでもらうよ。ありあけはテシさんが持ってた桜桃のノウハウで大きくなった。今度は桜桃がありあけのノウハウをいただく番だ」

群青が反論しようと口を開きかけた時、銀座方面から黒塗りの車がスーッとやってきて、ふたりの近くで停まった。遼子を迎えに来た車だった。遼子は肩をすくめ、

「……残念。お開きの時間だ」

運転手が降りてきて勝手な行動をたしなめる。店からいなくなってしまったので慌てて方々捜し廻《まわ》っていたらしい。遼子はハイヒールを履《は》いて後部座席に乗り込んだ。

「いくらいい女だからって、俺に惚《ほ》れんなよ、群青」

「ばか言ってる。誰がおまえに」

「赤城の旦那によろしくな」

ドアが閉まり、高級車の中の遼子は「蔵地の孫娘」の顔に戻っている。そう扱われるのがさも当たり前のように。その横顔はやはり凜として美しかった。

走り去っていく車を、群青は橋の上で見送った。

懐かしい母の香水の残り香も消えていった。

リョウといつか再会したら、その時はきっと駆け寄ってお互い力強く抱擁《ほうよう》し合うだろう。そんな想像を巡らせていたが、あんな容姿になられてしまっては抱擁もままならないではないか。男だろうが女だろうが、友情には関わりない。その気持ちに嘘《うそ》はないが、キャンドルを映して溶けたガラスのようだった遼子の黒い大きな瞳が、目に焼き付いて離れない。まいったな、と頭をかいた。意識などしないつもりでいても、美しい大人の女性になったリョウに、一時でも目を奪われた、その心のときめきを持て余してしまう。

いいや、と心を引き締めた。

親友は堂々と群青たちの敵方についたのだ。

「……手加減しないぞ、か」

群青はズボンのポケットに手をつっこんで、大きな月を見上げた。

「――困ったな……」

明日から俺は、心の中で、いったい誰に向かって話しかければいいのだろう。

あの日、焼け野原の街を照らしていたのと同じ月が、隅田川を照らしている。

＊

赤城から「大事な話がある」と言って呼び出されたのは、数日後のことだった。

勅使河原《てしがわら》への桜桃からの誘いが赤城の耳にも届いたのだ。黒田《くろだ》たちの目もあるので、群青は会社の外で会うことにした。指定したのは銀座の喫茶店だった。ずいぶん昔に、赤城の上司だった加藤《かとう》と三人で入った、あの老舗珈琲店《しにせコーヒー》だった。

木製椅子《いす》に張られた赤いベルベットの座面は昔と変わっていなかった。銀ブラに来た女性客がおしゃべりに花を咲かせ、年配男性が新聞を広げてゆったりと午後のひとときを過ごしている。

奥まった席で向き合ったふたりの空気は、張り詰めている。

赤城は先ほどからニコリともしない。その理由はすぐにわかった。

「黒田は何を考えてるんだ」

腕組みをした赤城が口を開いた。

「テシさんが桜桃に呼ばれたと聞いて、待遇改善を訴えたが、無視された。桜桃に取られても別に構わないだと？　あのひとの知識も経験も、そんじょそこらの石鹸屋とはわけがちがう。ありあけの製造ノウハウが全部あの頭の中に詰まってるんだぞ」

赤城は怒り心頭に発している。聞く耳を持たない黒田に業《ごう》を煮やし、群青に説得するよう求めてきたのだ。群青も黒田の対応には苦々しい思いをしている。だが、口に出せない。

「……それは杞憂《きゆう》というものですよ、赤城部長。テシさんは口が堅い。ありあけの社外秘を桜桃に垂れ流すようなひとじゃない」

「テシさんを信用してないわけじゃない。だが相手が悪い。桜桃の新規事業を俺たちが援《たす》けるようなもんだぞ」

群青もさすがに重いため息をついた。

「……しかも桜桃は新工場に噴霧乾燥塔を導入するそうです」

なんだと、と赤城が前のめりになった。

「それは本当か。誰から聞いた」

遼子のことは黙っていた。赤城も米国の工場で見たことがある。噴霧乾燥《スプレードライ》技術を用いた最新の製造法だ。日本の洗剤工場ではまだどこも導入していない。

「先を越されました。……うちが日本初になるはずだったのに」

「さすが桜桃。抜け目ないな」

「だが桜桃の考えがわからない。最新式の工場でテシさんの知識はもう古くて役に立たないはずなのに」

赤城は一瞬黙ったが、すぐに「甘いぞ、群青」と一蹴《いっしゅう》した。

「新システムが稼働しても、ひとつひとつの機械を動かすのは人間だ。必ず起きるトラブルもその改善もメンテにも、経験と知見の積み重ねが要る。その統括《とうかつ》責任者にテシさんを招いた桜桃は、うちの数倍、現場がわかってる。うちもいずれ導入するなら、なおさら、テシさんが必要だ」

今度は群青が黙る番だった。

「黒田を説得してくれ、群青。おまえの言葉なら耳を貸す」

「ありあけには人事の刷新が必要なんだ。テシさんのことは諦《あきら》めてください」

「……桜桃は東海林《しょうじ》にも声をかけてると言ってもか」

群青は「なに」と目を剝《む》いた。寝耳に水だった。

「おまえ、佐古田の研究所に東海林を招くつもりだったようだな」

群青の顔が強《こわ》ばった。

そこに珈琲が運ばれてきた。以前来た時加藤が勧めてくれたブラジルだった。酸味を含んだほろ苦い香りも、張り詰めた空気を和《やわ》らげることはなく、赤城は何かの作法のように無言でミルクを入れ、群青の顔を見つめたまま、スプーンでゆっくりとかき混ぜた。

「……なんで東海林を誘った。元陸軍の研究員だったからか」

東海林は大河内中佐を知っている。軍の研究で薬物を取り扱っていた。昔、赤城が殊更《ことさら》、群青を東海林から遠ざけようとしたのは、大河内と接点がある男だと知っていたからだ。

「……ちがいますよ。研究職に戻りたいって言うから、紹介しただけです」

「本当に？　大河内中佐の研究を続けさせるためでは？　おまえ、最初からそのつもりで東海林を異動させたんじゃないだろうな」

赤城は容赦《ようしゃ》ない。本当の懸念は、そこにあるとばかりに。

疑われた群青はいい気分はしなかった。気を落ち着かせるため、まだ熱い珈琲に口をつけた。

「俺を信じてくれるんじゃなかったんですか」

「佐古田の研究所に行かせるくらいなら、桜桃に行かせたほうがまだマシだ」

赤城の警戒は、群青の心を硬くさせた。東海林が佐古田行きを承諾すれば、桜桃に奪われるのは防げるはずだったが、赤城はむしろ群青の申し出を妨害する気でいるようだ。

「一番いい選択肢《し》はひとつだと思うがな。黒田を説得できるのはおまえだけだ、群青。頼む」

「ひとに物を頼むなら頭のひとつも下げるべきじゃないですかね。赤城調査部長」

あくまで他人行儀を通す群青に、赤城は苛《いら》立《だ》っていたが、腹に抑え込んで、頭を下げた。

群青はため息をつき、

「……社長から一社員に落っこちても平気でいられる男に、頭下げられても虚《むな》しいもんだ」

「おまえこそ、俺の前で芝居じみた敬語を使うのは、いい加減やめたらどうだ」

赤城には見透かされている。

群青は居心地の悪さをごまかすように、煙草《たばこ》に火をつけた。

「……桜桃の蔵地遼子って女に会ったことはありますか」

「業界の懇親会で挨拶《あいさつ》されたことならある。蔵地会長の孫娘だ」

「リョウだよ」

群青は煙を吐いた。「あれはリョウだったよ」

赤城はカップを持ち上げた姿勢で、固まった。

絶句していたが、ややしてから、なぜか苦笑いを浮かべた。

「養子縁組か。どうりで」

ふたりで会ったのか？　と訊かれたので「銀座でメシを喰《く》った」と答えた。

「噴霧乾燥塔のことはリョウから聞いたんだな。リョウのやつ、テシさんと東海林を狙い撃ちするとは……」

「あんちゃんはリョウが女だってこと、ずっと前から知ってたんだろ？　そんな大事なこと、なんで俺に教えてくれなかったんだ」

「リョウはおまえにだけは知られたくなかっただろうからな」

男同士だから成り立つ友情、少なくともリョウはそう思っていた。だから女とバレたら今まで通りではいられなくなる。それが怖かったのだろう。結局リョウの本当の姿も本当の気持ちも、赤城のほうがよくわかっていたのだ。自分が一番リョウを理解していると思っていたのに。

群青は自分が不甲斐《ふがい》なかった。隠し事をしないのが真の友だ、などと思っていた自分は、幼かったのだ。

「なんで女だとわかったんだい？」

「なんでだろな……。体つきというか、匂いというか」

当時のリョウはやせっぽちのガリガリだったが、それでも骨格や肉の付き方は男と違う。赤城のような観察力のある人間の前では隠し通せなかったのだ。

群青はなんともいえない喪失感を持て余している。

「……裏切られた気分だ」

「リョウが女だったから？　それとも桜桃についたから？」

女だったから失望した、というのとはちがう。むしろ謎が解けた。背中にヤケド痕《あと》があると言い、決して人前で服を脱ごうとしなかったのも、決して赤城たちの家に世話になろうとしなかったのも。月に一度は「体調を崩した」と言い「揚羽蝶《あげはちょう》の蘭子《らんこ》」が率いるすずらん組に身を寄せていたのも、そういう理由だったのだ。

事情は理解したつもりだったが、時が経《た》つにつれ、徐々に怒りが湧いてきた。リョウを同じ男と思って疑いもしなかった昔の自分が、滑稽《こっけい》にも思えてきた。

喪失感の正体は、心の支えにしてきた友が想像とはおよそかけ離れた姿で現れたことへの戸惑いと無関係ではない。群青の中にずっと棲《す》んでいたリョウと、今の遼子がどうしても重ならない。

悪気があって騙したわけではないのもわかるし、本当の姿に戻っただけというのもわかる。が、異性となったリョウと今後どうつきあっていけばいいのか、群青には正直わからなかった。

ひとつわかったことといえば、男だった「リョウ」はもうこの世にはいないということだ。

この痛烈な淋しさの理由をうまく言い表せなかった。「リョウ」を失わせた遼子に怒っているのだろうか。むろん、遼子からすれば理不尽な怒りだ。受け止められないのは、心の狭さの証《あかし》のようで自己嫌悪に陥《おちい》る。だが、男も女も関係ない、と言い切れるほど簡単なことでもない。遼子はそれがわかっていたのだ。

悲しかった。こんなことを言えばリョウを傷つけるかもしれないが、十数年の時を経《へ》て、自分は一番大事な「友」を失ったのだ、と。そう思ってしまう自分がいる。

「こんな気持ちを味わうくらいなら、再会しなけりゃよかった……」

複雑な気持ちを噛みしめる群青を見て、赤城はいつのまにか兄の顔に戻っている。

「……おまえもリョウも、それぞれに〝生きてきた〟ってことだよ。今のおまえだって、リョウからすれば受け入れがたいかもしれない。長く離れすぎていて、お互いの姿を塗り替えられずにいるだけだ。止まってた時計が動き出した証だろうな。おまえたちの時計が」

それを言うなら、赤城と群青もだ。

「きれいな思い出のままにしておきたいなら、もう関わらないという選択もある。おまえはどうしたいんだ？」

群青は遼子の姿を思い浮かべた。友であり続けるというよりも、これはもう新たに関係を築き直すしかないのではないか。だが相手はライバル会社の社長令嬢だ。気軽に呼び出して酒を酌《く》み交わせる間柄にはなれそうにない。

塞ぎ込む群青を赤城が気に掛けて、

「……来週の日曜、空けられるか？」

群青は首をかしげた。

「会わせたい人がいる。おまえの立場上も、挨拶しといて損じゃないはずだ」

立場上、と言われては無視するわけにもいかない。

一体、誰に会わせようというのか。

＊

赤い瓦《かわら》屋根が印象的なその新築住宅には「白井《しらい》」という表札がかかっている。

昔は旗本屋敷が建ち並んでいたという四谷《よつや》の瀟洒《しょうしゃ》な住宅街だ。現在は文教地区になっているようで、時折、部活動の試合に向かう学生たちともすれ違った。

「佳世子《かよこ》の嫁《とつ》ぎ先だよ」

赤城に言われて、群青は驚いた。会わせたい相手というのは、妹分の佳世子だったのだ。第一子を出産して子育てに奮闘している佳世子と、群青は約十一年ぶりに再会を果たした。佳世子は大喜びした。群青との再会を誰よりも心待ちにしていたから、玄関先で顔を見た途端、涙が止まらなくなった。胸に抱いた赤ん坊に、

「紀子《のりこ》、グン兄さんがあなたに会いに来てくれたわよ。あなたの伯父さんですよ」

赤ん坊の福々しい顔を見て、さすがの群青も毒気を抜かれてしまった。佳世子に抱かれた赤ん坊がまとう甘い乳の香りに、ささくれ立っていた心も柔らかくほぐれていくのを感じた。

「垂れ目がカヨ坊にそっくりだ。こりゃ大きくなったら生意気になるぞ」

「もうグンちゃんたら」

おっかなびっくり抱いてみると、赤ん坊は火がついたように泣き出してしまった。

「群青はあやし方が下手だな。貸してみろ。こうやるんだ」

意外にもあやし上手な赤城を見て、群青も佳世子も驚いた。

「あんちゃん、子供でもいたのかい」

「ばか言うな。ガキの頃、隣ん家《ち》の赤ん坊を面倒見たことがある。こうやると寝付くんだ」

「ああ、だめよ。壮一郎《そういちろう》兄さん、そんなに揺らしちゃ紀子が目を回すわ」

赤ん坊を囲んで、明るく和やかな午後のひとときとなった。若い夫婦の家らしく、流行の洒落《しゃれ》た洋風家具が並び、冷蔵庫やテレビといった電化製品も揃っている。少し前まで「団地族」だった佳

世子夫妻だが、舅《しゅうと》夫婦が頭金を出すと申し出てくれて小さな一軒家を建てた。舅夫婦も近所に住み、頻繁《ひんぱん》に往き来もしていて実家との関係は良好のようだ。

「佳世子、みやげだ。ニューレインボーの改良版」

「わあ、ありがとう。助かるわ」

赤ん坊をあやしながら佳世子は喜んだ。

「電気釜《がま》と電気洗濯機は本当に買ってよかったわ。洗濯機なんて、洗濯物と洗剤を放り込むだけでいいんですもの。子育てする主婦の味方だわ」

電化製品は、家事にかかる膨大な時間から主婦を解放した。核家族や団地族という生活スタイルも普及に拍車をかけた。その恩恵にあずかっている佳世子は、今時の若い主婦の代表でもある。

「お義母《かあ》さまは『電化製品なんて怠《なま》け者の使うもの』だなんて言うけど、楽ちんが一番だもの。ニューレインボーは襟《えり》元の汚れ落ちがもっとよくなれば言うことなしね」

「佳世子には新製品のモニターもしてもらってるんだ。なかなか辛辣《しんらつ》で助かるよ」

「ま、壮一郎兄さんったら」

会社ではずっと険悪だった赤城が目尻に皺《しわ》を刻んで笑うのを、群青は久しぶりに見た。それは赤城も同様で、佳世子の子供を覗《のぞ》き込む群青が屈託無く笑うのを見て、連れてきて正解だったと思った。

佳世子の夫・白井秀夫《ひでお》は気配りのできる男で、義理の兄のような群青を立てて、明るく歓待した。赤城たちの恩人でもある東海油脂《とうかいゆし》の白井常務の息子だ。

「佳世子から群青お義兄《にい》さんのお噂《うわさ》はかねがね。弊社のＡＢＳの件では大変お世話になりました」

今は東海油脂の資材調達部にいるという。父親とは体型こそ似ていないが、穏やかな話し方がそっくりだった。赤城が言った通り「立場上、挨拶して損はない」相手でもある。

さわやかな秋風が入ってくる茶の間でビールと寿司《すし》をつまみながら業界話で盛り上がっていると、赤ん坊を寝かしつけてきた佳世子も加わってきて、積もる話に花を咲かせた。

「……そうだわ。お隣さんからいただいた柿があるの。グンちゃん、切るの手伝って」

「おいおい、お客さんだぞ」

「身内だもの。いいわよね」

台所には主婦のあこがれであるステンレス製の流し台もあって、今時の若い夫婦の家らしいさわやかさが溢れている。エプロンをつけた佳世子が大きな皿を用意している。はい、と包丁を渡された。

「グンちゃん、柿剝《む》くの上手だったから」

「まったく。相変わらず人使いが荒いんだからな」

腕まくりをして柿を切る。包丁を入れると、きれいに割れて、柿の種が顔を覗かせた。

「思い出すわね。まだバラックにいた頃、勇吉《ゆうきち》兄さんが闇市で柿を手に入れてきて、みんなで食べたじゃない？　覚えてる？」

「覚えてるとも。甘くて口がとろけるほど、うまかった。皮まで喰ったよな」

「ふたりで種を植えたのよね。立派な柿の木にして毎日柿を食べるぞだなんて言って」

「結局、芽も出なかったけどな」

顔を見合わせて笑った。ひとしきり笑うと、群青はふと感慨深くなって佳世子を見つめ返した。

「……きれいになったな。カヨ」

佳世子は複雑そうな表情になった。面映ゆげにため息をつき、ふきんでお盆を拭き始めた。

「グンちゃんは、想像とちがった」

「どうちがった？」

「もっと『ギターを持った渡り鳥』の小林旭《こばやしあきら》みたいになってると思った」

「風来坊ってことか？　悪かったな。ちんちくりんのままで」

「壮一郎兄さんと一緒に来たってことは、仲直りしたの？」

群青は怪訝《けげん》な顔をした。……仲直りとは？

「勇吉兄さんから聞いたわよ。グンちゃんは兄さんたちを追い出そうとしてる人の仲間になったって」

群青の顔から笑みが消えた。気まずい話題になったのを誤魔化すように、黙々と柿の皮を剝いた。

「……別にケンカしてるわけじゃあない」

「グンちゃんは兄さんたちとまた一緒に働くために戻ってきたんじゃないの？」

佳世子は心配している。黒田派にいることを責められている気がして、群青は気が重くなった。

台所の窓から鈴虫の声が聞こえてくる。

つらくはないの？　と佳世子が問いかけてくる。

「本当はありあけを助けたかったのよね？　自分の手で助けられなかったのが悔しいのよね？　兄さんたちを恨んでいるの？」

そんなんじゃない、と群青はまたいつものポーカーフェイスに戻っている。

「今日はたまたま、おまえの顔を見るために連れてきてもらっただけだ。会社のことは関係ない」

「グンちゃんは兄さんたちをどうしたいの？」

やけに単刀直入に問われて、また黙った。佳世子は勘が鋭い。赤城たちとの不和の理由がどうしても理解できないのだ。群青は苦い面持《おもも》ちになり、

「今のありあけであんちゃんたちについてたら、何もできないのさ。親会社の連中に擦《す》り寄らないと、やりたいことも実現できない」

「だから兄さんたちを裏切るの？」

「裏切るとかそういうことじゃない」

「おねがい」

包丁を握る群青の手に、佳世子が手を重ねてきたものだから、群青は驚いた。

「〝笑う星〟を守って」

強く握ってくる。すがるような目をしている。現在のシンボルマークのことではない。幼い佳世子がクレヨンで描いた、あの〝笑う星〟だ。焼け野原の街で誇らしげに掲げた星のことなのだ。胸にこたえた。

群青はやりきれない気分になって、佳世子の手に左手を重ね、なだめるように軽く叩いてから、そっと剝がした。

「……あぶないぞ」

佳世子は唇を嚙みしめ、目を伏せた。断ち切ったはずの切ない想いが胸の奥からこみあげてきたのか、差し水をするように大きく息を吸うと、天井をあおいだ。

群青はきれいに切った柿を皿に載せて茶の間へと運んでいく。たくましく隆起した肩甲骨《けんこうこつ》が、白シャツ越しにもくっきりわかる。その背中を佳世子はじっと見送った。

群青の手の温もりを噛みしめるように、左の手で包みこむ。ふいに溢れてきた涙を乾かすように顔を上げると、台所の窓から秋の青空を見上げた。いわし雲が浮いている。

「遅かったよ、グンちゃん……」

片付け忘れた風鈴が、リリンと鳴った。

佳世子夫婦に見送られて白井家を後にしたのは、もう日が傾く頃だった。

夕陽《ゆうひ》が差し込むホームの端で電車を待ちながら、赤く染まるいわし雲を眺める。駅までの道のりも、どことなく人目を気にしながら、赤城とは距離を置いて歩いていた群青だ。

会社に戻れば、また敵同士になるふたりだ。

群青が頭を下げた。

「……今日は、ありがとうございました」

他人行儀に戻ってしまった群青に、赤城は肩をすくめた。

「会社じゃないんだから敬語はやめろって言ってるだろ。よかったな。カヨ坊も喜んでた」

群青も感慨深くなって線路脇の信号機を眺めた。

「母親になったんだな……、あのカヨが」

幼い頃から気丈で面倒見がよかった。母親になって温かい家庭を築くのが夢だと、出会った頃からずっと言っていた。新築の一軒家はどこもこぎれいで、家の中の様子を見れば、日々の暮らしを工夫を凝らしながら明るく過ごす佳世子の姿が見えるようだった（もっとも今は初めての子育てでそれどころではないだろうが……）。

あの赤い屋根の家にはささやかな幸せが満ちている。誰よりもたくましく、堅実に、少女の頃の夢を叶えているのは他でもない、佳世子かもしれなかった。

「……引揚列車で東京に着いた夜、雨に降られて寝床もなかった俺たちに、うちに来いって言ってくれたのは、カヨだったんだよな」

「ああ、カヨ坊が俺たちを家族にしてくれたんだ」

「カヨには幸せになってほしい。誰よりも」

真心からこぼれたであろう言葉を、無防備に口にした群青の横顔を、赤城は眺めている。

「おまえ、やっぱりカヨ坊の結婚式に来てただろ」

群青はどきりとした。赤城は見透かして、

「どこで聞きつけたかは知らんが、……あの日、日枝《ひえ》神社に来てたんだろ」

とぼけている群青を、それ以上問い質《ただ》しはしなかったが、赤城にはわかったのだ。離れている間も群青はずっと自分たちとありあけのことを気に掛けていたのだ、と。

そうだとわかったら、妙に満たされてしまった。

赤城はふっきれた気分でズボンの後ろポケットに手を突っ込み、空を見上げた。

「……考えてみりゃ、俺がよその会社に身売りしてまでありあけを倒産させまいとあがいたのは、おまえにありあけを残すためだったんだよな」

その群青も帰ってきた。親会社に気に入られ、現経営陣の覚えもめでたい。今は「顧問」という立場だが、群青さえ望めば会社の一員になれるはずだ。もう十分、残したといえるところまで来ているのではないのか。

「今はもうおまえがいる」

赤城は線路の向こうからやってくる電車を眺めている。

「だったらもう、あとのことはおまえに任せて、俺は……」

え？　と群青が訊き返したが、ホームに入ってきた電車の音にかき消された。

続きを聞こうとしたが、停まった電車のドアから客が降りてきて、そのタイミングを逸《いっ》してしまった。

ふたりは乗る電車の方向がちがう。

発車ベルが鳴ってもなかなか乗り込もうとしない群青に「早く乗れよ」と赤城が促《うなが》した。背を押されたように乗り込むと、閉まるドアの向こうで赤城が軽く手を上げた。微笑んでいる。じゃあな、と。

動き出した電車から、ホームの端で見送る赤城があっというまに遠ざかるのを、群青は思わずドアに手をついてへばりつくように目で追った。

あんちゃんはさっきなんて言おうとしていた？　身を引こうと言っていたのか？

確かに佳世子の言う通り、今のままではこの先、赤城がありあけに残れるかどうかは危うい。黒田の最終目標は、赤城たちを一掃することだからだ。

——本当は、赤城と一緒にまた石鹸を作りたいんだろうに。

——グンちゃんは兄さんたちとまた一緒に働くために戻ってきたんじゃないの？

群青はつり革を摑《つか》む手に力をこめた。そんな甘い話じゃない。会社を再生させるというのは簡単なことじゃない。俺はありあけを救うために戻ってきた。赤城や黒田の「旧式のやり方」では、この熾烈《しれつ》な業界で生き残れない、と思ったからだ。

だが、信念の向こうから、問いかけてくる別の自分がいる。

本当にそれだけなのか？

おまえは本当は、なんのために戻ってきた？　と。

＊

蔵地遼子は約束通り、一ヶ月後、勅使河原《てしがわら》の返事を聞きに本所工場へとやってきた。

だが、この日、勅使河原の姿は工場にはなかった。代わりに待ち受けていたのは、赤城だ。

遼子は驚いたが、冷静だった。

「勅使河原さんはどちらにおられますか。赤城市場調査部長」

こんな古い工場に市場調査部の人間が用のあるはずもない。カバーのかけられた反応釜が並ぶ工場内には、窓の磨りガラスを通して和らいだ陽の光が差し込んでいる。赤城は工場長席でひとり、古い製造機械の手引書を読んでいて、声をかけられても視線ひとつ、上げようとしなかった。

「テシさんならいないよ。本社から呼び出しがあって、今日は俺が留守番だ」

「あなたのしわざね。赤城さん」

遼子はしかめっ面《つら》になった。今日、遼子が来ると知って、あえて勅使河原に用事を作らせ、留守にさせたのだ。

「テシさんは桜桃には行かないよ」

「私が返事を聞きたいのは勅使河原さんです。あなたではありませんよ。それとも、勅使河原さんの転職を阻止するよう、上から指示でもされたのですか」

「……なんでこんな真似をするんだ。遼子さん」

赤城は手引書をパタンと閉じて、ようやく顔を上げた。

「蔵地の指示か？　ありあけを骨抜きにでもしようというのかい」

「骨抜きにしようとしてるのは、私じゃないわ。そちらの上役のほうでしょ」

戦力外通告された勅使河原を会社が引き留めるのは、それこそ横暴というものだ。飼い殺しにするという意味に他ならないからだ。勅使河原には選ぶ権利がある。

「東海林にも声をかけてたそうだな」

「あら、知ってらしたのね。おっしゃるとおりです。私が声をかけました」

「ありあけ崩しでもしようっていうのか」

「捨てる神あれば拾う神あり、というだけのことですわ。それに私は……赤城部長、あなたを桜桃に迎える用意もございます」

なんだと、と赤城が低く声を発した。

「俺を桜桃に、だと？」

「市場調査部。とても興味深い業務ですわ。蔵地もいたく興味を示しており、当社にも同様の部署を設けることにいたしました。赤城さん、あなたさえよければ、桜桃に来ませんこと？　桜桃の市場調査部に」

「寝言は寝てから言え」

「私は本気です」

遼子の大きな黒い瞳は覇気《はき》に満ちている。

「現在のありあけの要職は東海油脂の出向組が占めて、人事はおろか、開発も製造も指揮権はあちらの方々が握ったのだとか。旧ありあけ組が巻き返しを図るというのは、すでに現実的ではないご様子。あなたが閑職《かんしょく》に追いやられるのも時間の問題なら、勅使河原さんとともに桜桃にいらしてはいかが？」

「……………。俺の前では無理して令嬢みたいなしゃべり方しなくていいんだぜ。リョウ」

遼子は詰まった。

何もかも見透かされていたことに気づいて、

「群青ね？」

「事情は聞いた。養子縁組だったと」

「……ちぇっ。おしゃべりなやつめ」

居心地悪そうに頭をかいて、昔の「リョウ」のぞんざいな話し方に戻った遼子は、開き直ったように手近な木箱にどっかと腰掛けた。長い脚《あし》を振り上げるようにして組み、煙草をくわえ、ふてくされたように火をつけた。

「まあ、いいや。赤城の旦那と女言葉でしゃべっってても調子が狂う」

「蔵地の炯眼《けいがん》も大したモンだな。まさかおまえを選んで養子に迎え入れるとは」

「養子候補だった連中は女が選ばれるとは思わなかったようだから、そりゃもう陰《かげ》でいろんなこと言われたよ。会長に色目を使ったんじゃないか、養子とは名ばかりの愛人じゃないかとか、さんざんひどい噂立てられた。気色悪い。そんな意味で女使ったことは一度もねーよ」

遼子は腹立ち紛れに赤い唇から勢いよく煙を吐いた。が、ふと不安になったのか、

「……群青のやつまでゲスな勘ぐりしたりしてなかったかい？」

と訊ねてくる。赤城は首を振った。

「あいつはそんなことはしない。だが、おまえに怒ってたな」

ずっと強気だった遼子が一瞬だけ、しょげたような顔をした。華やかな香水をまとっていても、中身は昔のままのリョウだと赤城にはわかった。

「桜桃の人間になるくらいなら、なぜ、ありあけに来なかった。リョウ。おまえが来てくれたなら、群青も心強かったはずだ。みんなも喜んで迎えただろうに」

無理だよ、と遼子は目を伏せた。

「女とバレるとわかってて行けやしなかった。あいつとはずっと対等でいたかったんだ」

終戦の混乱の中、不安と孤独を分かち合った無二の友だ。ライバルでもあった。正体を明かせば、自分は何ら変わらなくても、群青の自分を見る目は変わってしまうかもしれない。それが怖かった。

「……もうバラしちまったけどな」

「リョウ……」

「後悔はないよ。むしろ、やっと本当のこと言えて清々した。ありあけと桜桃、これからはただ純粋にライバルだ。それでいいじゃない」

まだ「リョウ」を諦めきれない群青と違い、遼子は割り切っている。お互い十数年の時が過ぎた。「少年」のままの心ではいられない。むしろ商売敵《がたき》であることで、かろうじて自分と群青の「対等な関係」を繋ぎ止めようとしているようでもあった。

「なあ、赤城の旦那。黒田の赤潰しとやらで、あんたも居場所がなくなるのは時間の問題なんだろ。そんな名前ばっかりの偽《にせ》『ありあけ』なんて捨てちまいなよ。それよりも桜桃の中で本当の『ありあけ』を作ってみないか」

突飛なことを言い出した遼子に、赤城は耳を疑った。

「桜桃の中にありあけを作るだと?」

「ああ、そうだよ。もう一度、赤城の旦那たちが作りたかったものを桜桃石鹸で実現する。そのためなら力を貸してもいい。だから、桜桃に来ないか? おじいさまだってなんだかんだ言いながら、あんたに目を掛けてる。本当はあんたが欲しいんだ」

「俺がありあけを捨てられるとでも思うのか」

「あんたがしがみついてるのは、もう似ても似つかなくなった、名前ばかりのありあけじゃないか。〝笑う星〟は別物になったんだよ」

遼子は真摯《しんし》な眼《め》になって顔を近づけた。

「赤城壮一郎が〝名〟と〝実《じつ》〟どちらを取る男か、俺はよく知ってる。本当の〝笑う星〟が今のありあけで輝けないなら、桜桃の力を利用して、もう一度、一緒にあの〝笑う星〟を――『ありあけの星』を輝かそう。赤城の旦那」

その目には、先ほどまでの尊大さはない。説得する眼差しには真摯な気迫が漲っている。リョウの情熱の源《みなもと》はそれであったか、と赤城も今やっと気づかされる思いがした。

起ち上げたばかりの「ありあけ石鹸」へのリョウの思い入れは、自分たちに負けないくらい深かったにちがいない。はじめは石鹸作りに夢中になる群青を見て、友の力になりたくて手伝うようになった。もちろん食べるためでもある。群青の夢にのっかって一緒に石鹸を売るうちに、次第に物を売ることに夢中になった。夢中になることで自分の惨《みじ》めな境遇も忘れられるような気がしたのだ。それがリョウの原点でもあった。

だが次第に群青たちが眩《まぶ》しくなりすぎて、かえって自分の惨めさに気づき、距離を置いてしまったのだ。だからこそ踏み出した。自らの夜を明けさせるために。

彼女の誘いに打算はない。それはわかる。だが――。

「群青はどうするんだ?」

赤城に問われて、遼子は目を瞠《みは》った。

「おまえの親友は、呼ばなくていいのか?」

遼子は淋しそうに目線を落とした。

「呼ばないよ。呼んでも来ないよ」

「どうしてそう思う」

「あいつは『今のありあけ』での出世を望んでる」

どこか悲しそうな顔をした遼子は、上着のポケットから携帯灰皿を取りだし、未練を揉《も》み消すように、吸っていた煙草を押しつけた。

「ライバルだからね。仲間になんか、なんないほうが、お互い、いいのさ」

腕時計を見た遼子は立ち上がった。

「……長居しすぎましたわ。勅使河原さんには『また来る』と伝えておいてください。蔵地遼子はあきらめの悪い人間だと」

「待て、リョウ」

呼び止められて、遼子は振り返った。

「なんですか。邪魔はさせませんよ」

「ちがう。東海林のことだ」

赤城の顔つきは真剣だった。

「……あいつはうちの製品開発を創業から担《にな》ってきた男だ。桜桃はそれに見合う待遇をちゃんと用意しているんだろうな？」

猛烈に反対されるのを覚悟していた遼子は、意外な顔をし、毅然《きぜん》と答えた。

「もちろんです。三顧《さんこ》の礼を尽くしてでもお迎えするつもりですよ」

ならいい、と赤城が引き下がるようなことを言ったので、遼子は驚いた。

「安くては困る。あいつのスカウト料はうちの開発部の値札のようなもんだからな」

「あなたもですよ、赤城部長。桜桃は赤城壮一郎をいつでも迎える用意がございます。市場調査部の部長の席は、あなたのために空けておきますから」

そう言い残すと、遼子は建て付けの悪くなった引き戸を開けて、帰っていった。赤城も自分にまで声がかかるとは思わなかったので面食らっていたが、言われてみればもっともな話でもあるのだ。

——あとのことはおまえに任せて、俺はそろそろ去っても……。

さっきまで遼子が腰掛けていた木箱には、古い〝笑う星〟のマークが刻印されている。

遼子の言動には「ありあけの魂《たましい》を引き継ぐのはこの自分だ」という自負が透けて見えた。

「桜桃の中に〝笑う星〟を……か」

脂《あぶら》で汚れた換気扇が軋《きし》みながら回っている。

回る羽根に遮《さえぎ》られる光線が、映写機のコマ落としのように床の上でチラチラと躍《おど》っている。

＊

赤城のもとに或《あ》る男から連絡が来た。

佐原准一《さはらじゆんいち》だ。

かつてありあけの営業部で広報を担当していた男は、退職後、自ら広告代理店を起ち上げた。

そんな佐原と久しぶりに新橋《しんばし》のガード下で飲む約束をした。現れた佐原は相変わらず襟のとんがったシャツを着ていて、わかめのような天然パーマを刈りもせず、その風貌《ふうぼう》は七三分けのサラリーマン客がひしめく店内では明らかに浮いている。

独立してからアイデアマンぶりに磨きがかかり、ヒット広告を何本も出している。「ニューレインボー」のイメージ刷新で相談に乗ってくれたのも、この佐原だった。

「聞いたぞ。群青が帰ってきたんだって？」

カウンターに並んで酒を酌《く》み交わしながら、佐原は言った。

「何をやってるかと思ったら、まさかアメリカに飛んでたとはな」

群青は十代の頃から佐原になついていて、家を出た後も佐原とはしばらくはまめに連絡をとり続けていたらしい。その佐原も群青が苗字を変えたことを知らなかった。

赤城から今日までの出来事を聞いた佐原は、感心しきりだった。

「なるほどな。グンは敵か、救世主か。しかし社員じゃないなら出世も何もないじゃないか」

「労働組合に入りたくないのかもな」

「社外取締役でも狙ってるってのか？　すっきりしねえな。……しかし、佐古田か」

おでんの大根をつつきながら、佐原は頬杖をついた。

「何か気になることでも？」

「いや、例の財団のトップ・佐古田重吉《じゅうきち》が満州閥《ばつ》というのは有名な話だが、その佐古田が手がける文化振興の一環でテレビ番組を持ちたいって話がうちにきてな」

「なんでおまえんとこに？」

「俺の手がけたテレビコマーシャルが気に入ったんだと。俺も民放には顔が利くから相談に乗ったんだ。もちろん番組は佐古田がメインスポンサーなんだが、もうひとつ、製薬会社の名前が並んでいたんだ」

赤城は怪訝な顔をした。……製薬会社？

「ハリマ製薬。調べてみたら社長が佐古田の財団の評議員だった」

箸《はし》の先で大根にからしを塗りつけながら、佐原は言った。

「奥平修二郎《おくだいらしゅうじろう》。戦時中、関東軍の防疫《ぼうえき》給水部に所属していた元将校だ」

赤城は猪口《ちょこ》に唇をつけたところで、固まった。……防疫給水部。

まさか。

「そいつは大河内中佐の……」

佐原がじっと見つめている。赤城の指先がかすかに震えている。

だが、気づかなかったふりをして、佐原はだし汁の浸みた大根を口に放り込んだ。

急に口数が少なくなった赤城は、険しい顔で考え込んでいる。

＊

この日、群青は黒田とともに大都《だいと》銀行の役員をもてなす宴席にいた。

噴霧乾燥塔を備える新工場への設備投資には、銀行からの多額の融資が必要だ。主要取引銀行の取締役からの口利きで審査も無事に通り、今日はそのお礼を兼ねた宴席だった。接待を重ねて根回しするのが黒田たちの常套《じょうとう》手段だったが、袖《そで》の下を渡すことも忘れない。みやげに仕込んだ現ナマのやりとりを、群青は醒《さ》めた目で眺めている。

人件費削減という名のもと、工員たちの給料を削ってできた「利益」は、「設備投資」という名の賄賂《わいろ》となってお偉方の懐《ふところ》に吸い込まれていく。こんな光景を一雄《かずお》たちが見たらどう思うだろう。

銀行や役所ともズブズブになって事を進めるのが黒田流だ。「関係各位」を現ナマで買収してブルドーザーのように押し進む。潔癖な赤城たちはここまで周到にはなれなかった。

「……なに、うちだけじゃない。どこもやってることだ」

銀座のクラブに向かう社用車の後部座席で、黒田は言った。

「今度の貿易自由化閣僚会議で、合成洗剤の自由化が決まれば、いよいよ本格的な戦争に突入だ。海外企業も参入してくる。その前に戦準備《いくさ》は整えておかねばな」

ましてや桜桃には最新の噴霧乾燥塔で先を越されている。黒田もそれを聞いて本腰を入れるようになった。

「戦準備は大事だぞ、大河内。戦場に出す兵隊には必ずキニーネを飲ませておかねばならん」

「キニーネ？　マラリアの薬ですか？」

「私は戦時中、南方の野戦防疫給水部にいたんだよ」

黒田がかつて南方戦線にいたことは酒の席で聞いたことがあったが、防疫部隊だったとは知らなかった。コレラや赤痢《せきり》といった数多《あまた》の病原菌から兵隊を守るため、水の濾過《ろか》装置などを前線に運ぶ任務を担っていた。

群青の父親である大河内中佐は関東軍の防疫給水部の技術将校だった。南方で活躍した濾水《ろすい》装置を開発したのも大河内がいた部隊だったという話を思い出し、奇妙な縁を感じた。

「南方の戦地で特に厄介《やっかい》なのはマラリアだ。こいつにかかると高熱と下痢《げり》とでみるみるうちに痩《や》せ細ってしまう」

蚊《か》を媒体《ばいたい》とする感染症で、命を落とす者も少なくない。日本軍もこれに苦しめられた。

「敵軍よりも恐ろしいのはマラリアだ。激戦地では銃弾をかいくぐって味方に届けたものだが、戦闘が長引くにつれキニーネも不足し、前線まで行き渡らなくなった。敵と戦うどころか、マラリアにやられて部隊が全滅したところもある。あの無残な光景は忘れられん」

そういえば、他の重役が戦争中の軍隊エピソードを嬉々として話す中、黒田だけは黙っていた。

記憶を掘り返したくなかったのか。

命がけで前線までたどり着いた黒田の目に焼き付いたのは、げっそりとやせ細り、骸骨《がいこつ》のようになって累々《るいるい》と横たわる日本兵の姿だった。敵と交戦するどころではなく病で死んでいった兵の亡骸《なきがら》を、ろくに弔《とむら》えず、ジャングルに放置して去ったことが、心残りだったという。

「防疫は大事だぞ、大河内くん。会社も生き物。敵と戦う前に、内なる病原体は徹底的に消毒しておかなければならん。一度蔓延《まんえん》し出すと手に負えなくなるからな」

「……。専務が仰《おっしゃ》るところの赤狩りですか」

黒田は銀座のネオンを眺めている。

「これが本当の〝清浄、運動〟だよ」

不気味な目をして、

「病原体は全滅させせんとな」

群青はゾッとした。

地獄《じごく》のような南方戦線を生き残ってきた男の、底知れない執念を感じたのだ。

一度病原体とみなした相手に対しては徹底的に攻撃せずにはいられない。一度地獄を見た人間は、平和な世の良識や尺度が通用しない世界を知っている。この男もまた戦争の凄惨《せいさん》さに良識の感度を狂わされた人間なのではないだろうか。戦争で人の尊厳に穴を開けられて生きた日本人は少なくない。この男の執念も、そういうところに根があるのではなかろうか。

群青はこの男に忠誠を尽くすことで、この会社を動かす「地位」と「力」を手に入れるつもりだった。改革が必要なありあけ石鹸のために、黒田を利用してやるくらいの気持ちでいた。

だがこの男の言動に長く接しているうちに徐々に不安が増していく。黒田の世界観に触れていると良識と悪意の境界がぼやけて足元が沈んでいく心地がする。戦争の名のもとに人間性を失っていった者たちの世界とよく似た底暗さに、自分自身が染まっていくような恐れを感じてしまうのだ。そもそも自分ごときが操れる男ではないのではないか。手綱を握れると思ったのがまちがいではないのか。

利用するどころか、すでにこの怪物の毒気に呑まれてしまっているのではないか。

黒田の行きつけの高級クラブ「ムゲット」は、銀座界隈《かいわい》でも一際羽振りのいい店だ。黒田が来ると、店の女たちが勢揃いして迎える。寿美子《すみこ》という着物姿のママは古いつきあいだとかで、水商売の人々の間では女帝のような存在だという。

「大河内さん、今日はまたずいぶんと洒落たネクタイをされてますのね」

「黒田専務からいただきました」

「取引先からの贈答品だ。私には派手だったからね」

この界隈を仕切っているのは河野《こうの》組という暴力団で、組長の河野真吉《しんきち》はもとは新橋で闇市を仕切っていた。ムゲットの女帝はその情婦だともっぱらの噂だった。

黒田は表向きは四角四面の企業人だが、裏では怪しい人脈の噂が絶えない。群青が見たところ、この店を通して繋がっていることは確かだ。

実を言えば、いつか赤城を襲撃した愚連隊《ぐれんたい》のチンピラたちも、その河野組から送り込まれたものだった。

だが、警察も黒田と河野組の結びつきを証明できない。そもそも警察まで丸め込まれているのか。依頼は全て「ムゲットの女帝」を通して出されるらしい。

「……どうしたの、グンさんたら怖い顔して」

隣で水割りを作っているホステスは「薫《かおる》」という。顔なじみになって通ううちに懇意になって、裏方しか知らない話をこっそりと聞かせてくれるようになった。群青が赤城襲撃を事前に知ることができたのも、実は薫がバックヤードで寿美子たちのやりとりをたまたま盗み聞きしたおかげだった。

薫によると、黒田の闇の人脈はだいぶ怪しい顔ぶれがそろっているという。裏金工作の資金も、会社の持ち出しだけではなく、黒田自身がどこからか引き出してきているようだ。

「黒田さん、ご機嫌ね。いつも仏頂面《ぶっちょうづら》なのに」

「新しい工場の話が進んで喜んでるんだよ」

「ありあけさんの洗剤、お洒落で好きだわ。コマーシャルも外国映画みたいでセンスがいいって評判よ」

「洗剤は使ってくれてるかい？」

「うちの寮は電気洗濯機がまだなの」

都会ではやりの「団地族」がそうであるように、電化製品に囲まれたアメリカのような暮らしが地方から出てきた娘たちの「憧《あこが》れの生活スタイル」なのだ。

「あーあ、私も早く洗濯板から解放されたい。少しでも洗濯物を溜めちゃうと、せっかくの休みが洗濯で終わっちゃうのよ。やんなっちゃう」

「薫さんくらい稼ぎがあれば、自分の洗濯機くらい月賦《げっぷ》で買えるだろ」

「とうに実家に一台買ってあげたわよ。うちは農家で家族も多くて、全員の洗濯物を洗うだけで何時間もかかるの。洗濯機がきたおかげで、母も楽になったって喜んでる」

派手な容姿とは裏腹に母親想いなのだ。

「洗濯が手軽になれば、みんな毎日清潔な服を着て気持ちよく過ごせるわ。清潔でいると気持ちも明るく前向きになるものね」

脳裏に浮かんだのは上野の戦災孤児だ。石鹸のかけらを使い回して冷たい雨で体を洗って、震えながらも笑顔になった。きちんと畳《たた》んだ洗いたての服に大喜びしていた。

「あら、どうしたんです？　急に笑ったりして」

「いや。ありがとう、薫さん。そういうのは時々見失いそうになるものだからね」

佳世子夫婦の初々《ういうい》しい暮らしが、群青が思う「幸せ」のひとつの形になった。自分たちの作る洗剤や石鹸が、彼らの毎日を明るくするための一助になるのであれば、報われる。

黒田の忠実なしもべでいるのも、そのためだ。

だが〝そのため〟に呑まなければならないことが多すぎる。


水割りをあおった。それもこれも「力」を手に入れるためだ。夢を実現するためだなんて、子供みたいなきれいごとは言わない。ただこの胸の野心を形にするだけだ。這《は》い上がるのだ。

心の呵責《かしゃく》には目をつぶる。

病原体にやられないためにはあらかじめキニーネを飲んでおかなければならない。だが良心を蝕《むしば》む毒には処方箋《しょほうせん》がない。

悪い熱に耐えて進むしかない。

*

東海林がありあけを退職した。

創業以来、製品開発部長を勤めてきた男が去る。

この日、遅れて出社してきた群青は、待ち受けていた道明寺《どうみょうじ》から、東海林の転職先を聞いて耳を疑った。

「桜桃だと……？　東海林さんの転職先は桜桃なのか!?」

群青は完全にあてが外れた。

東海林が桜桃からも誘われていたことは知っていたが、東海林の性分からすると、より専門性の高い研究に取り組める佐古田への転職を選ぶと確信していたからだ。

よほど好条件だったのか。佐古田が提示した年俸を上回る額を、桜桃が用意したのか。いや、報酬《ほうしゅう》よりも研究の中身を重視する男だ。ふだんから休日も出社して、研究室が第二の自宅と化しているような男なのだ。金で釣られるはずはない。

だとしたら、なぜだ。もしや佐古田が大河内中佐と繋がっていると知って、それを嫌ったのだろうか。

ありあけの製品開発の要《かなめ》だった男は、これからは桜桃の製品開発を担うことになる。

「……リョウのやつめ……」

完全に出し抜かれた。遼子は抜け目なく狙っていた。黒田が捨てた東海林という大物を見事に釣り上げてみせたわけだ。

「恨み言は言えないぞ。群青」

振り返ると、半開きになった顧問室の扉に赤城がもたれかかっている。待っていたかのようなタイミングだったので、群青も思わず喧嘩《けんか》腰になって言い返した。

「社長は、転職先を知ってて、退職願を受理したんですか」

「黒田からは受け取らないよう言い含められていたようだが、近江が説得した」

「わざわざ？　なんで引き留めなかったんです！　桜桃にむざむざ引き渡したようなものだ！」

「飼い殺しに荷担はできん。仲間の将来を思えばこそだ」

「………。よくもそんな真似ができたもんですね」

群青は怒りを剝き出しにした。

「黒田専務へのあてつけですか」

赤城は「自業自得だ」と言いたげだ。

異動の発端は群青の進言だった。東海林を製品開発部長からおろす代わりに佐古田研究所の職を用意した。だが赤城はずっと東海林が佐古田研究所へ行くことに反対していた。赤城の思い通りになったわけだ。

「もしかして、赤城部長。あなたが妨害したのでは」

「なんのことだ。東海林が佐古田に行くことをか？　それとも飼い殺しにすることをか？」

一触即発だ。

群青は道明寺に席を外すよう促した。道明寺が出ていったのを見計らい、

「なんでそんなに佐古田を警戒するんです」

「あの財団は旧陸軍にいた満州閥の連中が起ち上げたものだ。そんな連中が作った研究所が、ただの慈善団体であるわけがない。研究内容を表に明かさないのもおかしい」

「有機化学の基礎研究だ。界面活性剤の研究をしてた。原料自給のための」

「……薬学も含まれるはずだ」

赤城は低い声で遮った。

「財団の評議員には終戦後、復員して製薬会社を起ち上げた者もいるそうだな。満州の防疫給水部にいた」

赤城はあの後、ハリマ製薬社長・奥平修二郎の身元を調べた。奥平が満州で所属していたのは、防疫給水部の研究部門で、細菌研究を行っていた部隊だと判明した。大河内の所属先とは研究内容こそ違うが、佐古田の財団が「平和奉仕」の名のもとに行っている、表には決して明かさない「私的な」研究の中身が何なのか。……赤城はそのきな臭さを嗅《か》ぎ取っていたのだ。

群青は苛立《いらだ》った。

「そんなに俺が大河内を継いだことが気に入らないのかよ」

「おまえには関わってほしくなかった」

大河内は、母スイを巻き込んで死なせた元凶だ。その直接のきっかけをつくったのは自分や鬼頭《きとう》だが、赤城は群青まで巻き込みたくなかったのだ。

大河内の家にも、大河内の任務にも、大河内の野心にも。

「だからずっと隠してきたんだ」

赤城には生々しい記憶がある。哈爾浜《ハルビン》の駅で大河内から「甲53号」を託された日のことも、憲兵の鬼頭から受けた執拗《しつよう》な追跡も、目の前で海に身を投げたスイの姿も。

群青が大河内の遺産を受け継いでしまったことを、誰よりも痛恨と感じているのは、この赤城なのだ。

「俺は十年前におまえをひとりで行かせたことを今になって後悔してる。そばにいたなら、俺は絶対に大河内を名乗らせなかった。相談されたら強く反対した」

「いったい俺にどうしろっていうんだ」

「佐古田と手を切れ。ありあけで出世する気なら、技術顧問だなんて無責任なポストにいないで、正式な社員になれ。後ろ盾《だて》なんか捨てて、ありあけを本気で背負うとおまえが言い切らない限り、俺はやはりここを離れることはできない」

「俺が佐古田を切って社員になったら、ありあけを去るっていうのかい？」

「俺を追い出した功績はおまえのものになるぞ。黒田のもとで出世できるさ」

「あんたを追い出して手柄を立てろっていうのか？　そんな手柄……。なにもわかってないのは、あんちゃんのほうだろ！」

赤城は驚いた。

「あんちゃんにはわからない、俺が今までいったいどんな思いで……！」

すぐにハッと我に返った。慌てて取り繕《つくろ》い、言いかけた言葉を赤城に突っ込まれる前に、声を荒らげたことを自分から詫《わ》びてしまった。赤城も群青が口走りかけた短い言葉から、ひとりで抱え込んできたものの気配をはっきり感じ取っていたが、無理に詮索《せんさく》すれば、かえって群青の矜持《きょうじ》を荒らしてしまいそうだったので、何も聞かなかったふりをした。

「……すまん。俺も少し熱くなりすぎた」

と口調を元に戻し、

「東海林のことは〝去る者は追わず〟だ。今までありあけに貢献してくれたことに感謝して、静かに見送ってやろう」

一緒に働いた年月は、群青よりも遥かに長い。共に荒波を乗りこえてきた仲間が去る淋しさは、赤城のほうがずっと感じている。東海林は決して人付き合いのいい男ではなかったが、一緒に歩いてきた同志だ。

「今度の件で一番いい思いをしたのは、リョウ……ってことか」

群青は歯がみしている。

「……漁夫の利ってやつだな」

そのリョウに誘われていることを、赤城は黙っていた。

勅使河原のほうもまだ桜桃には返事をしておらず、沈黙を続けているが、本所《ほんじょ》工場の売却が決まれば、いよいよ先がない。

葛藤《かっとう》する群青を、物陰から道明寺が見つめている。

＊

東海林の私物は三輪トラックの荷台いっぱいに積み込まれた。「冷遇された元開発部長」を見送りに来る者は侘《わび》しいほど少ない。出向組の目を憚《はばか》ったのか、玄関先まで出てきた者は、近江と赤城と勅使河原を含め、ほんの一握りだった。

群青は後ろから見ていた。東海林を追い出したのは自分なのに、どの面《つら》下げて見送れるというのか、との気持ちがある。

東海林は玄関ホールのショーケースに並ぶ歴代ありあけ製品を感慨深げに眺めた。

「いろいろ作ったもんだな……」

我が子を見るような眼差しだ。思い出を辿《たど》るようにショーケースのガラスに手を触れた。かつての東海林はストイックなまでの研究屋で、こんな表情を見せたりはしなかった。自分が作ってきた商品への愛着が、確かにその目にはこもっていた。

「誰かのために何かを作るというのは、いいもんだな」

その言葉に、彼が佐古田でなく桜桃を選んだ理由を、群青は見た。戦時中は謀略《ぼうりゃく》のための研究に没頭した男だ。だが終戦から十五年経ち、今その目線の先にあるのは、銭湯《せんとう》で体を洗い合う親子や、きれいに洗い上がった衣服に喜ぶ家族の姿だったにちがいない。

「あんたがいてくれて本当によかったよ」

創業当初は東海林の参加に不本意だった赤城も、今では全幅の信頼を置いていた。

「お疲れさん。ありがとな」

と近江が肩を叩き、勅使河原も握手を交わした。別れを惜しむ男たちに、群青は自分の知らない

「ありあけ十年の歩み」を見た。

三輪トラックに乗り込もうとする東海林のもとに駆け寄ってきたのは、開発部の若者だった。花束を手にしている。顔を上げると、大勢の社員が窓から身を乗り出して手を振っていた。

トラックを見送る。

黒田派の人間は誰ひとり、こなかった。


その日はまっすぐ家に帰る気にもなれず、群青は銀座に向かった。

夜になっても通りには人がせわしく行き交い、ネオンと車のライトが溢れている。喧噪《けんそう》で心を紛らわせながら、ふと思い出した七、八年前の流行歌の一節を小声で口ずさんだ。

「〝誰もわからぬ我が心　このむなしさを　このむなしさを　いつの日か祈らん〟……か」

やってきたのは並木《なみき》通りにある小さなバーだった。

先日、遼子と飲んだ店だ。

カウンターしかない小さな店だが、妙に居心地がよくて、あれから何度か、ひとりで訪れた。薄暗い照明に窓のステンドグラスが浮かび上がり、艶《つや》のある木目のカウンターの肌触りもいい。天井からつり下げたランプシェードも洒落《しゃれ》ていて、手元を照らす落ち着いた光が、ひとり黙って飲むにはちょうどよかった。

三杯目の水割りを飲み干したところだった。声をかけてきた者がいる。

「……隣、空いてますか」

顔を上げると、背の高いショートカットの女がいる。蔵地遼子だった。

群青は「空いてないよ」と顔を背けたが、遼子はかまわず腰掛け「いつもの」とマスターに言う。出されたのはオリーブ付きのマティーニだ。

「東海林さんの見送りは盛大だったか？」

遼子が正面を見たまま、言った。群青は背を丸めてグラスの氷を見つめ、

「……うちの頭脳をまんまと手に入れて、さぞかしいい気分なんだろうよ」

「悔しいか。群青」

遼子は大きな瞳を細め、

「悔しかったら殴り返してこいよ」

あからさまな煽《あお》りに、群青は反発して睨《にら》みつけたが、挑発には乗らず、

「誰がそんな子供みたいな真似」

「俺が知る阪上《さかがみ》群青は人の目を真っ直ぐに見て話す男だったよ」

遼子はグラスに赤い唇をつけ、一口飲んだ。

「雇い主にぬかずいて言いたいことも言えず、大事な仲間をライバル会社に持ってかれても、酒飲んでいじけてるだけか。腰抜けになったもんだなあ」

群青が勢いよく遼子の胸ぐらを摑みあげた。驚いたマスターが止めようとしたが、遼子はクールに手で制しただけだった。

「……赤城の旦那も、もらうよ」

「なに？」

「テシさんと一緒にうちにこないかって声をかけた。黒田にお払い箱にされた旧ありあけのメンツ

を集めて、桜桃でまとめて面倒を見てやろうって寸法だ。蔵地会長も賛成してくれてる」

馬鹿《ばか》言うな！　と群青もさすがに声を荒らげた。

「思い上がりもたいがいにしろ！　誰があんちゃんを桜桃なんかに！」

「……だったら守れよ」

遼子は突き放すように言った。

「持ってかれたくないないなら、奪われる前に全力で繋ぎ止めろよ。本当はなにもかも耐えがたいんだろ？　きつくてきつくて仕方ないんだろ⁉」

表には決して出さない本音を読み取られて、群青は肝《きも》を冷やした。

「ありあけを日本一にするために赤城の旦那も切り捨てる？　馬鹿言ってんのはどっちだよ。本末転倒もいいとこだ。進駐軍みたいな経営者の言いなりになって恩人たちを切り捨てて、会社が繁盛したところで、おまえ胸張れんのか？」

「前に進むためだ」

「失敗したやつは切って切って前に進むのか。そんなんで最後に誰が残るんだよ」

「会社に必要なのは必ず成功させる人間だろ」

「失敗したら切られるとわかれば、みんな失敗を恐れるぞ。失敗が怖くて挑戦なんかできっかよ」

遼子は胸ぐらを摑む群青の手を力強く握り返して、

「おまえが最初に石鹸作った時、何度失敗した？　何度失敗してもやり直したから成功できたんだろうが。会社だって一緒だ。失敗を重ねて大きくなるんだ。本当に必要なのは失敗から立ち上がる方法だ。ちがうか？」

群青は手を放し、カウンターに肘《ひじ》を置いてうずくまるように腕組みした。

「……そんな悠長なこと言ってる場合じゃないんだよ」

押し殺した声で言った。

「俺はこの目でアメリカを見てきた。豊かになるってのは競争し続けるということだ。弱い者は脱落して強い者だけが生き残る。あいつらからしたら日本なんて今やっと自我に目覚めた子供みたいなもんだ。自分の頭で考える方法も知らない。未熟な国民だって思われていたし、そう思い知らされた。俺はあんなに惨《みじ》めな思いをしたことはない」

「群青……」

「おまえと違って、俺は終戦後の焼け野原でもあんちゃんたちに守られっぱなしだったもんな。世間知らずで、世の中のことなんか、なんにもわかっちゃいなかった。金も後ろ盾もないガキが、誰にも頼らず一人前になれるだなんて思ったのがそもそもの間違いだった。世の中は食うか食われるか、だ。弱いもんは食われたらそれでおしまい。やり直しなんか利かないんだ！」

「おまえ……、一体何があったんだ？」

思い出したくもない過去だった。

群青は言葉にするのもつらいのか、打ち明けるのを躊躇《ちゅうちょ》していたが、苦い想いを吐き出すようにして、

「……奨学金を騙し取られた」

遼子は驚いた。それは群青が苦労して入学を決めた直後のことだった。

「学費だけでなく生活費まで援助してもらえるなんて『うまい話』に乗せられちまって、いかにも

怪しい奨学金詐欺《さぎ》のカモにされた。ひどい借金を作っちまって、にっちもさっちもいかなくなった。だけど、こんなみっともないことであんちゃんたちには頼りたくなかった。頼れなかった。自分でどうにか解決しようとして高利貸しから金を借り、ますます返せなくなって、ヤクザにしつこく追いまわされて袋だたきにされたりもして。大学に通うどころじゃなくなって、朝から晩まで日雇い仕事でくたくたになるまで働いたけど、ろくに返せやしなかった。ヤクザの言いなりになって、またほかの高利貸しから金を借り、そのくり返しで利子がどんどん膨らんでとうとう首が回らなくなって、川に身投げすることまで考えて」

そんな時だった。大河内家から打診があったのは。

「……助かった、と心底思ったよ。藁《わら》にもすがる思いで飛びついたんだ。母さんの復讐《ふくしゅう》だなんて全然関係ない。そんなのは後からとって付けた口実だ。俺は借金を返すために大河内の家を継いだ。全部金のためだったんだよ。……こんなみっともないこと、あんちゃんに言えっかよ！」

恥辱《ちじょく》に震えている群青を、遼子は呆然《ぼうぜん》と見つめている。

「なにが『赤城壮一郎を超える』だ。大言壮語して世間に出てみりゃ、がめついやつらの食い物にされて身ぐるみ剝がされて。自分がどんだけ無知で無力か思い知らされた。あんちゃんたちのすごさを思い知らされた」

その赤城たちですら競争には負けた。生き延びるために身売りした。

倒産寸前に追い込まれて大企業にすがった赤城たちと、借金に追われて藁をも掴む思いで大河内にすがった自分と、何が違うというのか。

「利用できるもんは何だって利用してやるさ。この世の中、所詮《しょせん》、強い側に付かなきゃやりたいことも叶わないんだ。強いってのは力と金を握ってるやつのことだ！」

「強さは金かよ……」

「おふくろの遺言は『強く生きろ』だった」

群青は思いつめた目をして拳《こぶし》を震わせ、

「人情だ正義だ、いいこと言ったって稼げなけりゃ意味がない。斜陽になっちまった連中にいちいち情けをかけてたら足引っ張られてこっちが沈められる。そういう時代なんだ」

遼子も身につまされるものがあるのか、苦しい表情をしていたが、どうしても受け入れたくなかったのか「おい」と言いながら群青の肩を摑んだ。

「なにやってんだよ。しっかりしろよ、群青」

グイグイ肩を揺さぶりながら、

「おまえの母さんが言い残した〝強さ〟が、そんなもんなわけないだろ。目ぇ覚ませよ！　おまえの言ってることこそ、弱いモンの言い訳だろ！」

群青の脳裏に不意に、闇の海に白波を蹴って進む引揚船が浮かんだ。

「本当に強いのは全部抱えて戦い抜くやつのことだ。びびってんじゃねえよ！」

遼子の言葉に、群青は顔を上げた。

目の前にいる遼子が初めて、心の中にずっといた「リョウ」と重なるのを感じた。

「リョウ……」

グラスに水滴が伝う。

溶けた氷がカランと鳴った。

第五章　命がけの洗濯

「ニューレインボー、なんだか汚れが落ちなくなったみたい」

そう伝えてきたのは、佳世子《かよこ》だった。

群青《ぐんじょう》はあれから毎月のように佳世子のもとを訪れるようになった。子育てに忙しい佳世子にありあけ製品を届けるためでもある。佳世子は優秀なモニターで、製品の使い心地を主婦目線で伝えてくる。季節が冬になり、ビルダーの割合も先月出荷分から元に戻していたのだが、それを使った佳世子が気になる感想を述べた。

「汚れ落ちが悪い？　夏仕様のものよりか？」

「うーん……。というか、その前のよりも落ちなくなってる気がするのよねえ」

赤ん坊をあやしながら、佳世子は洗いたてのシャツを群青に渡した。襟《えり》元の汚れが落ちていないのは明らかだった。

「寒くなってきて水温が下がったせいか？」

「春先も今ぐらいの気温だったけど、もっとちゃんと落ちてたわ」

夏などで襟元汚れがひどい時は固形石鹸《せっけん》をこすりつけて手で洗ってから洗濯機に放り込むのだが、涼しくなってきてからは洗濯機だけで洗っているという。が、どうもすっきり落ちない。

「おかしいな。性能テストではむしろ洗浄力が上がっているはずなんだが」

「今までの量じゃ足りないもんだから、ついたくさん入れちゃうのよ。おかげですぐ減っちゃう」

気候が変わったことによる水温の変化だろうか。気温と湿度か、それとも何か別の原因が？

群青は会社に戻ってすぐに原因を調べてみることにした。

時を同じくして赤城《あかぎ》の市場調査部にも同様のクレームが聞こえてくるようになった。

「ニューレインボーの性能が落ちてる？　どういうことだ？」

苦情が複数寄せられたことから、その報告が赤城のもとにもあがってきていた。

「品番は全部確認できているか？」

「はい。全て先月出荷分からです」

秋になって湿度が下がったため、洗剤の固化問題がなくなり、冬の乾燥する時期に合わせてビルダーも以前の配合に戻していた。どうやら不具合はその製品から出てきている。

「衣替えで冬物になったせいだろうか」

「夏に二号配合の製品を使った後なので、洗い心地が変わって性能が落ちたように感じているのでは？」

製造部では報告を受けて製造ラインの念入りなチェックを行ったが、特に異変は見つからなかった。だが改めて性能テストを行ってみたところ、洗浄力が確かに落ちていることが確認された。

売り出し中の主力商品に問題が出たことを重く見て、近江《おうみ》のもとに各部署から担当者が呼び出された。市場調査部からは赤城が、製品開発部からは洗剤担当者とともに顧問の群青も同席した。

「原因がわからない？　どういうことだ」

近江の問いかけに、製造部の穂積《ほづみ》は現場からあがってきた報告書を読み上げて、あくまで製造ラインの不備ではないことを訴えた。横から群青が割って入り、

「洗浄力は界面活性剤の割合を増やしたことにより、むしろ上がっているはずです。製造ラインにおける配合量が間違っているということは」

「それはない。現場でも確認しているし、資材管理課でも計量チェックしている」

「ではなんだ？　原料自体に問題があるとでも？」

赤城の一言に、居合わせた者たちは顔を見合わせた。近江が「あるかもな」と呟《つぶや》いた。

「昔、原料を水で薄めて持ってくる悪質な業者がいた。計量だけじゃバレないと思って成分を薄めて原料代をちょろまかしやがった」

「急いで、新規発注したビルダーの成分チェックを」

担当者たちは慌《あわ》ただしく部屋を出ていった。赤城たちも去り、残されたのは近江と群青だけになった。

近江とふたりきりになるのは久しぶりなので、気まずくなった群青は部屋を出ていこうとしたが、近江から呼び止められた。

「大河内《おおこうち》技術顧問、せっかくの機会だ。少し話でもしようじゃないか」

「まだ仕事が残ってるんで」

「そう、あからさまに避けるなよ。佳世子んとこには顔出すくせに、うちのガキにはいまだに挨拶《あいさつ》なしか？　レイコが淋しがってるぞ」

群青はあきらめて向き直った。近江は煙草《たばこ》を一本勧めながら、

「リョウのこと聞いたぞ。まさか桜桃《おうとう》の令嬢になってるとはな」

群青は煙草を固辞して、硬い表情になった。

「……。なんで桜桃に行くとわかってて、退職させたんですか」

東海林《しょうじ》のことだ。群青はためらわずに不満をぶつけた。

「あの人はプロテアーゼに着目していた。酵素《こうそ》入り洗剤は画期的な商品になる。東海林さんが向こ

うで研究を続ければ、おそらくうちより先に酵素入り洗剤を製品化してしまいますよ」

「だったら、おまえがあいつより先に製品化してみろよ」

群青は痛いところを突かれた。近江は貫禄《かんろく》の増した口調で、

「おまえだって技術屋の端くれだろ。だったらおまえが責任持って開発部にもっと競争力をつけさせろ。社内政治に口出ししてる暇があったら、東海林に勝てるチームを作るのが先決だろう」

噴霧乾燥塔の建設計画のことを言っている。

「黒田《くろだ》のやり方は感心できん」

かねてから腹に据えかねていた近江は、険しい顔で言った。

「新工場の用地取得の件だ。米軍から戻されて国が売却した土地らしいが、入札に不正があったって他の業者が騒いでる。地元の政治家がうちに便宜《べんぎ》を図ったんじゃないかって」

おまえ何か知ってんじゃないのか？　と訊《き》かれた群青は白《しら》を切った。

「政治家や官僚とパイプを持つのは必ずしも悪いことではないが、あまりに癒着《ゆちゃく》が過ぎるのは看過できん。まして賄賂《わいろ》は御法度《ごはっと》だ。黒田はまさか本当に買収に手ぇ出してんのか？」

「……他と同じことをしてても桜桃には追いつけませんよ」

「群青よ。昔、俺が闇市《やみいち》仕切ってたアゴたちに捕まってボコボコにされたのを覚えてるか」

上野《うえの》の闇市でのことだ。近江がみかじめ料をごまかしたせいでマーケットの男たちに捕まり、助けようとした赤城が逆に監禁されてしまった事件だ。

「あん時ゃ闇市自体が違法な時代だったが、ひとつのマーケットで商売する人間は、ルールを守らないと手痛い制裁をくらうって思い知らされただろ。同じだ。商売で不正を働けば必ずしっぺ返し

くらうぞ」

どうなんだ、群青？　と問いただされる。

群青は口をつぐんでいる。

黙秘を通す群青を見て、近江は「やれやれ」と頭をかいた。

「おまえなら黒田を諌《いさ》められると思ったんだがな……」

群青は部屋を後にした。役員机に飾られていたレイコと幼い息子の写真がやけに心に残っていて、いつまでも後ろめたさが消せなかった。

鬱屈《うっくつ》がたまっているせいなのか。このところ、酒量が増えてきたようだ。

その日はホステスがいるような店で飲む気にもなれず、足は自《おの》ずとまた並木《なみき》通りのバーに向かっていた。

遼子《りょうこ》の行きつけの店は今ではすっかり群青の行きつけとなった。別に会おうとして行くわけではない。だが訪れれば、結構な頻度《ひんど》で鉢合わせるようになった。

店の扉を開ける時はいつも少し緊張する。遼子が万一、男連れで来ていると困るな、と思うせいだ。遼子も年頃の女だ。群青の前では昔の「リョウ」のまま振る舞っていても、桜桃の令嬢としての遼子には、付き合っている男のひとりやふたり、いてもおかしくない。そうだったら気まずい。

マスターによると、遼子は初めのうちは数人で訪れたりもしていたが、最近はめっきり独りで来るようになったという。

――たまに他の客に言い寄られてることはあるが、いつも、つれなくしているよ。男連れで来たこともないねえ。安心したかい？

群青はマスターの誤解を解くため、言い訳を並べなければならなかった。

今夜も店の前には立ったものの「やはり頻繁《ひんぱん》に来すぎか」と反省した。別のバーを探そうときびすを返した時だ。

「どこ行くんだ?」

遼子だった。今しがた来たところだった。

「飲みに来たんだろ。なにしてんだ、入れよ」

群青はばつの悪い顔をした。

遼子は珍しくスラックスをはいてハンチング帽を目深《まぶか》にかぶっている。男っぽい出で立ちがしっくりくる。男装の麗人《れいじん》を地でいく姿に、通りすがりの女たちが振り返るほどだ。

あの日からふたりの間には昔の空気が戻ってきた。競合会社の要職で、本来なら打ち解け合うのは憚《はばか》られる間柄だが、この店にいる間だけはただの「親友」に戻れた。群青は「阪上群青《さかがみ》」に、遼子は「リョウ」に戻る。むろん、昔のように何でもかんでも話せるはずはなく、心の鬱屈をあけすけに語ることもできないが、気の置けない他愛のないやりとりに癒《い》やされた。

会社でのことは口にしないのが暗黙のルールだ。

現実逃避のようにとりとめのない話をしては、ダウンライトに照らされた遼子の横顔に見とれている。我にかえり、慌てて取り繕《つくろ》う。女として意識しているつもりは断じてないが、気がつけば、吸い寄せられるように見つめてしまう。そんな自分に困惑する。

だが思えば、夕焼けの道でリヤカーを引きながら語り合っていた時も、こんなふうによくリョウの横顔に見とれたものだった。汚れた身なりをしていても、その瞳は夕陽《ゆうひ》を受けて凜《りん》と輝いていた。

「なあ、今度赤城の旦那《だんな》も連れてこいよ」

だしぬけに遼子が言い出した。

「一度一緒に飲んでみたいよ」

群青は「だめだ」とにべもなく断った。

「なんでだよ。いいじゃないか。カヨちゃんとこにも一緒に行ったんだろ？」

「おまえ、あんちゃんを桜桃に引き抜くつもりなんだろ」

「ここでスカウトの話なんかしねえよ」

「だめだめだ。そりゃ、あんちゃんは男前だが、……おまえがいくらべっぴんだからって、こんな年下の〝はねっかえり〟なんか相手にしやしないと思うぜ」

遼子がきょとんとした。そして、ぷっと噴いた。

「ばっか。そんな意味じゃねえよ」

「だっておまえ、ずっとあんちゃんのことが好きだったんだろ。いつも俺を差し置いて、ふたりで楽しそうに話してたじゃないか」

「おまえひょっとしてヤキモチやいてたのか」

「やいてねえよ」

「俺にあんちゃんをとられると思ったんだろ」

「なんでそうなるんだよ……。そうじゃなくて」

群青は慌ててお冷《ひ》やをゴクゴク飲んだ。こんな形で蒸し返されるとは思わなかった。

「でも確かにあの人は憧《あこが》れだったな。あんな大人になりたいと思ったもんだよ……」

遼子は遠い目をしている。群青はその眼差《まなざ》しを注意深く観察して、

「………。そいつは初恋ってやつじゃなかったのか？」

「さあ、どうだろうな。頼もしいひとだとは思ったけど、それが色恋だったかどうかは」

今は？　と群青が問いかける。今はどうなのか。

遼子は少し驚いていたが、本所《ほんじょ》の工場で赤城と話した時の記憶を辿《たど》り、

「やっぱり、いい男だと思うよ」

群青は胸の奥がズキッとした。当時は「赤城に認められるリョウ」に嫉妬《しっと》したものだが、今の胸の疼《うず》きはちがう。明らかに、遼子が惹《ひ》かれる「男としての赤城」に嫉妬した自分に気づいた時、群青は否《いや》が応《おう》にも自覚してしまった。

「あんちゃんのことが……好きか？」

遼子は答えなかった。微笑《ほほえ》んで棚の酒瓶《さかびん》を眺めている。

まるで、ほのぼのとした春の陽の下で、満開の桜を眺めるような瞳をしている。

群青は察してしまった。やはり赤城のことが好きなのだ。それは「異性として」の「好き」なのだろう。あんな柔らかな微笑みを自分に向けたことはない。

店を出て遼子と別れ、ひとり家路につきながら、群青は丸い月を見上げてため息をついた。

「あんちゃんが相手じゃ、勝ち目なんてないじゃないか……」

確かに自分のほうが若いし、将来もある。今は赤城以上の肩書きも後ろ盾《だて》もあるが、男として
——人間として、はどうだ。男の値打ちはどれだけ人望を集めるかだと群青は常々思っているが、上からいくら可愛《かわい》がられようが、「男に惚《ほ》れられる男」には所詮《しょせん》勝てない。

と同時に、赤城と遼子ならお似合いだとも思う。ふたりは似た者同士だし、昔から気が合うようだった。「リョウ」と結婚する男など、誰であっても断じて許せないが、唯一、赤城だったら許せてしまえるような気がしたのだ。皮肉もいいところだ。

なんでこんなことを考えてしまうのか。俺はリョウに惚れているのか？　なんて疑問に思うだけでも、遼子からは「女と認識した途端に見る目が変わるなんて浅ましい」などと罵《ののし》られてしまいそうだ。女だとわかったから友情が恋情になってしまうのか。いや、友情自体は何も変わらない。途端に欲望の対象になったとか、そういうことでもない。ただ「リョウ」が男だったならそうはならずに済んだ状況を知ってしまった。つまり――。

異性である「リョウ」はいつか他の男と結ばれてしまうかもしれない。

そう考えたらひどくうろたえてしまい、いてもたってもいられなくなってしまった。おまえを他の男には渡したくない、だなんて映画じみた台詞《せりふ》が浮かんでくるのは、惚れている証拠なのではあるまいか？　と実験結果のように考察してまた動揺した。群青は混乱している。

ただでさえ黒田に仕える日々に心がすり減っている。これ以上鬱屈を抱えたくないのに。

やはりもう明日からこの店に来るのはやめよう。金さえ出せば勝手にちやほやしてくれる商売女たちのいる店に行こう。火の付いた煙草のようにつま先で揉《も》み消してしまおう、こんな困惑。自分とリョウは親友だ。親友以上になどならなくていい。これでいいのだ。

それにつけても、本当にこれは「恋」なのだろうか。

群青には恋情というものが、いまひとつ、よくわからない。

＊

そんな遼子から数日後、群青のもとに電話がかかってきた。職場に直接電話してくるなど、考えられなかったから、よほどの緊急事態だとは思ったが――。

「なんだって、東海林《しょうじ》さんが……!?」

東海林が病院に運ばれた。会社から帰宅する途中で交通事故に遭《あ》い、大怪我を負ったという。

桜桃に勤め始めてまだ三日と経《た》っていない。悪い予感がした群青は、赤城と近江にも声をかけて、東海林が入院している病院へと駆けつけた。

幸い意識はあって話もできたが、腰の骨を折る重傷で全治三ヶ月だという。

病室には遼子もいた。つい先ほどまで警察官が事情聴取をしていたらしい。

「当て逃げ?」

廊下に出た群青たちに、遼子が小声で状況を説明した。

東海林が駅から自転車で帰宅しようとしている時だった。後ろから来たトラックに自転車ごとはねられた。それだけならば「不運な交通事故」で片付けられるところだったが、東海林によると、その数日前から怪しい車に尾行されていたという。

「故意ということか? 東海林を狙ってはねたと?」

群青たちは動揺した。ナンバーを隠してあったというから、やはり計画的だったのだろう。遼子がメモを差し出した。

「手がかりがひとつ。そばに目撃者がいて、走り去ったトラックの特徴を覚えていたそうです。白い二トントラックで荷台の後ろにこんなマークが描かれていたと」

家紋に似ている。これは桔梗《ききょう》だろうか。ペンキで塗りつぶしていたようだが消しきれていなかったらしい。どこかの社用車のようだが。

赤城と近江は怪訝《けげん》そうに顔を見合わせたが、ふと見ると群青が青ざめている。

「群青、なにか知ってるのか？」

知らないふりをした。いや、まだ確信は持てなかったのだ。

遼子は一見冷静だが、静かに怒っている。

「これがただの事故じゃないことは間違いない。東海林さんは狙われたんだ。何者かに」

「犯人に心当たりはあるのか？　リョウ」

「わからない。けど狙われた理由なら、わかる」

遼子は白い細面《ほそおもて》に忿怒《ふんぬ》を滲《にじ》ませた。

「東海林さんが桜桃に来ることを邪魔しようとしたんだ」

群青はゾッとした。まさか、と赤城も青くなり、

「そのために東海林さんを消そうとしたとでもいうのか？　だとしたらこれは立派な殺人未遂だぞ」

ありえないことではない、と近江が言った。

「東海林の頭の中にはうちでの研究が全部詰まってる。そいつをよそで利用させまいとして、東海林を亡き者にしようとしたのかもしれん。脳みそごとこの世から消すために」

遼子は「許せない」とうめいた。

「ここまでありあけは腐りきったのか……！　こいつはありあけの人間の仕業だ！　〝おまえら〟

の中の誰かが東海林さんを殺そうとしたんだ！」

物騒極まりない言葉が廊下に響いて、通りかかった患者と看護婦が振り返った。赤城も近江も凍りついている。むろん身に覚えなど、ない。嫌な予感がして、ふたりは視線を群青に向けた。

群青は動揺している。

「俺は何も知らない」

「本当か？　出向組が企《たくら》んだということは？」

「知らない。知ってたら体張ってでも止めてる！」

群青がムキになって言い返すと、赤城も半信半疑で「確かに」と言い、

「ここまでくると立派な犯罪だ。いくら強引な黒田たちでもここまでやるとは思えない」

いや、やる。と群青は内心思った。黒田は銀座《ぎんざ》のクラブ「ムゲット」のママを通じて、河野《こうの》組という暴力団の若い連中に赤城を襲わせたこともある。あの時だって群青が止めに入らなければ、赤城はどうなっていたかわからない。

「じゃあ、誰がやったんだよ！」

遼子が喰《く》ってかかった。

「〝おまえら〟でなきゃ、誰が東海林さんをこんな目に遭わせたんだよ！」

三人は重苦しく沈黙するばかりだ。

蔵地《くらち》会長も激怒しているという。東海林はすでに桜桃の社員だ。事によっては、自分のところの社員に手を出したかどで、ありあけを訴える用意もあると。

とはいえ、赤城たちも証拠がない以上、憶測で社内の人間を疑ってかかるわけにもいかない。捜

査の進展を待つしかなかったが、群青の脳裏にはひとりの男の姿がある。

――大事なのは防疫《ぼうえき》だよ。「清浄、運動」だよ。

＊

東海林への襲撃は、全く考えられないことではなかった。

思えば、黒田たちは東海林《しょうじ》が桜桃への転職を決めて退職願を出した時も、強行に阻止しようとはしなかった。頭脳流出を止めねばならない黒田の立場からすれば、看過することは本来ありえない。桜桃ではなく佐古田《さこた》研究所への転職を後押ししてくれるよう、群青が頼んでも全く動こうとしなかったのは、こういうわけなのか？　はじめから殺すつもりだったから？

群青は河野組の事務所がある銀座の雑居ビルへとやってきた。

入口には「河南《こうなん》興業」という社名が入った看板が掲げられている。河野組が運営する所謂《いわゆる》〝企業舎弟〟というやつだが、看板には家紋のようなものが入っている。

桔梗の紋だった。

河野組の代紋を井桁《いげた》で囲った社章だった。目撃者が言っていた「桔梗のような紋が入ったトラック」そのものは駐車場に見当たらなかったが、代紋を確認した群青の疑惑はますます深まった。

だが、それ以上の確証がない。数日後、恒例のように官僚接待に同席した群青は、帰りの車中で、黒田の長い話が止まるのを待って口を開いた。

「……東海林さんのこと、聞かれましたか」

夜の道路は雨に濡れている。雨粒を払うワイパーがメトロノームのように往き来する。

黒田は眉ひとつ動かすことはなかった。

「東海林くんがどうかしたかね？」

「先日トラックにはねられて重傷を負ったそうです」

「おや、それは災難だったね。うちを捨てて桜桃に行ったバチが当たったたんだろうね」

前を向いたまま、事も無げに言う。赤信号で車が停まると、ガラスの上を鈍く滑るワイパーとウィンカーの音とが奇妙に乱れたリズムを刻んだ。

群青は、黒田の鷲鼻《わしばな》気味の横顔を見つめ、

「あなたですか。あれは」

「なんのことだろう」

「桜桃に行かせないために誰かにやらせたのでは、と」

黒田は含み笑いをもらし、鼻であしらった。

「人聞きの悪いことを言うもんだね。あの程度の男を手放したくらいで大騒ぎするのは、我々ではなく、むしろ君の義兄弟のほうじゃないのかね？」

赤城たちのことを言っている。群青は気色ばんで、

「赤城部長が指示したというんですか。ばかな。いったいどんな理由で」

「奪われるくらいなら壊してやれ、などというテロリスト的な発想か。はたまた裏切り者に制裁を加えたか。いずれにせよ過激な左寄りどもがやらかしそうなことだな。やれやれ」

感情が昂《たか》ぶった群青は、河野組の件を問いただそうとして言葉が喉元《のど》までこみあげたが、ぎりぎ

りのところで飲みこんだ。なんの物証もない状況だ。とぼけられてしまったら、そこまでだ。袖《そで》の中で拳《こぶし》を握りしめて怒りを必死で押し殺すことで、群青はどうにか爆発するのを堪《こら》えた。

「警察にはどう答えれば」

「まあ、もし事情を訊きに来たら、我が社の状況を有り体に答えてやることだ。赤組を掃除する口実にはなろう」

黒田はそれ以上、この話題に触れることはなかった。

群青は昂ぶる感情をじっと押し殺していたが、抑えきると、今度は冷え冷えとした眼差しになって、フロントガラスの向こうを見据えた。

ワイパーで払われる雨粒が、前の車のテールランプを受けて赤く染まっている。

＊

数日後、群青は久しぶりに剣崎《けんざき》に会った。呼び出した先のジャズ喫茶で対面した老紳士が群青に差し出したのは、ある自動車修理工場の写真だ。

「河野組の後ろ盾がある運送会社のものです。こちらのトラックでしょうか」

修理中とおぼしきトラックが置かれている。左のヘッドライトが大きく破損している。荷台の後ろには河野組の代紋によく似た社章が白ペンキで隠されていた。ナンバープレートを隠したテープは外されていて、車のナンバーがくっきり写っている。

「ありがとう、剣崎。やっぱり睨《にら》んだ通りだ」

「桜田門《さくらだもん》に古い知り合いがおります。所轄署《しょかつ》に掛け合ってもらいましょうか」

かつて大河内中佐に仕えた軍属だったという剣崎は、多くを語らないが、異様に人脈が広い。遺産管理も任されたほど中佐から信頼されていた男だ。行方不明となっていた「(大河内の）愛妾《あいしょう》の息子」を探し当てられたのも、この男の情報収集能力によるものだった。

「いや。目撃者の連絡先だけ聞き出して、直接確認をしてもらえないか。この写真で」

先日の帰りの車中での会話を群青は記憶に刻んでいる。黒田ははからずも理由を自白していた。

──奪われるくらいなら壊してやれ。

──裏切り者に制裁を。

黒田の指示で河野組が動いた形跡があるか、確認するために銀座のクラブ「ムゲット」の薫《かおる》にも探りを入れるよう頼んだ。だが警察には伝えていない。

警察がトラックの所有者を突き止めたところで、黒田までは辿《たど》り着けない。河野組は決して黒田との関係を認めたりはしないはずだからだ。

珈琲《コーヒー》をブラックのまま飲む群青を、剣崎はじっと窺《うかが》っている。

「……揉《も》み消すおつもり、ですか」

苦さを噛《か》みしめるように、数瞬、沈黙した。

「ああ……今はまだ〝その時〟じゃない」

「目をつぶるのですか。よろしいのですか、本当に」

ああ、そうだ。目をつぶる。今までもそうしてきたように見なかったふりをする。今ではない、今では。今、本音を剝《む》き出しにしてしまったら、良心を殺して、買いたくもない悪名を買い、裏切り者と呼ばれながら唯々諾々《いいだくだく》と黒田に従ってきた日々が全部水の泡になる。まだだ、まだその時ではない。噴霧乾燥塔の新工場も道半ばだし、実現しなければならないことも山ほどある。そう言い続けて、いつになれば〝その時〟が来るというのだろう。やるかたない思いを噛み殺そうとすると、奥歯まで噛み砕きそうになる。瞳を冷たく保つ。心にピアノ線を張る。

「情報は引き続き集めてくれ。おまえだけが頼みだ、剣崎」

店を出ると、寒風が吹きつけてくる。年末を控えた師走《しわす》の街はいっそうせわしさを増していた。

家路を急ぐ買い物客と、仕事を終えて夜の遊興に赴く背広たちが駅で行き交う。

有楽町《ゆうらくちょう》の駅前からはついこの間まで「安保反対」を唱えていた活動家の姿もなくなった。壁に張られたビラが半分剝がれかけながら乾いた北風に虚《むな》しく吹かれている。代わりに夕刊の紙面に躍《おど》るのは、新しい首相が唱え始めた「所得倍増計画」の見出しだ。「実現不可能な夢物語」と揶揄《やゆ》していた人々も、次第にその「バラ色の夢」に高揚し始めた。豊かになることは権利である、と。

豊かになることを夢見る善良な人々を欺《あざむ》きながら、腹黒い連中は着々と富を蓄えている。

群青は煉瓦《れんが》壁めがけて拳をぶつけた。

関節が割れるような痛みを堪え、コートの襟を立てて、歩き出す。

向かい風に逆らうように。

＊

「どれも規定値に収まっている？　本当なのか？」

購買部資材管理課から提出された結果報告のレポートを近江から見せられた赤城は、思わず表をめくって数値を確認してしまった。

客からニューレインボーの性能劣化を訴えるクレームが立て続けに届き、その調査をしていた近江のもとに、原料に関する成分チェックの結果が届いた。結果からいえば「問題なし」。原料の調達先が、成分を薄めて納品したのではないかと疑い、社内でひとつひとつ成分チェックを行ったのだが、濃度が低いという数値は出なかった。

「製造ラインにも異状なし、原料にも異状なし。どういうこった」

原因が突き止められない。赤城はレポートを閉じて、役員机に置いた。

「性能テストの結果も出た。水温とは関係なく、やはり洗浄力が落ちている」

「親会社の界面活性剤に問題があると？」

「製造ラインと原料のチェックを手がけたのは社内の人間か？　それとも外部に任せたか？」

近江は怪訝な顔をして、茶を注ぐ手を止めた。

「急ぎだったから社内で済ませたはずだが？」

赤城が険しい顔になったのに気づいて、近江は急須《きゅうす》を置いた。

「誰かが結果をごまかしてると？」

「その可能性はある」

「担当部署の社員が偽装したっていうのか？」

赤城はこの結果自体に疑いをかけていた。

社内の誰かが不正を行っている。

「調査チームを作ろう」

近江はすぐに機転を利かせた。正しい数値が出せないなら、外部に調査を委託する必要がある。

「今度の取締役会で提案してみる」

そんなやりとりがあった数日後のことだった。

群青は久慈《くじ》常務から呼びだしを受けた。

「私を調査チームのメンバーに、ですか？」

そうだ、とうなずいた久慈は、本を片手に詰め将棋《しょうぎ》をしている。盤面と棋譜《きふ》とを交互に見るばかりで、こちらを見ようともしなかった。

「例の苦情調査の結果に近江くんがなかなか納得しなくてな。調査委員会を作れ、と言ってしつこい。黒田専務は却下しているが、近江くんがやけに抵抗する。『作らないなら次の株主総会で議題にする』などと言い出してな……」

委員会が発足する方向に動いた場合、群青をそのチームの責任者に指名するので、その心づもりでいろ、と言いたかったようだ。社外の人間なので公平性を保てる、との理由だが、近江たちも身内だった群青が責任者になるならば、文句は言わないだろう、と。

「これが何を意味するか、君も心得ているだろうね」

「万一、こちらに不利な調査結果が出た際に、赤城派が都合良く社内政治に用いたりできないよう、牽制《けんせい》せよ……、ということでしょうか」

「君の忠誠が試される」

久慈は将棋の駒《こま》をタンと置き、指先でひとつ前のマスへと滑らせた。

「……わかるかね？　言っている意味が」

群青はほどなく理解した。「忠誠」の意味を。

「……………。顧問契約の条件もありますので少々お時間をいただいてもよろしいですか」

「ああ、そうだったね。返事は年明けでいい」

久慈は老眼鏡を外して、ようやく群青を見た。

「急ぐ必要はない。ゆっくり進めたまえ」

＊

年が明けた、昭和三十六年。

正月には近江家に来ないかと誘われていたが、群青は行かなかった。近江への年始の挨拶には会社の者も来るだろうし、うかつに顔を出せばどこから黒田たちの耳に入るか、わからない。

年末年始は毎年、大河内の家にいる義母のもとで過ごすことになっていた。実の息子が生きていれば着るはずだった紬《つむぎ》の着物を丈直しして、群青が着る。大晦日《おおみそか》の夜、「息子を失った母」と「母を失った子」が向き合って、年越しそばをすする。物静かな義母は丁寧な言葉で近況を問う。話が途切れると、ラジオから聞こえてくる紅白歌合戦に耳を傾けた。お互いの姿に、今は亡き子と亡き母とを重ねている。「亡き人を偲《しの》ぶ心」で結びついていると感じる。

妾《めかけ》の子をどんな思いで引き取ったのか、義母は語ることはなかったが、それでも群青が息子の着物でそばをすする姿に、死んだ息子の姿が重なるのだろう。涙ぐむのを隠そうとして「おかわりをもってきましょうね」と台所に消える後ろ姿が切なかった。

大河内の家には関わってほしくなかった、と赤城は言ったが、こうしている時間は多少でも、夫と子を亡くした義母の悲しみを癒やせているのかもしれない、と群青は思う。今はこの広い家に一人暮らす、この老いた女性の孤独に寄り添うことが、せめてもの「跡取り」としての役目のように思われた。

元日は親戚が集まる。大河内家の恒例行事だ。大勢の親戚たちが群青のことを口では「跡取り」と持ち上げながら目では「妾の子」と蔑《さげす》む。そんな中で面《つら》の皮厚くやり過ごすふてぶてしさを身につけた。品行方正に振る舞って、心では赤城たちと過ごした貧しくも明るい正月を思うのだ。

大河内を名乗る限り、もうあんな正月を過ごすこともないだろう。淋しくはあるが、仕方ない。

外が明るいうちに親戚たちは帰っていった。昔は夜遅くまで賑やかに飲み明かしたというが、「妾の子」が主《あるじ》になった途端、よそよそしいものだ。宴席の後片付けをしていた群青に、義母が声をかけてきた。

「こちらはもういいから、明日は赤城さんたちのところに行ってご挨拶してらっしゃい」

群青は驚いた。赤城と再会したことはまだ話していなかったからだ。

「剣崎さんから聞きました。久しぶりなのですもの。お兄さんたちとお正月を過ごしていらっしゃいな」

割烹《かっぽう》着《ぎ》姿の義母は微笑んでいる。だが、群青はきっぱりと断った。

「どうして？　今頃待っていらっしゃるのでは？」

群青は膳《ぜん》を重ねる手を止めて、向き直った。

「……三が日はここで過ごすと決めています。たまには孝行させてください」

義母は少しホッとした顔をした。やはり正月をひとりで過ごすのは淋しかったのだろう。

「明日は靖国《やすくに》神社にお詣《まい》りに行きましょう。僕が車を運転します」

こうして亡き母にできなかった分、義母に孝行する。義母は亡き子にできなかった分、群青の世話をする。不思議な疑似親子となって、亡き者たちが与え得なかったものを互いに受け取り、亡き者たちが受け取れなかったものを互いに与える。初めは「財産を受け継ぐための務め」でしかなかったものが、今はそうすることで自分自身の心を癒すようになっていた。

仏間の鴨居《かもい》には実父の遺影がある。軍服を着た厳格そうな口ひげの男。

群青はこの家に来て初めて父親の顔を知った。東海林が気づいたくらいには確かに顔立ちがよく似ている。自分は父親似だったのだな、と思う。歳《とし》を重ねてますます似てきたようだ。

——群青、か……。よい名だな。

遺影を見上げるたびに枕元で聞いた声が甦《よみがえ》った。

母の位牌《いはい》は赤城の家にある。命日はもう一月以上過ぎている。本妻への配慮から母の話題は極力出すまいとしているが、先ほどの言葉は、群青の「母を想う気持ち」への、義母からの配慮だったのだと後から気づいた。

そこへまた新たな来客があった。

小柄な老人だ。中折れ帽をかぶって外套《がいとう》をまとい、杖をついている。外には黒塗りの外車が停まっていてお付きの者が警護するように両脇にいた。

「あけましておめでとうございます。大河内さん」

佐古田重吉《じゅうきち》だった。佐古田平和財団の代表だ。戦災孤児や引揚者を援護する慈善活動を行っていて、最近では新聞やテレビでも顔を見かけるようになった。

毎年元日に必ず年始の挨拶にやってくる。寡黙《かもく》な男で、会話はほとんどせず、中佐の位牌に手を合わせると茶のもてなしも受けずに帰ってしまう。それが正月の恒例だった。

だが今年は珍しく連れがあった。恰幅《かっぷく》がよく眉の太い中年男だ。

ハリマ製薬の奥平修二郎《おくだいらしゅうじろう》と名乗った。

「財団では評議員を務めております。大河内中佐には満州で世話になりました」

丁寧に頭を下げる。佐古田の後で仏壇に線香をあげると、奥平は言った。

「ご子息は今、ありあけ石鹸で技術顧問をされておられるとか」

「はい。去年の春から」

「では、いずれまたお目にかかることもありそうですね」

含みのある言葉の意味を訊《たず》ねる前に、佐古田が立ち上がってしまった。奥平は佐古田を支えるようにして仏間を後にする。大河内の義母とともに玄関先で見送った。

――あの財団は旧陸軍にいた満州閥《ばつ》の連中が起ち上げたものだ。そんな連中が作った研究所が、ただの慈善団体であるわけがない。

――佐古田と手を切れ。

群青の頭には赤城の言葉がある。先ほどの奥平の一言が気にかかった。いずれまた？　ハリマ製薬とありあけ石鹸には業務上の接点などないはずだが。

夕焼けの空にはのどかに凧《たこ》があがっている。門松の脇に立って、群青は車が走り去っていった砂《すな》埃《ほこり》のたつ道路をじっと見つめている。

＊

仕事始めから工場はフル稼働だ。

ニューレインボーの製造ラインは調査が行われている最中も止まらなかった。売上は右肩上がりで受注も止まらない。「大きな瑕疵《かし》ではないので販売は止めない」という上の判断だった。この判断には社内でも賛否があり、近江も懸念したが、勢いに乗っている商品を「この程度の苦情」で止めるわけにはいかないというのが黒田たちの言い分だった。

苦情に対しては「冬になって水温が下がったため、多少汚れ落ちが悪くなる場合もある。その際は規定量より少し多めに入れてほしい」との文言で対応するという。

これには赤城も疑問を呈《てい》して抗議もしたが、無視された。勅使河原《てしがわら》が製造部長の頃だったなら、ラインを止めてでも原因究明していただろう。

その勅使河原への桜桃のスカウトは一旦《いったん》保留になった。遼子は東海林の事故（事件）を重く見て、勅使河原の身にも同じ禍《わざわ》いが降りかかっては……、と危惧《きぐ》したのだ。警察はまだ犯人の手がかりすら手に入れていないようだった。

そんな折、群青のもとに珍しい男がやってきた。

「羽村《はむら》……。羽村じゃないか！」

かつて工場で一緒に働いていた羽村誠司《せいじ》だ。今は購買部にいる。群青がありあけに戻ってきたあとも、まともに顔を合わせる機会がなかった。羽村のほうが避けているようでもあった。

「よう、群青。いい背広着て……。出世したな」

「出世なんかじゃないさ。たまたまだよ」

羽村は何やら人目を気にしてビクビクしている。今日このあと一緒に飲めるか？　と訊ねてきた。新年会の誘いという様子ではない。顔が神妙だった。

「おまえにちょっと相談したいことがあるんだ」

会社の人間の目が届かないところがいい、と羽村は言い、近所ではなく、わざわざ新橋《しんばし》まで行って落ち合うことにした。サラリーマンで賑わうガード下の安居酒屋ののれんをくぐった。

昔の羽村は快活な若者で、寡黙な群青とも不思議とウマが合った。だが十年ぶりに向き合った羽村は、肩を細くしながらおどおどして目が泳いでいる。

羽村が赤城たちとは距離を置いていることは群青も知っていた。出向組に与《くみ》している羽村は、本来なら、群青とも利害が一致する。同じ穴のムジナ同士、いちいち人目を避けて会わなくても、誰も何も文句は言わないはずなのだが、羽村はしきりに周りを気にしていた。

「相談って、なんだ？」

「いや……。実は誰にも言うなと部内では釘を刺されてるんだが、どうも、こう……モヤモヤしちまって。赤城さんたちには言えないんだが、おまえならと思って……」

歯切れが悪い。なんのことだ？　と再度問うと、酔わなければ言えない、とばかりに、羽村はコップ酒を一気にあおって勢いをつけた。

「ここだけの話なんだが……」

と、額をつきだして、声をひそめた。

「ニューレインボーのことだ。例の社内調査の件」

「性能が落ちたことへの内部調査をした時のことか？」

「あの時、提出された結果の数値。……あれは偽造だ」

群青は息を止めた。……偽造だと？

「上からの指示で偽の数値を出していた。あの結果はあてにならん」

「上からだと？　どういうことだ」

羽村はまたキョロキョロと周りを見回して、視線をそらしたままメモ書きを差し出した。群青もそれとなく受け取って、メモを見た。鉛筆の走り書きで何かの数値が書かれている。

「界面活性剤を減らして芒硝《ぼうしょう》を増やしてる。洗浄力が落ちた原因はそいつだ」

羽村の言葉に群青は息を呑《の》んだ。芒硝《ぼうしょう》とは硫酸《りゅうさん》ナトリウムの総称だ。洗剤の助剤として使われる原料のひとつだが、本来なら洗浄力を上げるために使われる。だが、それは界面活性剤をより活性させることが目的であって、界面活性剤自体を減らしては意味がない。

「……まさか。ABSを減らして芒硝《ぼうしょう》でかさ増ししてるのか？」

「それだけじゃない。業者と組んで原料の仕入れ価格を水増ししてる」

小声で囁《ささや》くように言う。群青はたちまち顔を強《こわ》ばらせた。周りの客が酔って陽気に騒ぐ中、群青と羽村は険しい顔で向き合っている。

「部署ぐるみで隠蔽《いんぺい》したってことか？　うそだろう？」

「製造部とグルだ。ただし、一部の現場の者しか知らない」

群青は絶句した。界面活性剤よりも廉価《れんか》な芒硝《ぼうしょう》を増やせば利益率は上がる。原料の水増しをして浮いた分を懐《ふところ》に入れている者が社内にいる。

界面活性剤と芒硝《ぼうしょう》の割合を変えること自体は、違法ではない。洗剤などの雑貨工業品は、医薬品や化粧品と違って製品の成分やその割合を事前申請するものではない。製品表示規定もないので成分内容を頻繁《ひんぱん》に変えても法に触れることはないが、決められた量を変えたことを隠蔽し、しかもそれで浮いた原料費を着服している者がいるとなれば由々《ゆゆ》しき事態だ。

「ピンハネしてるのは誰なんだ。浮いた金はどこに」

「課長は会社に入ってるんだから何も問題ないって……。だが表の帳簿には書くなって言われてる。おかしいだろ？　帳簿に書けないやりとりなんて」

二重帳簿が存在する。

群青は顎《あご》に手をかけ、眉をひそめた。羽村は固く口止めされていたという。

「ずっとモヤモヤしちまって……。誰にも相談できないし……」

「あんちゃんたちには言わなかったのか？」

「言えるわけねえ」

羽村は出向組に与《くみ》して、赤城たちとは距離を置いている。そのせいで赤城を慕う旧ありあけの者たちとの仲は険悪になっていた。同じ部署の出向組には相談できる同僚などはなく、それどころか、長いものには巻かれろとばかりに丸め込まれる有様だ。

「だけど俺だって旧ありあけでテシさんに鍛えられた弟子の端くれだ。お客には誠実であれって、叩き込まれてきた」

商品価格は変えないまま、界面活性剤を減らした分、芒硝《ぼうしょう》を増やしてかさ増しをし、そのせいで洗浄力が落ちた。だが品質表示に決まりがないのをいいことに公表はせず、水温のせいにして「一回の使用量を増やせ」と言う。薄い洗剤をたくさん買わせて儲《もう》けるのだから、消費者を騙《だま》しているようなものだ。

「このままじゃよくないこた重々わかってたけど、逆らえば、どんな目に遭わされるか分かったもんじゃない。俺は嫁も子供も養っていかなきゃならないんだ。赤城さんたちには恩があるけど、上の言うことに刃向かったらテシさんみたいに冷や飯食いになる」

「羽村……」

「なあ、おまえしかいないんだよ。群青。俺はどうしたらいいのか、教えてくれ！」

すがるような眼差しだった。群青は黙り込んだまま、答えない。羽村は不安げな顔になり、

「……おまえも、見なかったふりしろって言うのか？」

群青が「黒田のお気に入り」なのは羽村も知っている。群青は猪口《ちょこ》を置いたまま、一点を見つめている。だがよく見れば、その指先が細かく震えている。

「群青……？」

「俺は今まで何を見てたんだろうな……」

低い声で呟いた。

「考え方は違っても同じ目的のために戦ってるんだと信じたから、耐えられた。だがちがう。これはちがう。同じなんかじゃない。同じどころか」

群青は言葉を詰まらせ、固く目をつぶってしまう。心の堰《せき》から何かが溢《あふ》れてしまった。そんな感

じだった。隣の席からドッと大きな笑い声が起きた。おでん鍋の湯気が裸電球を滲ませる賑やかな店の中で、あたかもここだけが暗い教会の告解室であるかのように、群青はひとりうなだれて、両手を組み、肩を震わせている。そうして長いこと祈るように黙り込んでいたが、ふいに悪寒《おかん》が過ぎ去ったかのように手の震えがやんだ。羽村、と低く呼びかけ、

「どうすればいいって、さっき俺に訊いたよな」

「ああ……」

「黙ってろ」

群青は据わった眼《め》をまっすぐ羽村に向けている。

「誰にも何も言わず従って、裏帳簿の内容を逐一《ちくいち》メモに写して、俺に渡すんだ」

「帳簿の内容を……？」

「ここから先は簡単じゃない。だがおまえが協力してくれれば、俺は二度と信念を曲げずに済むし、おまえはこの先もありあけで働ける」

「本当か？　だがおまえのほうこそ大丈夫なのか？」

「わからん。どう転ぶかはこれからの行動次第だ」

もう十分だ。十分辛抱し続けた。終わりの見えない葛藤《かっとう》に終止符を打ち、天を仰いで心を決めたら、次にどこへ行くべきか、何をすべきかは自ずとわかることだった。

羽村とは毎週水曜にこの店で落ち合うことにして、その日は早々に別れた。

＊

赤城が家路についたのは夜九時を回るころだった。

日が落ちてからぐっと冷え込んできて、手袋がなければ手がかじかむほどだった。あちこちの家から石油ストーブの臭いが漂ってくる。いたく冷え込んだ無風の路地は、どこかから焼き芋《いも》売りの声が聞こえる他は、やけに静まりかえっていた。

家についた赤城はハッとした。暗い玄関の前に人影がある。思わず身構えてから、

「群青……？　そこにいるのは群青か？」

この寒風の中、いつから待っていたのか。

コートのポケットに手を突っ込み、壁にもたれていた。

「あんちゃん」

「どうしたんだ、こんな時間に。何かあったのか？」

とにかく中に入れ、と引き戸を開けようとしたが「ここでいい」と群青は拒んだ。

「俺がまちがってたよ……」

いつになく真摯《しんし》な声音《こわね》を聞いて、赤城には察するものがあった。真顔になり、再び「何があったんだ？」と訊ねた。群青は多くは語らず、

「あんちゃんが抗《あらが》ってきた理由が、やっと呑み込めた。〝よかった頃の〟ありあけを取り戻すためだとか、古いやり方を通すためなんかで、あんちゃんが権力の取り合いに手ぇ出すはずもなかったんだ。一度失ったら簡単には取り戻せないのは経営権なんかじゃない。もっと別のものだったってこと」

やっとわかったよ、と群青は言った。

赤城は、暗がりの中に立つ群青が、この家を出ていった十年前と同じ眼差しをしていると感じた。

「気づけなかったら、俺はもっと耐えてしまうところだった。手遅れになるところだった」

「原因がわかったのか。ニューレインボーの」

察しのいい赤城はその様子から読み取った。群青はうなずき、

「本当は俺ひとりで、やつらを呑み込んでやるつもりだった。いずれ根こそぎねじ伏せてやるために向こうのやり方に目をつぶってきた。見て見ぬフリを通してきた。だけど、今ここで手を打たなかったら、ありあけは根まで腐っちまう。取り返しがつかなくなってしまう」

突然、群青が膝《ひざ》を折り、両膝と両手を地面についた。

「頼む、あんちゃん。俺に力を貸してくれ」

赤城は驚いた。群青は額が地面につくまで頭を下げる。このとおりだ、と。

「あんちゃんの力が必要なんだ。やっぱり必要なんだ。俺と一緒に戦ってくれ！」

赤城はぼう然とした様子で群青のつむじを見下ろしていた。その一言を言うために、群青がかなぐり捨ててきたものの重さを理解した。

「やめろ、群青。そんなことしなくていい」

膝をついて肩に手をかけようとしたが、群青に払われた。群青はなお額を地面に押しつけ、

「俺ひとりでありあけを救えるなんて思い上がりだった。怒らなきゃいけない時に怒ることもできないで、何が再生だ。何が成長だ。そんなお題目くそくらえだ！」

「群青」

「俺の負けでいい。だから頼む、力を貸してくれ。あんちゃん！」

自分の限界を認めるのは、簡単ではない。

これまでの自分を擲《なげう》ってひとに頭を下げるつらさも、今の赤城には痛いほどわかった。

そこには群青なりの野心があったはずだ。葛藤もしていたはずだ。理解者のいない道をひとり往く孤独も味わったことだろう。良心に屈することは決して恥ずべきことではないのに、群青は地面に額をこすりつけて耐えようとしている。今の自分には大きすぎた相手に、全く歯が立たなかった無念さを、それを認めなければならない屈辱《くつじょく》を。己の未熟さを。

土下座した指が土を深くえぐっている。小刻みに震えている。群青の悔しさを受け止めて、赤城は一度深く息を吐くと、膝をついて、群青の肩を摑みながら「頭を上げろ」と揺さぶった。

「当たり前じゃないか。おまえは俺の弟なんだ。どこまでも一緒に戦うさ」

群青は顔を上げた。覆《おお》い被さるようにしていた赤城は、笑っている。

思えば、いつもこの笑顔に励まされてきた。貧しく苦しかった時も、明日が見えず不安だった時も、大失敗をやらかして青ざめていた時も。

この頼もしさはなんだろう。赤城が味方になるとわかっただけで、どうしてこんなに自信が湧いてくるのだろう。両足で大地を踏みしめて立つ時の気持ちだ。

兄弟はひとつ——という言葉が浮かんできて、群青は「赤城といる時の自分」の強さを実感することができた。「ひとりでは何もできない」のではない。思えばそれは「赤城といれば」自分の力が二倍にも三倍にもなるということだったのだ。

「言ってくれ、群青。俺はなにをすればいい？」

飾らない言葉で、限りない信頼を示す赤城に、群青はまた胸に迫るものを感じた。

その肩に白いものがチラと降りかかった。雪だった。

肩を掴む赤城の熱い手の甲で、雪が溶ける。息が白かった。

「ありがとう。あんちゃん」

群青はようやく表情を崩し、笑みを浮かべた。

＊

ニューレインボーの性能劣化問題に関する調査委員会が、発足することになった。

当初、出向組は調査委員会を置くこと自体を渋り、「水温低下による一時的なもの」として片付けようとしていたのだが、そこへ想定外の事態が起きた。

大手新聞社の投稿欄に寄せられた一通の手紙だ。若い主婦からだった。

ありあけの名こそ出さないが、明らかにそれとわかる書き方で「最近汚れ落ちが悪くなった」というぼやきが載っている。会社に問い合わせたところ、冬になり水温が低下したためと言われたので、お湯で洗ってみたのだが、やはり前よりも落ちないし、泡切れも悪くすすぎに時間がかかる。一回の分量を増やしてみろ、と言われたのでそうしてみたら、今度はあっというまに一箱使い切ってしまった。そう仕向けられているようで腑《ふ》に落ちない。これは実質の値上げではないか。皆さん、洗剤会社に騙されないように。……そんな内容だった。

この一通が物議を醸《かも》した。洗剤のかさ増し疑惑は主婦の間でも噂《うわさ》になっていたようで、他紙やラジオ番組などでも立て続けに取り上げられた。とうとう同業他社がとばっちりを食うのを恐れて業界団体も動きだした。桜桃の蔵地が理事長を務める「日本石鹸洗剤工業連合会」からは、早急に調査委員会を起ち上げるよう圧力をかけられた。蔵地は東海林《しょうじ》の一件で、ありあけに対して思うところが山ほどある。

数日後、遼子が「連合会の代理人」としてありあけ本社に乗り込んできた。

「このような状況は、国民の洗剤製造会社への信頼を著《いちじる》しく下げるもので到底見過ごすことができません。徹底的な原因究明を行い、その結果を次の理事会で報告するよう求めます。それができない場合は最悪、脱会を言い渡すことになりますよ」

〈桜桃の雪女〉の冷徹な物言いに、社長は真っ青になった。すぐに専務以下取締役に調査委員会の設置を命じた。

帰り際の遼子を、階段下で待ち受けていたのは、群青だった。

すれちがいざま、遼子が耳打ちした。

「……これは助け船だ。その意味、わかるな?」

それだけ囁いて去っていく。群青は振り返らなかった。

ああ、わかるとも。リョウ。この機会を決して逃さない。

社長命令とあっては黒田も無視できなかった。調査委員会の発足に際し、黒田はかねてからの計画通り、群青を委員長に指名して裁量権を握らせることにした。群青は黒田の配下であり、もし不利な結果が導き出されても、どうとでも揉み消せる、と踏んでのことだった。

群青をトップとする調査委員会が動き出した。

メンバーには勅使河原《てしがわら》もいる。製造に関わる全てを知り尽くした元製造部長が加わって、現場の緊張感は一気に高まった。

製品の成分検査は外部に依頼した。社内の人間がサンプルに工作できないよう、出荷済みの商品を複数の店で購入して検査した。

結果、やはり芒硝《ぼうしよう》の割合があからさまに高くなっていることが判明した。

市場調査部から選び出された木暮《こぐれ》を中心とする実働部隊は、それぞれの部署に押しかけて計量や原料購入に関する帳簿を徹底的に洗い出した。同時に水増しで得たとみられる裏金の経路も羽村を通じて密《ひそ》かに探った。経理が出してくる帳簿も二重帳簿である可能性が高かったからだ。

「おい、誰がここまでやれと言った。大河内」

久慈常務に呼び出された群青は、両手を後ろで組み、兵士のように顎を上げている。どやされても表情ひとつ変えず、こう答えた。

「中途半端なところを見せると連合会から突き上げが来るためです。騒ぎを長引かせないための方策です」

「だがデータが増えるほど舵《かじ》取りが利かなくなるぞ」

「ご安心ください。万一、意に沿わぬ結果が出ても、私が『調整』します」

久慈は明らかに平静ではいられないようだった。旧海軍出の強面《こわもて》がそわそわしている。

群青は顎をひいて、じっと顔色を観察する。一度権力を握り安泰《あんたい》を得た連中は、腐るのも早い。その典型のような男だ。

群青にはわかっていた。調査委員会が発足した後では何もかも遅すぎることも。

その点、密偵《みってい》としての羽村は優秀だった。原料の仕入れ価格が水増しされていた証拠となる裏帳簿は、調査委員会が発足すれば即刻破棄されるのは目に見えていた。そうなる前に地道に書き写し、写真にも収めて、すでに群青の手に渡っていた。

問題は、どこからどこまでの人間がそれに関わっていたか、だ。製造部、購買部、経理部……全てを疑ってかからなければならない。どこまで隠蔽が及んでいるかわからないから、本当に信用できる人間を見極めるのは至難だった。

製造部では勅使河原による製造ラインの抜き打ち検査が行われた。が、不正は見つからなかった。そうだろう。監査を察知し、すでに配合の割合は正しい規格に戻していたにちがいない。

製品が本来の品質に戻れば、当初の目的は達成されたことになるが、喉元過ぎれば、というやつで、ほとぼりが冷めた頃にまたいずれ不正行為を始めるだろう。それではいたちごっこだ。

そんな中、赤城のもとに、ある情報がもたらされた。

「洗剤工場に革靴を履《は》いてきたやつがいただと？」

伝えてきたのは古株の工員・田丸一雄《たまるかずお》だった。行きつけの定食屋に呼び出された赤城に、一雄は焼き鯖《さば》をつつきながら言った。

「今までぼろい運動靴しか履いてこなかった同僚が突然ピカピカの革靴を履いてきたんです」

工員は工場に入る前に必ず安全靴に履き替える。一雄もそれで気がついた。赤城からは「工員の中に最近羽振りがよくなったやつがいたら教えてくれ」と言われていた。

藤田《ふじた》というその工員は親が借金を抱えていて家計が苦しく、誘っても滅多に飲みにも行かなかったのだが、年末くらいから急につきあいがよくなってきたのだという。

「聞いたら、親の借金が全部返済できたと。新居の頭金まで、あてができたなんて言い出してて、宝くじでも当たったのか？　ってみんなで噂してたんだけど」

「そいつの受け持ちは？」

「配合です」

赤城は鋭い目になった。界面活性剤の溶液にビルダーを加える工程のことだ。助剤の分量を量って混合釜《がま》（調合釜）に投入し、粥《かゆ》（スラリー）状にする。藤田はまさに問題の芒硝《ぼうしょう》を投入する現場の責任者だったのだ。

「混合釜のあるとこは、俺たちがいるとことは別棟にあって、工程が見えないんだ。袋に入った原料の粉を運んでいって上から投入するんだが、何袋投入したかは現場のやつしかわからない。購買部の人間と結託してれば、簡単にごまかしがきく」

最初のぬるい調査では「問題なし」と出たが、あてにならない。

配合量を変えたのは上からの指示か。現場が買収されたようだ。

「そいつに話は聞けるか？」

「それが、三日くらい前から欠勤してるんです。おたふく風邪にかかったから、しばらく出てこれないって」

昨日から勅使河原が現場の聴き取りを始めている。それを免《まぬが》れるための言い訳か。

「やっぱり怪しいですよね。みんなも言ってるんですよ。配合の連中はなにか隠してるって」

赤城の表情が曇《くも》った。

すぐに社員名簿で調べ、その日のうちに自宅を訪れてみることにした。

藤田の家は世田谷《せたがや》にある引揚者住宅の一角にあった。東京都が終戦直後、住処《すみか》のない引揚者を一時的に収容するために応急的に作った施設だ。トタン屋根で覆われた四軒長屋が並んでいる。あちこち傷《いた》んでいるが修繕もろくにしていないようで、割れたガラス戸に新聞紙を張っている家もあった。

終戦から十五年が経ち、街はどんどんきれいになっていったが、皆が豊かになったわけではない。引揚者の中には、なかなか内地での生活が成り立たず、体を壊したりして働けない者もいる。経済成長の流れに乗っていけない人々の中には、引揚者住宅に留まり続ける者も多かった。

ありあけ石鹸は引揚者を率先して雇っていて、藤田もそのひとりだったのだ。

「出勤している？　本当ですか」

藤田の家族によると、家にはいないという。おたふく風邪はやはり嘘《うそ》だった。三日も欠勤していると聞いて、藤田の妻は心配になったのだろう。

「人手不足で当直が足りないからしばらく工場に泊まり込むと言ってました。いったいどこに」

狭い六畳一間の奥からは、子供の泣き声が聞こえる。居留守している様子はなさそうだ。勅使河原から事情を訊かれるのを恐れて、姿をくらましたのか。

赤城は藤田の妻と一緒に行方を捜した。追及を逃れるためにどこかに身を隠しているのだろうが、なかなか見つからない。赤城は勅使河原や一雄たちにも連絡して、捜索に加わってもらった。

「あんなに生真面目だったやつがどうして」

勅使河原は藤田の身の上もよく知っている。大家族で満州から引き揚げてきて、家族を食べさせるために真面目に働く若者だったという。上から脅しをかけられて断れなかったのか、買収に抗《あらが》えなかったのか。

報《しら》せは群青のもとにも届いた。

藤田のことは覚えていた。中卒の工員で、新人の頃に群青が仕事を教えたこともある。一雄たちが開いた歓迎会にも来ていた。滅多に飲み会には出ないのに、群青を懐かしがって珍しく顔を出してくれたのだ。

翌日、赤城たちと合流して休日返上で捜索にあたった。心当たりはみんな探したが、見つからない。

「まずいな……」

群青は胸騒ぎがしてならない。念頭には東海林《しょうじ》のことがある。

「まさか口封じされたなんてことは……」

不穏な一言を、赤城は聞き逃さなかった。

「おまえ何か知ってるのか？」

「河野組ってヤクザが動いてたら、あぶない。考えすぎならいいが全くないとも言い切れない」

界面活性剤とビルダーの配合に関わる現場の人間は複数いるが、藤田が首謀者から直接指示を受けた立場だったなら一番危うい。首謀者が誰か知っているなら十分、口封じのターゲットになる可能性がある。近江も「やべえな」と眉を曇らせた。

「一番立場の弱いやつを自殺に見せかけて消した上に、罪を着せて一件落着させるなんてのは、不正隠しの常套《じょうとう》手段だぞ」

群青も赤城たちも顔を強ばらせた。最悪の事態に備えなければならなかった。

手分けして再び捜索を始める。集合写真を手に聞き込みをする。だが社外にはほとんど友人を持たないという藤田には、匿《かくま》ってくれる相手がいるとも思えない。

自分だったらこんな時どこに行くか。そう考えた群青が直感した先は、日雇い労働者たちが集まるドヤ街だ。自分も借金取りに追われていた時、行き場をなくしてしばらくそこに住み込んだ。簡易宿泊所が建ち並び、いろんな人間が集まる。日雇いの職を求めて地方からやってきた者、ヤクザや賭博師《とばく》、ムショ帰りや借金取りに追われた者……、ワケアリたちが溢れるその界隈《かいわい》は、治安も悪いが、どこの誰とも知れない者同士ばかりなので容易に埋もれてしまえる。

大陸で馬賊《ばぞく》が出るような僻地《へきち》の村を回っていた赤城も、東京のドヤ街は初めてだったらしい。酔っ払いが昼間から道で寝ていたり、堂々と花札賭博をしていたり、怒声や罵声《ばせい》が響いていたりする。やたらと眼光の鋭い連中がじろじろとこちらを見ている。独特の饐《す》えた空気に、さすがの赤城も面食らっている。この場所での振る舞いは群青のほうが心得たものだった。

「なんでここに藤田がいるって思うんだ？　何かあるのか？」

「理屈じゃないよ。勘だよ勘」

うろうろしていると群青を見つけて声をかけてきた者がいる。リヤカーを引く白髪の老人だ。

「グンじゃねえか。こりゃまた見違えるみたいにこぎれいなかっこしやがって」

「元気だったかい、ウラさん」

「とうとう戻ってきやがったのか。また借金こさえたか」

「ち、ちがうよ、人捜しに来たんだよ」

赤城にはまだ「苦学生の頃ここで一時働いた」としか説明していなかった。

ウラと呼ばれている老人は、群青がここに流れ着いた時に寝食と仕事の世話をしてくれた人物だった。顔が広くて面倒見がよく、群青が人捜しをしていると知ると、特に理由も訊かず、会う者会う者手当たり次第に声をかけては訊ね回ってくれた。

「見たことがあるって？　本当かい？」

昼間から路上で酒を飲んでいた中年男たちが角の宿泊所を指さした。

「ああ、鼻にでかいほくろがある男なら、カトウの宿に二、三日前から泊まり込んでる。仕事斡旋《あっせん》しようかって声かけたら『放っておいてくれ』なんて怒鳴り返してきた。そいつじゃねーか？」

ひどく何かに怯《おび》えているようだった、と聞いて、群青たちはピンときた。

すぐにその宿泊所に向かった。藤田とおぼしき男は、二階の相部屋の奥にいた。ろくに暖房もない薄暗い部屋は埃っぽく、服と体を何日も洗っていない男たちの汗を煮しめたような臭いがした。部屋にみっしり押し込まれた二段ベッドで、毛布にくるまってうずくまっている。

「藤田……？　そこにいるの藤田か？」

その男はぎょっとしたように、顔を上げた。

藤田だった。

目は落ちくぼんで濃いクマができ、やつれきっている。

「……群青さん……赤城さん」

藤田はうろたえ、慌てふためいたように土下座した。

「すみませんすみません！　俺は何も知らないんです、上に言われてやっただけなんです」

群青と赤城は目配せし合った。藤田は混乱して怯えきっていた。

「ニューレインボーの配合を無断で変えたのは、やはりおまえだったのか？　藤田」

「俺は上から指示された通りに配合しただけです。急に配合量を変えるって言われたもんだから、変だなって思って、念のため生産技術課に確かめたら、変わってないって言われて。問いただしたらいきなり『従わなかったら解雇する』って言われたんです。金を渡されて口止めされて……。いやだとも言えなくて」

「指示したのは誰だ。工場長か？」

「い……言えません。俺の口からは言えません」

「言ったら酷《ひど》い目に遭わされるからか？　そうやって脅されたのか？」

もう勘弁してください、と繰り返す。群青は身を乗り出して藤田の肩を叩いた。

「……テシさんも心配してたぞ。おまえみたいな真面目なやつがなんでこんなことをって」

首謀者から謝礼を受け取ってしまった藤田には後ろ暗いところがある。脅迫されて仕方なく、というより、純粋に買収されたにちがいない。借金を抱えていた藤田は抗えなかったのだろう。

「群青さん……俺やっぱり解雇ですか？　ありあけから追い出されるんですか？」

涙目になってすがりついてくる。群青は後ろに立つ赤城を見てから、

「……そうだな。このままだったらそうなるかもしれん。だが調査に協力してくれるなら」

藤田は板挟みになっている。不正配合という上からの指示を明かしたら首謀者から制裁をくらう。首謀者をかばっても社則によって解雇だ。

「俺はどうしたら……」

そこへ先ほどのウラ老人が慌てふためいて駆け込んできた。

「大変だ、グン。おまえら以外にも、そこのあんちゃん捜してるっつー連中が来てるぞ！」

群青たちはにわかに緊迫した。

「そいつはヤクザもんか」

「ここのシマのもんじゃない。よそから来た連中だ。あちこちで聞き込みしてる」

河野組の連中にちがいない。行方をくらました藤田を捜していたのだ。

「ここにいたら見つかる、すぐに逃げよう」

「だめだ、下の通りまで来てる。今出たら見つかるぞ」

「裏から出よう。こっちだ」

群青は階段は使わずに、裏路地に面した便所の窓から外に出ることにした。張り出し屋根から配管を伝ってどうにか下におりた。群青はこの街の勝手を知っている。昔、借金取りに追われてさんざん逃げ回った。狭い路地を通り抜けて裏通りに出たが、運が悪かった。

「おい、いたぞ！　あいつだ！」

まずいことに、鉢合わせたのは前に赤城を襲った柄シャツのチンピラだった。記憶力のいい男で、てめえあの時の！　と指さしてきたので群青は転がっていた酒瓶を投げつけ、反対方向に逃げ出した。

「そっちに行ったぞ、捕まえろ！」

白昼のドヤ街に野太い声が響いて、男たちがこっちに駆けてくる。藤田をつれた赤城と群青は必死に走った。とんだ鬼ごっこをする羽目になった。追っ手は四方八方から現れて次第に追い詰められ、建物と建物の間の狭い路地しか逃げ場がなくなった。行け！　と群青たちを路地に押し込み、赤城はその入口に立ちはだかった。

「ここは俺に任せて、おまえは藤田を連れて逃げろ！」

「なに言ってんだ、殺されるぞ！　あんちゃん！」

「全員捕まったらそこで終わりだ、いいから、行け！」

赤城は追っ手にゴミ箱をぶん投げ、路地にいかつい体を押し込んでくる男の腹を足で押しのける。大人一人分の幅しかない路地で、ひとりずつ追っ手を相手にしている。群青は「走れ！」と藤田をけしかけ自分も続こうとしたが、罵声が聞こえ振り返ると、しんがりになった赤城が角材でメッタメタに殴られている。

「あんちゃん……！」

「止まるな、行けったら行け！」

このままでは赤城が半殺しにされてしまう。たまらず引き返そうとした時、怒声があがった。赤城を袋だたきにしていたチンピラが、今度は他の男たちに囲まれている。ドヤ街の仲間たちだった。ウラ老人が見かねて助太刀《すけだち》に入ってくれたのだ。

「よそもんが！」

「やっちまえ！」

手に手に武器になりそうなものを握り、よってたかってチンピラたちを打ち据え始めた。鬱憤《うっぷん》の溜まった住人たちはこの手の乱闘になると容赦《ようしゃ》しない。ここぞとばかりに殴るわ蹴るわで路上は騒然となった。ウラ老人が赤城を助け出し、「はよ逃げろ！」と群青を促《うなが》した。群青は赤城の肩を担《かつ》ぎ、ドヤ街から脱出した。

藤田と三人で浅草寺《せんそうじ》の外れあたりまで逃げてきて、ようやく追っ手を振り切ったことを確かめると、石灯籠《いしどうろう》のもとに座り込み、大きくあえぎながら汗を拭《ぬぐ》った。危ないところだった。

「すいませんすいません、赤城さん、俺のせいで」

藤田は泣きながら土下座している。赤城は腫《は》れ上がった首元を押さえて「なんてこたないさ」とうそぶいた。

「それよりさっきの若いの、前に俺に因縁つけてきたやつだったな。河野組とかいう連中はなんなんだ？　誰と繋《つな》がってるんだ？」

黙り込んだ群青を見て、赤城は察しがついたのだろう。

「……黒田か？」

「……………」

「東海林《しょうじ》をやったのも、今のやつらか？」

うなずいた群青を見て、赤城は自分が襲われた理由も理解した。そういうことだったか、と。

「まさかうちの重役がヤクザと繋がっていたとは……」

黙っていたことを詫びる群青に、赤城は「いいよ」と答えた。真相がわかってしまったら、迷いもなくなった。赤城自身、黒田たちの所行を苦々しく思いつつも会社の利益自体は右肩上がりの状況に、「これも会社が成長するための必要悪というやつなのか」などと考えてしまうことも正直あったからだ。

だが、やはりこんなことがまかり通っていいわけがない。

「俺、全部話します。知ってること全部」

藤田は鼻を真っ赤にして泣きじゃくっている。いまや命の恩人となったふたりに、藤田は自分の身柄を預けると申し出た。だが、河野組の連中はしつこく藤田を付け狙ってくるだろう。赤城は思案し、

「俺が世話してやるから、おまえはしばらく安全なところに身を潜めてろ」

口封じなどという事態だけは避けなければならない。

「あてはあるのかい？」

「ひとり、頼みになりそうなやつがいる。そいつを頼ろう」

浅草寺の本堂を見やった。戦災で一度は焼けて、少し前に再建されたばかりの本堂は、真新しい甍《いらか》が西日を受けてオレンジ色に輝いている。

「……こうなったら膿《うみ》は徹底的に出し切るしかない。たとえ、そのせいでありあけが傷を負うことになっても」

「洗濯ってやつだな。ありあけ石鹸の」

と群青が言った。泥だらけのありあけをきれいに洗ってやるのだ。自分たちが石鹸になって。

「〝ありあけ石鹸を洗濯いたしたく候《そうろう》〟か。坂本龍馬《さかもとりょうま》みたいでいいじゃないか」

赤城が言うと、群青が「ん？」と顔をしかめ、

「……なんか臭うぞ」

嗅《か》ぎ回ると、赤城の上着のポケットから腐った白菜の切れ端が出てきた。追っ手にゴミ箱を投げつけた時、勢い余って生ゴミをかぶってしまったらしい。

顔を見合って、笑った。

「今度ウラさんとこにうちの洗剤を山ほど持ってって、あの一張羅《いっちょうら》を洗ってやろう。助けてくれたお礼だ。もちろん正しく配合したニューレインボーでな」

ドヤ街の仲間に感謝しながら、群青はあの場所で過ごしたどん底の日々を思い返す。思えば再出発の場所だった。西日がまともに差し込んできて、群青は眩《まぶ》しそうに手をかざした。

*

三人が向かったのは、御徒町《おかちまち》にある飲食店の入った三階建ての雑居ビルだった。看板には「京城飯店《けいじょうはんてん》」との文字がある。コチュジャンの懐かしいにおいが漂う。最近繁盛《はんじょう》している焼肉屋だった。一、二階が店舗で、三人が訪れたのは三階にある事務所だった。

「ジョンハはいるか」

赤城が勝手知ったる様子で入っていくと、雑然とした事務所の窓際の席に、男がいる。長い脚《あし》を机にのっけて、本を読んでいるところだった。

「なんだ。赤城じゃないか」

その男に群青は見覚えがあった。面長の細面と一重瞼《まぶた》の切れ長な瞳、色白を通り越して蒼白《そうはく》の肌は陶器のようで、ちょっと目を奪われるような男前だ。額にはざっくりと一文字の傷痕《あと》がある。群青は思わず「あっ」と声をあげてしまった。

「あんた……、上野の闇市を仕切ってたパクのところの！」

上野一凶暴と恐れられた、アゴと呼ばれていた男ではないか。近江が闇市でのアガリをごまかして捕まった時、手下を指揮していた朝鮮人だ。助けに駆けつけた赤城が捕まり、群青たちが米兵も巻き込んで救出した、あの騒動の時の。

「群青だ、ジョンハ。俺の弟分の」

赤城に紹介されると、かつて朝鮮語で「鰐《わに》」と呼ばれた男は立ち上がって近づいてきた。すらっと背が高いアゴは、腰をかがめて群青の顔を覗《のぞ》き込んだ。

「ああ、あん時の女装してたガキか。でかくなったな」

赤城とアゴが親しそうに話すのを見て、群青はキツネにつままれた気分だ。あの騒動の後、血《ち》眼《まなこ》になって赤城たちを捜していると聞き、しばらく上野には近づけなかったほどなのに。

「おまえがうちを出ていった後、実はいろいろあってな」

上野の闇市が「アメ横」と名を変えた後、アゴはパクのもとから独立し、裏の世界から足を洗って自ら商売を始めたという。東上野で韓国調味料を扱う店を開いたアゴのもとに、たまたま赤城が立ち寄ったのがきっかけだった。調味料がなかなか売れず、借金を抱えて商売に行き詰まっていたアゴの相談に赤城が乗った。欧米の影響で日本人にも肉を食べる習慣が根付き始めていたのをヒントに、韓国調味料を生かして焼肉屋を始めては？　と赤城が勧めた。これが当たった。アゴの焼肉屋は大盛況となり、今では都内に五つも店を持っている。

どうして赤城を許して相談する気になったのか？　と群青に問われて、赤城とアゴは顔を見合わせた。

「そりゃ多分、こいつが俺の名前を覚えてたからだなあ」

――おまえ、パクのとこにいたジョンハか？

店で鉢合わせた時、赤城は「アゴ」というあだ名のほうではなく、まして徴用されて内地で名乗らされた日本名でもなく、本名「ソ・ジョンハ」のほうで呼んだ。それで毒気を抜かれてしまったという。

「そもそも俺が商売なんか始める気になったのも、あの夜、こいつに言われたことがずっと耳に残ってたせいだしな」

――コチュジャンを売れよ。儲かるぞ。

――日本人に仕返ししたいんだろ？　なら、商売でやってみろよ。

祖国では朝鮮戦争が始まっていた。朝鮮半島を分断した戦争は、皮肉にも、敗戦国日本に特需《とくじゅ》をもたらし、右肩あがりで復興していくきっかけを与えたのだ。

戦禍《せんか》の祖国には帰らず、日本の地に根を下ろす覚悟を決めたアゴは、あれほど嫌っていた日本姓を通り名として「商売」という道で生きることを選んだという。

俺は日本になびいたわけじゃない。〝商売〟で日本人に勝つため。そういう心持ちだった。

「皮肉なもんだよな。俺が商売を始めたのもこうして儲けてるのも、赤城がきっかけなんだから」

赤城は今も時々、霧島《きりしま》や近江たちと焼肉を食べに来ているという。アゴは容姿もそれなりに老けたが、長い手足をもてあますように壁にもたれる姿は、相変わらず、どこかの映画俳優のようだ。

「で、どうした？　いきなり電話もなしに、俺に何の用だ？」

赤城は事情を打ち明けて、藤田を匿《かくま》ってほしいと頼みこんだ。アゴ自身はパクの組織から脱《ぬ》けていたが、繋がりは今もある。相手が河野組と聞いてアゴは敵対心をあらわにした。

「やつらのシマは新橋《バシン》だったが、一時期、上野《ノガミ》のマーケットにも色気出してきやがって、うちと何度か抗争になったこともある。いいよ、うちで面倒みてやるよ」

上野《ノガミ》の「人食いワニ」のもとでは河野組も手は出せまい。匿う代わりに藤田は厨房《ちゅうぼう》で皿洗いをすることになった。

「言ってくれりゃいつでもうちの兵隊を貸すぜ。河野のガキどもを黙らせるくらい、ワケない」

筋者《すじもの》には筋者で迎え撃つ。ありあけの社員として直接応援を頼むことはできないが、アゴもそのあたりの事情はわかっている。群青は、あの「闇市の〈人食いワニ〉」の今の姿を意外に思いつつ、申し出をありがたく受けることにした。

藤田の身柄を預け、赤城と群青はアゴの事務所を後にした。

「あいつが味方についてくれりゃ、河野組を牽制《けんせい》できる。これで懸念がひとつ減ったな」

赤城の言う通りだった。

これで心置きなく、ありあけを「洗濯」できる。

＊

こんな不正がまかり通る社風になってしまったのは、自分たちにも責任の一端がある。

赤城は自省した。経営から下りて肩の荷が軽くなり、安堵《あんど》したという自覚もある。経営の重圧に懲《こ》り懲《ご》りして、心のどこかには、人任せにして楽をしていたい気持ちもあったのだろう。

自分たちが本当に守らねばならなかったのは〃お客の信頼〃だ。それは一度失ったら容易には取り戻せないものだからだ。そのことに気づいた群青もまた悔いていた。黒田に従って、良心に背くことにも目をつぶっていた日々を。

手遅れになる前に「洗濯」するのだ。

自分たちの手で。


藤田の証言で、不正配合が行われたからくりが見えてきた。

洗剤製造ラインの配合担当に変更を指示したのは、第一工場長を務める福永《ふくなが》という男だった。福永は当初、頑《かたく》なに否定していたが、市場調査部が徹底的に証拠を洗い出して問い詰めたところ、とうとう計画に関わった人物を白状した。

久慈常務だ。

久慈は取締役会のなかでは製造部を担当部門としていて、強い権限を握っていたので、口裏合わせもしやすかったと見える。購買部の新堂《しんどう》部長は東海油脂《とうかいゆし》時代からの後輩で、羽村の同僚・鶴北《つるきた》は久慈の甥《おい》っ子だ。福永第一工場長も親会社からの出向組だった。

旧ありあけの社員たちの協力もあり、不正配合のからくりは解明されつつあったが、問題は原料費を水増しして得た利益がどういうルートで誰の懐に入ったかを明らかにすることだった。

羽村の尽力で購買部の裏帳簿は手に入ったが、その利益がどこに向かったかまでは分からない。

経理部は鉄壁だ。ガチガチの黒田派である高峰《たかみね》部長が仕切っている。その上、監査役も親会社からよこされていたから、もしここが結託していたら、真相は分厚い壁の向こうだ。これをこじあけるのは容易なことではない。

さしもの市場調査部も手が出せない。難攻不落の城だ。

近江と赤城もこれには手を焼いた。一計を案じたのは、群青だった。

「そいつは俺に任せてくれないか」

難攻不落の城にも穴はある。群青には石垣を崩す目算があった。

群青が目をつけたのは、経理部の花澤《はなざわ》という男性社員だ。次長を務めている。親会社からの出向組だった。その花澤を役員たちもよく使っている新橋の料亭へと呼び出した。

心づくしの懐石料理を前にして、花澤次長はずっと警戒しているようだった。

呼び出される心当たりがない。この年下の技術顧問が「黒田に気に入られている忠臣」であることは知っていて、調査委員会を取り仕切っていることも知っていたが、経理部とはとりたてて接点がなく、一度もまともに話したことがない。

とりとめのない話題が続き、料理が焼物にまで進んだ頃、しびれを切らしたように花澤が問いかけた。

「今日はいったいどのような用件で、私を呼び出したんですか」

群青は冷酒の盃《さかずき》を口に持っていこうとした手を止め、花澤を見た。

「なぜ、呼び出されたと思いますか」

「……ニューレインボーの性能劣化の件でしたら何も知りません。私は潔白です。もし疑っておられるのでしたら」

「安心してください。僕が調査委員長を引き受けたのは、あくまで黒田さんのためです」

自分が出向組の味方であると明らかにして警戒を解いた。

「それに花澤次長の潔白は承知しております。お訊ねしたいのは別の件です。花澤次長は高峰部長のことをどのように思っておられますか」

洗剤とは全く関係ないことを問われ、困惑の色を浮かべた花澤は言葉を探して、

「どのように……と言われましても、有能な方だと思います。彼が打ちだしたコスト削減計画は、役員の経営判断に大きな影響を与えてましたし、専務の信頼も厚いですし」

どこか歯切れが悪い。群青はその顔を観察しながら、冷酒を飲み干した。

「聞いてるかもしれませんが、実は僕は昔、一年だけ旧ありあけにいましてね。高峰さんのこともよく知っているんですが、あの人にはあまりいい印象がないんですよ」

意外なことを言い出した群青に、花澤は驚いた。

「赤城さんが社長だった時はあれだけ赤城さんに擦《す》り寄っていたのに、会社が身売りした途端、赤城さんを扱《こ》き下ろし親会社の経営陣にゴマをすって、べったりだ。変わり身の早さにはびっくりする。そもそも経理が有能だったなら、ありあけが身売りする羽目にもならなかったはず。口ばっかりのおべっか野郎だ。だから信用していないんです」

「そ……そうなんですね」

「花澤次長のほうが高峰部長よりもずっと有能で仕事ができると思っています。なぜ、役員はあなたを部長にしないのでしょうか」

群青が疑問を口にした途端、花澤は「理解者を得た」と思ったのか、表情が一変した。

「実は私も……」

花澤の口から漏《も》れてきたのは今の部署への愚痴《ぐち》だった。群青は聞き役に回り、酒を勧めてやると、酔いも手伝って、一気に高峰への嫌悪と黒田への不満が噴き出してきた。

「大体、私は部長職につく約束で出向してきたんだ。だのにいつまでたっても次長どまり。それどころか、子会社の社員なんかの下につかされて、こんなのおかしいでしょう」

群青が目をつけた通りだった。花澤は今の人事に納得しておらず、高峰のことをよく思っていない。ふたりが不仲であることはよその部署にまで聞こえていた。黒田たちへの不満も溜まっていて、早く親会社に戻りたいとしきりに嘆いた。一緒に役員を批判して、花澤と意気投合した群青は、食事の終わりに、居住まいを正した。

「……実は、花澤さん。これはまだ誰にも打ち明けていないことなのですが、あなたを同志と見込んで、お話ししたいことがあったんです」

「なんだね一体」

「誰にも言わないと約束してくれますか」

陰謀《いんぼう》を打ち明けるような顔つきになった群青を見て、花澤はどきりとした。至極真剣な面持《おもも》ちにほだされて「約束する」と答えると、群青は真率な眼差しになって小声で打ち明けた。

花澤はギョッとし、

「役員を追い落とす、だと!?」

しっと群青は人差し指を立て、慌てて周りを見回した。花澤も思わず口を押さえた。

「今度の不正配合には明らかに現役員が噛んでいます。この一件を利用して、僕はその役員を追い落とし、自ら新たな派閥《はばつ》を率いて経営陣に名乗りを上げるつもりです」

「取締役になる気か」

「その第一歩として、花澤さんにはぜひ、やっていただきたいことがあるんです。それは」

今度の不正配合であげた利益がどういうルートを辿って誰の懐に収まったのか、横領を証明する裏帳簿を手に入れてほしいのだ、と群青は告げた。

「二重帳簿の作成には経理が関わっているのは間違いない。それが発覚すれば、高峰はまちがいなく、部長職を追われます」

ごくり、と花澤は喉を鳴らした。

「しかし……不正配合があったことを表沙汰《ざた》にする気か？　君は黒田専務の忠臣なんだろ？　不正を隠蔽するために調査委員会のトップに任命されたんじゃなかったのか」

「まさか。利用するためですよ、この不正を」

群青は小さく笑って言い放った。

「邪魔者を追い落とすには格好の機会じゃないですか」

花澤は一気に酔いが醒《さ》めたのか、顔面蒼白になって、しばし絶句してしまった。

「待ってくれ……、なら首謀者がもし黒田専務本人だったら、どうするんだ。黒田専務まで追い落とそうっていうんじゃ」

群青は答えず、花澤のほうをじっと見たまま、薄笑いを浮かべてゆっくりと冷酒を口に含む。

その目つきの不穏さに花澤はゾッとした。答えなくても意図は伝わった。

「僕に協力していただければ、不正に関わったことを理由に高峰を経理部長から引きずり下ろして、花澤さん、あなたを次の部長職に就かせて差し上げます。派閥の筆頭としてあなたが味方になってくれれば心強い」

「本気か……、大河内くん」

「むろん」

若い野心家は盃を差し出した。

「どうしますか。僕に力を貸しますか、それとも次長のままで高峰の下でくすぶり続けますか」

突然選択を迫られた花澤は、顔を強ばらせて群青を凝視している。黒田に最も可愛がられている男は、その気になれば黒田の地位を奪える位置にいる。いつまで待てば高峰の代わりに部長になれるかもわからない今、これはこの上ない誘惑だった。群青と共倒れになるリスクはもちろん、ある。だがいまいましい高峰を追い落とすにはこれ以上のチャンスはない。

花澤は腹をくくった。

「……面白そうだ。その話、乗った」

群青は口角を吊り上げて微笑み、盃を飲み干した。

*

「経理の花澤次長を懐柔した……？　本当か！」

赤城と勅使河原《てしがわら》は思わず顔を見合わせた。

三人がいるのはアゴが経営する焼肉屋だ。会社では堂々とできない話をするために、アゴが用意してくれた個室は、ワケアリの客に配慮した隠し部屋で今の群青たちには格好の場所だった。

羽村が密かに持ち出した資材管理の二重帳簿を突き合わせる作業をしながら、群青は語った。

「花澤さんは、旧ありあけ出身のくせに部長の座に居座っている高峰を目の敵《かたき》にしてる。引きずり下ろしたくて仕方ない。きっと死にものぐるいで帳簿を捜してくれるはずだ」

「目の付け所がいいな。確かにおまえにしかできない」

証拠集めは着々と進んでいる。だが――。

「どれだけ証拠を集めても、黒田に握りつぶされたらおしまいだぞ」

勅使河原の言う通りだった。

出向組に不利な結果を、黒田が公《おおやけ》にするとはとても思えないからだ。確かに、と群青は言い、

「黒田自身が関わってるとしたら、なおのことだ。それどころか、現場に罪をなすりつけて、自分たちは無傷ってことになりかねない」

配合担当の藤田が会社に出てこないのをいいことに「現場が不正を働いて金を着服した」という既成事実を作り上げ、懲戒解雇処分とし、この一件を終わらせる恐れもある。

「俺に考えがある」

赤城が言った。

「やつらでも勝てない相手を味方に引き入れる」

「勝てない相手？　社長だったらあてにならんぞ。事なかれ主義だから見て見ぬふりだ。調査委員会を起ち上げるのも、石工連から脅されてやっと腰をあげたくらいだ」

「それだよ。家ん中では絶対君主を気取る家長も、外に出りゃ上司に頭が上がらない」

赤城が言わんとすることを理解して、群青たちは「その手があったか」と顔を見合わせた。

「……でもそんなことしたら、あんちゃんがただじゃすまないぞ」

「それでありあけをクビにされてもかまわん。どの道、俺はその覚悟だったよ」

黒田はそう遠くない未来、ありあけから赤城たちを排除するつもりでいた。赤城にとっても背水の陣なのだ。

「玉砕《ぎょくさい》覚悟ってやつか」

と勅使河原が言った。南方の激戦地にいた勅使河原の口から聞くと、生々しい。

「いや、玉砕なんてしない。死なばもろともだ。黒田と刺し違えてやる」

群青たちは赤城の覚悟を受け止めた。気持ちは同じだ。命がけの洗濯だ。

「ありあけの洗濯だ。そのために――今からありあけを燃やす」

第六章　ありあけを燃やせ

日本石鹸洗剤工業連合会の会合が迫っていた。

その席で、ありあけ石鹸《せっけん》はニューレインボー問題の調査結果を報告しなければならない。

調査委員長である大河内群青《おおこうちぐんじょう》は黒田《くろだ》専務の前に呼び出された。報告書に一通り、目を通した黒田は、群青の前で深いため息をついた。

「芒硝《ぼうしょう》の不正配合……。それが原因か」

はい、と群青は後ろで手を組みながら、答えた。

「不正配合を行った工員は上からの指示だったと証言しました。一連の不正に関わった社員は報告書にある通りです。不正を指示した目的は原料費の水増しであげた利益分を着服するためと思われます」

その報告書には「久慈稔《くじみのる》常務」の名もある。

黒田はしばらく沈黙して、

「その配合担当の工員は所在不明になっていたそうだが、もう見つかったのかね」

「いえ、それがまだ。……洗浄力低下の原因は突き止められましたが、着服に関する調査は半ばです。原料水増し以外にも経理上の不正が行われている疑いがあります。今後さらなる調査を」

「ご苦労だった」

は？　と群青はわざと大きく訊《き》き返した。黒田は立ち上がり、報告書を机の上に放り投げた。

「今回の調査は以上で終了だ。経理上の不正に関しては監査に任せて、調査委員会はこれをもって解散とする」

「石工連にはなんと？」

「不正配合があった旨《むね》を報告する他あるまい」

「不正配合が行われた理由についてはどのように説明すれば」

「現場が自己判断で行ったと言えばいい。資材管理と配合の責任者が申し合わせて配合割合を勝手に変えたのだと」

「しかしそれでは」

「会社ぐるみの不正だったなどと説明する気か？　そんなことが世間に広まれば会社の信用がガタ落ちだ。ありあけの洗剤を誰も買わなくなるぞ！」

黒田の激昂《げっこう》を群青は冷静に受け止めた。承知しました、と一礼した。

「ではそのように提出用の報告書をまとめます」

部屋から出ていこうとした群青を、黒田が呼び止めた。なんでしょう？　と訊くと、黒田は群青の顔つきを注意深く観察するような顔をしている。

「ある社員から聞いたのだが、少し前に君が赤城《あかぎ》調査部長と銀座《ぎんざ》の喫茶店でふたりきりで話し込んでいるのを見たと言っている。本当かね？」

群青は表情を変えなかった。が、内心警戒した。調査委員会を結成してからはアゴの店でしか会っていないから、それ以前の話か。

「……本当です。が、専務に言えないような話をした覚えはありません。勅使河原《てしがわら》氏に桜桃《おうとう》の秘書が会いに来た際、たまたま居合わせたので、その件で呼び出されたんです」

「本当にそれだけかね」

黒田は疑いの目を向けてくる。

「他にも、私の知らない場所で会っていたなんてことは」

群青は明晰《めいせき》な表情を崩すことなく、

「赤城部長とは昔のよしみがありますので顔を合わせれば古い知人の近況を話すこともありますが、その時は私も心を許したように振る舞います。あえてそうするのは、赤城派の本音を知るためです。何を企《たくら》んでいるか、探ることができます」

「探りを入れるためだと？」

「〝防疫《ぼうえき》〟……ですよね」

キーワードを口にすると、黒田は目を細め、満足そうにほくそ笑んだ。

「疑って悪かった。君は私の切り札だからね。今後事業を拡大するにあたって、君の能力はどの社員よりも必要だ。いま為すべきことが何かは、わかっているね」

むろんです、と群青は答えた。

「専務とともにありあけを発展させるのが、私の夢であり、野望です」

「それならいい。期待しているよ」

群青は深々と一礼し、退室した。廊下に低く差し込む西日がきつかった。

黒田にカマをかけられた。どうやら群青の行動を誰かにチェックさせている。道明寺《どうみようじ》か？　どこまで見られていた？

四六時中見張っているわけでもないようだから、赤城と組んだ証拠を握られたわけでもなさそうだが、赤城たちと会う時は、用心に用心を重ねたほうがよさそうだ。

そして黒田の本心もわかった。赤城の言った通りだ。黒田は現場の工員に罪をなすりつけて、終わらせるつもりでいる。

――ありあけを燃やす。

やはりそれしかないようだ。

群青は気を引き締めると、工場の屋根に落ちていく夕陽《ゆうひ》を睨《にら》みつけ、出征する兵士のような眼差《まなざ》しに戻って、西日の廊下を歩き出した。

*

理事会が開かれる老舗《しにせ》ホテルには、続々と石鹸洗剤メーカーの幹部が集まってきた。

日本石鹸洗剤工業連合会（石工連）は、石鹸・洗剤の製造メーカーによる業界団体だ。桜桃石鹸の蔵地《くらち》会長を理事長としてメーカーの経営者が年に数回集まり、業界の問題を話し合う。

この日かねてから要請されていた通り、ありあけ石鹸の代表者が「ニューレインボー性能劣化問題」について調査報告を行った。黒田専務に随《したが》って群青も出席し、報告書を読み上げた。

蔵地が口を開いた。

「現場による不正配合があった。会社ぐるみではなかった。それが結論かね、黒田くん」

「仰《おつしや》る通りです。管理不行き届きでした。お騒がせして大変申し訳ありませんでした」

会議場には安堵《あんど》の空気が流れた。会社ぐるみなら業界全体に世間の批難が集まるのは必至だったからだ。が、蔵地は厳しい顔を崩さない。ともあれ、後日ありあけから新聞各紙にお詫《わ》び広告を出すことを報告し、それを理事会も認め、一件落着と相成った。

が、この報告に納得しない者がいた。

遼子《りょうこ》だ。

数日後、並木《なみき》通りのバーにやってきた遼子は、いつもの席に群青の姿を見つけると、物も言わずにその胸ぐらを摑《つか》みあげた。

「この野郎、黒田の言いなりになりやがって！　あんなでたらめな報告信じるとでも思うのか！」

他の客がぎょっとしている。群青は店に迷惑をかけないよう、激昂してまくしたてる遼子を外に連れ出すと、人目につかない路地裏で向き合った。

「何が『コストを下げるために現場が勝手に判断した』だ。責任を現場に押しつけて言い逃れしたんだろう？　会社ぐるみだったのを隠してるんじゃないのか⁉」

理事たちも隠蔽《いんぺい》を疑っていないわけではないようだったが、下手に蒸し返せば、自分たちのところにも火の粉がふりかかりかねない。だから蓋《ふた》をした。だが蔵地会長は見抜いている。遼子も信じなかった。

「……おまえの言う通りだよ。あれは嘘《うそ》だ。黒田の指示でわざとあんな報告をした」

「群青てめえ、根まで腐りやがったな！」

「だがこれはあんちゃんの作戦でもある」

遼子は驚いた。赤城さんの？　と訊き返し、振り上げていた拳《こぶし》を止めた。

「それはどういうことだ」

「ありあけを燃やすためだ」

路地裏の暗がりで群青は声をひそめた。

「一度燃やさないと本当の浄化はならない。黒田たちを叩きのめすための作戦だ。……あんちゃんはありあけを洗濯するって言ってる。こいつは汚れを浮かすための界面活性剤だ。だから、あんなうさんくさい報告は信じなくていい」

「おまえそのために泥をかぶる気か」

暗がりに差し込む細い光が、群青の真剣な横顔を照らしている。遼子はそれを見て、群青たちがやろうとしていることをようやく察した。そうか、と拳をおろした。

「……その作戦とやらのために、桜桃が力になれることはあるか？」

ああ、と群青は力強くうなずいた。

「ありあけを力いっぱい、殴ってほしい」

遼子は驚いていたが、その意味を呑《の》み込むと、黒い瞳が不遜《ふそん》げに輝いた。

「……桜桃にビルダーになれっていうのかよ」

群青は再びうなずいた。

「新聞を見ていてくれ。ありあけの広告が載る。そいつが作戦決行日だ」

その日はまもなくやってきた。

＊

全国紙の朝刊各紙にありあけ石鹸の「お詫《わ》び広告」が載ったのは、月曜のことだった。

同日発売の週刊誌に、その記事は掲載された。

ありあけ石鹸の会社ぐるみの不正隠蔽をスクープした記事だった。内部告発があった。芒硝《ぼうしょう》の不正配合に関わった現場の工員による告発だった。不正配合は現場判断などではなく、上からの指示だったことを匿名《とくめい》で暴露している。現場判断どころか買収までされたと記事にはあった。

お詫び広告に載った内容とはまるで相反する内容だったので、すぐに騒ぎになった。

言うまでもなく、それは赤城と群青が仕掛けた「ありあけ洗濯作戦」のひとつだ。

広告代理業をしている元社員の佐原准一《さはらじゅんいち》が、懇意《こんい》にしている週刊誌の編集長を紹介してくれた。そこの記者を藤田《ふじた》に引き合わせ、ありあけの嘘を内部告発するインタビュー記事を書かせたのだ。

反響は大きく、ありあけの本社には問い合わせが殺到した。内部告発は本当なのか、会社ぐるみの不正だったということか？　と騒いで、電話が鳴りっぱなしになってしまい、まともな業務にならない。

黒田たちはすぐさま、週刊誌の記事内容を否定したが、原料を購入している取引先からの告発も続いて、騒ぎは収まるどころかさらに広がるばかりだ。

「これはいったい、どういうことだ、大河内！　藤田という工員はどこにいる。説明しろ！」

群青は平謝りに謝った。「当事者の告発は予測できなかった」「まさかこんな大胆《だいたん》なことをしでかすとは」と大失態にうろたえている──そういう態《てい》を装った。石工連への虚偽報告も当然、槍玉《やりだま》にあがったが、全てはそうなるべくしてなったものだ。

黒田たちが火消しに躍起《やっき》になって、会社全体が混乱する中、花澤《はなざわ》次長が裏帳簿の在処《ありか》を探りあてた。帳簿を管理していたのは高峰《たかみね》自身で、鍵のかかる資料棚の隠し戸に入っている。鍵は高峰が肌身離さず持っていて、許可がなければ開けられない。

そこで群青は一計を案じた。

高峰はゴルフ中毒で、東京タワーの真下にできた三階建ての芝《しば》ゴルフ練習場に会社帰りによく通っているという。ナイター設備完備で夜中の十二時まで営業している。高峰はストレスが溜まると必ずそこに行き、たっぷり二時間は闇雲《やみくも》に打ち続ける。そこに目をつけた。

この騒ぎで高峰にも役員から重圧をかけられたのだろう。イライラが募っている様を見て、群青が心配したように声をかけた。「少し打ちっ放しにでも行って気分を晴らしながら、今後の対策を練りましょう」と。

相手が、黒田の腹心・大河内だったこともあり、高峰は飛びついた。一刻も早くゴルフクラブを握りたいという顔だった。

高峰は打ちっ放しの時、脱いだ上着を打席の後ろの椅子《いす》にかけることは、近江《おうみ》から聞いていた。その上着の内ポケットに鍵を入れていることは花澤が確認している。高峰が打席にいる間に群青が鍵を手に入れ、近くで待ち受けていた花澤に渡す。その足で会社に戻り、帳簿を持ち出すのだ。

――会社まで往復して一時間か。ぎりぎりだな。

予定時間を多少オーバーしたが、群青があの手この手で練習を引き延ばし、鍵を上着に戻して、どうにか高峰には気づかれずに帳簿を手に入れることに成功した。

取りだされた帳簿は近江の役員室に持ち込まれ、その夜のうちに、赤城たち市場調査部が書き写し、証拠写真も撮って元の場所に戻した。群青も戻ってきてすぐに精査に加わった。

「こりゃあ……」

近江は絶句している。思っていた以上の額の入出金がつぶさに記録されている。

「こいつはひどい。俺たちの会社はいつのまにこんなに腐っちまってたんだ」

「泥だらけなんてもんじゃないな……」

赤城も途方に暮れるほど、役員たちは野放しだったらしい。

不正は今回の芒硝《ぼうしょう》配合だけに留まらなかったようだ。原料代の水増しで得た利益分とその行方は、出金先の名義が個人だったり会社名だったり様々だ。役員の名こそないが、おそらく家族や親族が経営する会社の名義にしている。着服があった証拠だ。

「使途不明金だらけじゃないか。会計士も監査役も全員買収されたのか」

「見ろ。〝河南《こうなん》興業〟も入ってる」

河野《こうの》組の企業舎弟だ。使途は不明だが日付から見るに東海林《しょうじ》の一件の「礼金」だろう。

「動かぬ証拠ってやつだな」

「それだけじゃない。この頭文字だけ書かれた出金先は、おそらく」

「賄賂《わいろ》か」

群青が自分の手帳を取りだして、差し出した。

「黒田が接待した相手と日程なら大方ここに書いてある。突き合わせれば、どこの誰に渡った金か、わかると思う」

金の流れを暴くには帳簿に記された「名義」と役員・社員との関係を明らかにする必要があった。

市場調査部が受け持つ、と赤城が言った。

「少し時間をくれ。一週間もあれば、調べ上げてみせる。……どうした？　群青」

さっきから群青が帳簿を見つめて固まっている。入金欄を指さして、

「……これは、なんだ？」

赤城が覗《のぞ》き込むと、そこには「佐古田《さこた》平和財団」という文字がある。

「佐古田の財団から献金？　どういうことだ。おまえ、何も聞いてないのか？」

群青は知らなかった。剣崎《けんざき》からも何も聞かされていない。

「佐古田の財団が裏で黒田たちに資金を出している？　なんのために」

――いずれまたお目にかかることも。

思い出したのは、年始の挨拶《あいさつ》に訪れたハリマ製薬の奥平《おくだいら》社長が残した言葉だ。そのことを赤城たちに告げると、赤城もまた表情を曇《くも》らせた。満州閥《ばつ》の生き残りと「製薬会社」……。

――防疫は大事だぞ。

黒田は南方の防疫給水部にいた。同じ防疫給水部だったのはたまたまで、大河内がいた関東軍とは繋《つな》がりはないと考えていたが……。

胸がざわついた。

まさか佐古田研究所が東海油脂《とうかいゆし》と繋がりがあったのも、偶然ではないというのか？

＊

騒動の火消しに追われるありあけの経営陣は、週刊誌に不正をリークした藤田に懲戒解雇を言い渡した。これはあくまで現場が起こした不正であり、経営陣は関与していないとの主張だ。

だが、この主張が思わぬところで激しい反発を生んだ。

製造部の工員だ。

上からの指示はなかった、とする経営陣に、現場の工員たちが激しく抗議の声をあげた。

確かに買収はあったかもしれない。だが断れば解雇をちらつかされたというのだから、脅迫も同然だ。工場長と役員は、会社ぐるみの不正を隠蔽するな！　と。

抗議活動の中心になったのは、旧ありあけ出身の工員たちだった。溜まりに溜まった不満が一気に爆発したのだ。藤田と長年同じ工場で働いた田丸《たまる》一雄《かずお》も、解雇処分の取り消しを訴えた。

「会社は不正を認めろ！」

「解雇処分を取り消せ！」

頭に鉢巻きをして手に手にプラカードや横断幕を掲げている。工場は操業中の時間だったが、それらを放棄して、本社建物の前に大挙して押しかけた。

これに驚いたのは役員たちだ。

久慈常務は拡声器を握って怒鳴った。

「こんなことをしても無駄だぞ、自分たちの首をしめるだけだぞ！」

同じ役員でも近江は高みの見物を決め込んでいる。そこへ駒場《こまば》取締役が怒鳴り込んできた。

「貴様らか！　貴様が赤城と一緒に工員どもを焚《た》きつけたんだろう！」

「は？　言いがかりも大概にしろ。なんで役員の俺が社員に現場放棄なんかさせんだよ」

「だったら早くやつらを現場に戻らせろ！」

はいはい、と答えるが内心は「知るか」と聞き流している。おまえらで撒いた種だろ、と。

傍観を決め込む近江に業《ごう》を煮やし、駒場は出ていった。工員たちがここにいるということは、当然ニューレインボーの製造ラインは止まっている。このままでは大損害だ。

「現場に戻れ！　戻らんやつは、今月の給料なくなるぞ！」

穂積《ほづみ》製造部長が必死に怒鳴るが、一雄たちはひるむどころか、ますます声を大きくして訴える。

ありあけ石鹼の騒動は、世間の注目の的になった。

連日マスコミに取り上げられ、蜂起《ほうき》した工員の様子を撮ろうと、本社前には記者やカメラマンが大勢張り込んでいる。

洗剤の生産が止まったおかげで、受注先からも問い合わせが殺到し、対応に追われっぱなしで、混乱は収まるどころかひどくなる一方だ。

そこに追い打ちをかけるように、別の週刊誌で「役員の着服疑惑」まですっぱ抜かれた。畳《たた》みかけるように石工連が声明を出した。「ありあけ石鹼の調査報告は虚偽の可能性あり。正しい調査報告を再提出せよ。さもないと除名処分」という厳しいものだ。

「ありあけの問題は他人事《ひとごと》ではありません。業者と結託して原料費を水増ししたり、まして役員による着服など、消費者の信頼を裏切る行いです」

報道陣の前でそう主張したのは、石工連のスポークスマンを務める桜桃石鹼の蔵地遼子だった。

「買収される前のありあけ石鹼は、愚直《ぐちょく》なまでに消費者と誠実に向き合う会社でした。それが近年、経営陣が代わってからは、自社の利益のみを優先する独善的な企業に成り果てたとしか思えません」

遼子は弁が立つ。歯に衣着せぬ言葉で、容赦《ようしゃ》なくありあけを批判した。

「皆様の暮らしのお役に立てるよう真面目に努めている洗剤会社まで、ありあけのせいであらぬ疑いの目を向けられるなどあってはならないことです。同業者として慚愧《ざんき》に堪《た》えません。ありあけの経営陣は猛省し、一刻も早くかつてのような誠実で清廉《せいれん》な石鹸会社に戻るべきです！」

その美貌《びぼう》から繰り出される鉈《なた》のような言葉の数々が、テレビを通じて茶の間の目まで惹《ひ》いたのだろう。取材が殺到して、遼子は一躍、「時の人」となった。

「リョウのやつ……」

テレビで見ていた近江たちにも伝わった。ありあけ批判と言いながら、実際は旧ありあけを全身でかばってくれている。

群青も遼子に感謝した。火力は強くなればなるほどいい。親会社も見て見ぬふりはできなくなる。それがこの騒動の真の狙いだったからだ。

その夕方、群青は黒田専務に呼び出された。

いつ来ても寒々しいほど清潔で整理整頓《せいとん》された専務室には、駒場取締役と高峰経理部長もいた。

対応を話し合っていたところだった。

「石工連の理事会から釈明を求められた。近々、また出向くことになる。藤田という工員が金目当てに週刊誌に嘘を伝えた、との線で押し通す。釈明文の支度をしておいてくれ、大河内」

「承知いたしました」

「報道されている久慈常務の着服疑惑についてはどう説明しますか」

と駒場が神経質そうに言った。黒田はいまいましげに吐き捨てた。

「久慈のやつめ、欲を出しおって。自業自得だ」

「ですがこのままでは」

高峰くん、と名を呼ばれると、高峰は極度に緊張しきった様子で背筋を伸ばした。

「なんでしょう」

「例の帳簿は厳重に隠してあるな」

「も……もちろんです」

「廃棄したまえ」

　これには駒場も「よろしいのですか」と思わず顔を覗き込んだ。

「着服疑惑で警察の手が会社に入らんとも限らん。余計な証拠は命取りだ。この際、久慈には生け贄《にえ》になってもらう」

「切るのですか。久慈常務を」

　ここに久慈がいない理由を群青も察した。黒田は非情だ。かばいきれなくなった時のことまで計算している。

「安心しろ。親会社《うえ》は我々を切ることはできない」

　やけに自信満々な黒田の態度に違和感を覚えた。「できない」だと？　なぜ断言できる？　どこからその自信は来るのか。親会社の人間の弱みでもにぎっているのか？

「わかっていると思うが、贈賄《ぞうわい》の件まで摑まれたら新工場の建設も頓挫《とんざ》しかねん。君の野望である噴霧乾燥塔も白紙に戻るぞ」

　群青は我に返ったように「それ」が意味するところに思考を巡らせ、その後に直面する由々《ゆゆ》しき事態に思いが至った。黒田の言う通りだ。帳簿には用地買収で賄賂《わいろ》工作をした時の証拠も残っている。かねてから囁《ささや》かれていた疑惑を立証することになり、更に騒ぎは大きくなるだろう。そうなれば、苦労して目前にまで漕《こ》ぎ着けた噴霧乾燥塔の建設も立ち消えになる。すでに契約済みのゼネコン等取引先の違約金も生じる。ゼロベースどころか負債が生じて、群青が描いたありあけ再生計画は、大きく後退を余儀なくされる。

「我々がこんなことをしているのも、全てはこの業界で生き残るためだ。今はどんな手を使っても前に進まなければならん。中途半端な正義感を振りかざして足を引っ張る馬鹿《ばか》どもに、思い通りにさせるな。大業をなすためにも徹底的に隠せ。いいな」

現実を突きつけられた思いがした。

噴霧乾燥塔の新工場が白紙になれば、ありあけは苛烈《かれつ》な洗剤競争に間違いなく遅れをとる。王者桜桃にますます水をあけられる。再生が遅れるどころか、致命的な後退になりかねない。

だが今ならまだ間に合う。

群青の心がぐらりと揺らいだ。もう一度よく考えろ。生き延びるために本当に必要なのはどちらだ？　今やらねばならないのは本当に「洗濯」なのか？　汚れになど構わず石炭を燃やし、機関車のごとく黒い煤《すす》を吐き散らして前に進むべき時ではないのか。

洗濯をとるのか？　前進をとるのか？

どっちがありあけにとって本当に正しい道なのだ？

＊

だがそんな群青にとっても想定外のことが起こった。洗剤工場の一雄たちが、とうとう本所《ほんじょ》工場に立てこもり、ついに本格的なストライキを決行したのだ。

──経営陣は藤田たちの解雇を取り下げ、今すぐ退陣しろ！

──要求を呑むまで、俺たちは職場に戻らない。ストライキに入る！

遼子の言葉に奮起したのだろう。旧ありあけの意地を見せるとばかりに立ち上がったのだ。

「一雄たちが？　立てこもっただと⁉」

補佐役の道明寺から報《しら》せを受けて、群青は思わず椅子を蹴って立ち上がった。

「なんでそんなことを……っ。立てこもりなんかしたって警察に通報されたらおしまいだぞ！」

「工場長も全く聞かされていなかったと。一部の工員の反乱です！」

まずいことになった、と群青は思った。そんなことをして黒田が黙っているわけがない。

案の定、これに腹を立てた黒田は、問答無用で一雄たちの処罰を決めた。が、今度は労働組合が立ちはだかった。処罰は一方的だ！　と激しい反発をぶつけていったのだ。労組は再調査を要求し、「応じないならば全ての工場でストに入る」とまで宣言し、とうとう労使の正面対決にまで発展してしまったのだ。

「田丸、食事もってきたぞ！」

一雄たちを支援するのは、意志を同じくする社員たちだ。あのシベリア帰りの常磐《ときわ》たちも駆けつけて毎食弁当を差し入れた。一雄たちは鉢巻きをして徹底抗戦のかまえだ。

「おう、がんばるからな！」

抗議の横断幕を張り、幟《のぼり》を立てる。一雄ら生え抜きの工員三十名は、経営陣が代わってからなかなかあがらない給料と待遇にずっと不満をためてきた。先の見えない閉塞《へいそく》感を抱えてきた。怒りをガソリンにした一雄たちの目は燃えている。

「誰のためでもねえや。俺たちは安い給料で必死に汗流してるってーのに、着服なんかで私腹を肥《こ》やすやつに雇われてるのが我慢ならねえだけだ。解雇できるもんならやってみろい！　テコでも動かねえからな！」

あいつらをなんとかしろ！

普段は滅多に経営に口を出さない五十嵐《いがらし》社長も声を荒らげ、黒田に収拾を命じた。

「どういたしますか」

駒場取締役も工員たちの蜂起に手を焼いている。黒田は社長室の前で舌打ちして、

「これだから知性のない馬鹿どもは。ストなど通用するわけがないと思い知らせてやる」

労組との話し合いでも、黒田は強硬な姿勢を崩さなかった。あくまで力ずくで押さえ込むつもりのようで「明日までに職場に戻らない者は向こう三年八割減給」と揺さぶりをかけると、工員の中には恐れをなして職場に戻る者が出始めた。すぐに少ない人数での操業再開を強《し》いられたが、これはさすがに保全上問題があるとして、慌《あわ》てて勅使河原が止めに入ったくらいだ。

「経営陣は退陣しろ！」

一雄たち旧ありあけ組は、それでも立てこもりを続けている。

「……クズどもめ」

そう言って黒田が受話器を取ったのを、群青は見ていた。

三日目の深夜のことだった。

どこぞの愚連隊《ぐれんたい》とおぼしき連中が本所工場に集まってきたのは。

「おい！　そこに立てこもってる連中、出てきやがれ！　出てこねぇと工場に火ぃつけるぞ！」

荒っぽいチンピラたちは工場を取り囲み、火炎瓶《びん》のようなものを掲げている。激しく鳴り物を打ち鳴らし、やかましいことこの上ない。一雄たちは驚いて外に飛び出してきた。

「なんだ、おまえら」

チンピラたちを率いているのは、以前赤城を襲った柄シャツの男だ。ドヤ街にも来た。

「その横断幕が目障《めざわ》りなんだよ、くだらねえことでグチャグチャ言ってないで、さっさとそこから出ていけ！　じゃねーと、建物に灯油ぶっかけて火ィ投げ込むぞ！」

「やれやれやっちまえ、このあたり全部焼き払ってやれぇ！」

河野組が差し向けた兵隊であることは間違いなかった。

近所の者たちもあまりのやかましさに何事かと外に出てきて事態を知った。ガラの悪い男たちは、手に手に武器になりそうなものを握っている。一雄たちは真っ青になった。

「おい、待て！　なにが目的だ！　か、会社から頼まれたのか？」

「んなもん知るかよ。それとも全員ボコボコにされてぇのか？　だったらこっちから行くぞ！」

男たちは門を乗り越え始めている。一雄たちは慌てて武器になりそうなものを探し始めたのだが……。

「……そこで何してやがんだ」

後ろから声をかけられ、柄シャツの男は振り返った。

そこにいたのは、別の一団だ。見るからに筋者《すじもの》である男たちは、全員木刀や段平《だんびら》といった得物を握っている。それらを率いているのは、長身の青白い細面《ほそおもて》に額傷のある、吊り目の男だった。

「こんな夜中に騒ぎを起こすとは感心しねえな」

アゴだった。パクの舎弟たちを連れてやってきたのだ。河野組の動きを手下に逐一《ちくいち》見張らせていたらしい。どいつもこいつも場慣れした風の強面《こわもて》たちだった。

一見してただ者ではないアゴを見て、柄シャツの男は目をこらした。

「その額傷……もしかして、上野《ノガミ》のアゴか？　パクんとこの」

途端にヒュッと顔色を変えた。

「やっぱりそうだ！　カタギに戻ってたんじゃねえのかよ！」

「なんのことだ？　昨今不審火が増えているから火の用心を呼びかけに来ただけだが？」

アゴは相変わらず冷ややかな目つきで、ポケットに手を入れたまま近づいてくる。その中に刃物が入っていると思い込んだ柄シャツ男は、青ざめた。完全に腰が引けている。「不忍池《しのばずのいけ》の〈人食いワニ〉」の噂《うわさ》は、新橋界隈《しんばしかいわい》にまで知れ渡っていて、その数々の凶悪な振る舞いはいまや筋者の世界で伝説となっている。そんな男の登場に状況が一変した。

「ほう、そいつは灯油か？　おまえら火付けでもするつもりだったのか？」

アゴのまとうただならぬ殺気に、河野組の下っ端たちは震えあがった。一目見ただけで格の違いを思い知ったのだ。

「ノ……ノガミのアゴだ、睨まれたヤツはひとり残らず不忍池に浮かぶっていう……」

「やべえ、殺されるぞ！」

「あっ！　てめえら逃げんじゃねえ！」

恐怖に駆られたチンピラたちを柄シャツが引き留めるが、その手を振り払って我先にと蜘蛛《くも》の子を散らすように逃げ出してしまう。かろうじて残った命知らずどもも、あっというまに返り討ちに遭《あ》い、柄シャツも負け戦《いくさ》を悟ったか、捨て台詞《ぜりふ》を残し、尻尾を巻いて逃げていってしまった。

これには一雄たちも呆気《あっけ》にとられている。

「あ……あの、あなたがたはいったい……」

アゴも「赤城に頼まれた」とは言わない。柄シャツ男が落としていった洋物ライターを拾い、門の柵ごしに一雄へと投げてよこした。

「火の用心しろよ。若いの」

その一方で、世間の騒ぎは日に日に大きくなっていく。

とうとう国会の予算委員会で通産大臣がありあけの一件で質疑を受けたほどだ。

同業者の中には密《ひそ》かにありあけのような水増しを行っていたところもあったのだろう。はじめはありあけをかばっていたところもあったが、世間からの風当たりが強くなると次々と掌《てのひら》を返した。

やがて不正配合問題が一人歩きし始めると、今度は成分表示を伴う規制論まで出てきてしまい、同業他社からも猛反発の声があがった。「洗剤の調合は、全て季節や原料費などを鑑《かんが》みて調整しており、そこは企業に任せられるべきだ」と。火の手はいろんな方向に広がっていき、世間の批判の矛《ほこ》先は、とうとう、親会社である東海油脂化学工業にまで及んだ。

それまで静観していた親会社もここらが限界だった。延焼を恐れた東海油脂の経営陣が重い腰を上げ、黒田を呼び出したのは、スト開始から五日目のことだった。

＊

夜中になっても本所工場はまだ明かりがこうこうとついている。

その明かりを裏門から眺めていたのは、大きめのジャンパーにキャップをかぶった女だった。

遼子だった。騒ぎを聞きつけて、様子を見に来たところだ。

ポケットに手を入れて白い息を吐きながら、感嘆まじりにひとりごちた。

「……さすが旧ありあけの叩き上げ。強情だな。俺だったら消防ホースの水で全員追い払うところだぞ」

「この寒空にそんなことできるのは、おまえだけだよ。リョウ」

遼子は振り返り、キャップのつばをもちあげた。背後に立っている人影は、群青だった。

「東海油脂が黒田を呼び出したって？」

「ああ」

「来るところまで来たな」

遼子は小気味よさげだ。

「……群青よ。おまえ、もしかしてまだ迷ってるんじゃないのか？」

不意に図星を指された。遼子は心の中を透かし見て、

「……本音のところはどうなんだ？　本当にこれでいいのか？　せっかく実現しかけてたおまえの野望《ゆめ》を自分の手で潰すことになるんだぞ」

遼子の炯眼《けいがん》に群青は今さら感心した。まさかそんなところまで勘づいているとは。

「今ならまだ止められるぞ。本当に、これでいいのか？」

群青は寒風に髪をあおられながら、遼子の黒い瞳を無言で見つめ返した。いつか焼け野原でリヤカーを引きながら星を見上げたあの時と、同じ目をしていると遼子は感じた。その眼差しから群青の真意を読み取った遼子は、小さく笑みを浮かべた。

「……そうこなくっちゃな」

群青はコートのポケットから煙草《たばこ》を取りだした。煙草の先端で箱を叩きながら、

「なあ、リョウ……。裏切り者と呼ばれるのは、恥だと思うか。それとも勲章《くんしょう》か？」

遼子はポケットから洋物ライターを取りだして、火をつけた。暗がりに立つ群青の表情を、火明かりで浮かび上がらせて、

「……恥に決まってんだろ」

群青は口端で笑み、ライターの火を煙草の先に移した。

遠くから貨物列車の汽笛《きてき》が響いた。

寒風に吹かれながら、ふたりは工場の明かりを見つめている。

＊

東海油脂の取締役会で、黒田の弁明は、二時間に及んだ。

赤坂《あかさか》にある本社の会議室には、会長の遠野嶺源蔵《とおのみねげんぞう》と、その息子の孝三《こうぞう》社長の姿もある。白髪で小柄な源蔵会長は、大きく脚《あし》を広げ、愛用の杖に両手を載せて、正面の席に腰掛けている。垂れた瞼《まぶた》の奥にある瞳は深い淵《ふち》の底を覗くようで、捉《とら》え拠《どころ》がない。対照的に息子の孝三社長は精悍《せいかん》な顔つき

に覇気《はき》を備え、厚い胸板で背広を着こなす姿にはリーダーの風格があった。

東海油脂で黒田のライバルだった白井《しらい》の姿もある。去年昇格して今は「白井専務」だ。

会議室の重厚な縦長窓にはドレープカーテンがかかり、広い床には絨毯《じゅうたん》が敷かれている。ロの字に並んだ机の奥には移動式黒板と衝立《ついたて》があり、議事を記録する書記が待ち構えている。

黒田の古巣だった東海油脂の役員は、そのほとんどがよく知る顔だ。社員の時代から出世争いでしのぎを削ってきた面々がずらりと居並んでいる。いずれはその顔ぶれの中に戻るはずの自分が、元同僚たちの厳しい眼差しを集めている状況に、黒田は釈然としないものを感じていた。

議事進行役を買って出た孝三社長が口を開いた。

——ここまでの騒ぎに至った経緯を一から説明したまえ、黒田くん。

針のむしろとはこのことだ。黒田は石工連にも提出した「報告書」を配り、藤田の証言も週刊誌の記事も全て捏造《ねつぞう》だ、と主張した。

「全ては旧ありあけの経営陣からの業務妨害工作であると認識しております。工員のストを煽動《せんどう》したのも、根も葉もないデマを世間に広めたのも、社内の反抗分子の仕業です」

「ではその反抗分子を育てたという責任はどこにあると思うかね」

「むろん、全ては私の不徳の致すところであります。しかし、ありあけに必要なのは抜本的改革です。古い経営体質から脱却するには断腸《だんちょう》の思いで切らねばならないものもある。今がその過渡期であるとご承知おき願いたいのです」

黒田は切々と訴えた。自分たちがいかに抵抗勢力に苦しめられてきたか。会社を救いに来た自分たちが敵視され、いかに理不尽な仕打ちを受けてきたか。時に感情を昂《たか》ぶらせ、同情を引いた。

「これを機に、旧ありあけの反抗分子を一掃し、健全な経営のための改革を成し遂げてみせます。どうか……どうか今しばらくのご猶予《ゆうよ》をいただき、なにとぞお力添えを願いたく！」

悲壮な口調で深々と頭を下げる。下げてはいるが、黒田からすれば、この状況は赤城派一掃のまたとない口実だ。懇願を受けて会議場には妙に感傷的な空気が漂った。情に訴える「黒田劇場」の第二幕が始まりかけたのを見計らったように、社長が割って入った。

「わかった。もう充分だ。工員の証言は嘘、週刊誌の記事は嘘。……どれも真実ではない。そういう結論でよろしいか？」

黒田は「はい」と答えた。孝三社長は「そうか」と言い、

「では、白井くん。あれを」

隣にいる白井専務の足元にはアタッシェケースがある。促《うなが》されてそれを机の上に置いた。中に入っていたのは、紐《ひも》で綴《と》じられた黒い板目表紙の書類の束だ。白井は黙って孝三社長に手渡した。孝三社長がページを広げ、

「いや、ね……。昨日提出されたこちらの報告書の記述と君の証言があまりにも食い違っているものだからね。これはどう解釈したものかな、とさっきから悩んでいたところだよ」

黒田は怪訝《けげん》な顔をした。社長が表紙をこちらに向けると、赤い文字で「最終報告書」というタイトルが貼り付けられている。

黒田の顔色が変わった。

「社長、それはいったい」

「君のところの調査委員会がまとめた最終報告書だ。ありあけの経理には〝表に出せない帳簿〟と

やらが存在していたそうだね」

寝耳に水だったのは、同席していたありあけの五十嵐社長だ。

「どういうことだね、黒田くん」

黒田は顔を強《こわ》ばらせて白井専務のほうを見た。白井は突き放すような眼差しをしている。

東海油脂の孝三社長はページをめくりながら、

「……なんだろうねえ、この出金先は。幽霊会社や社員の家族。使途のよくわからないものもあるし、ずいぶん高額だ。ちなみにここにある〝河南興業〟とはどんな取引先なのかね？」

何が起きているのか、黒田はここに至ってようやく事態を呑み込んだ。

動揺しても顔には出さない男だから、なおも仮面をかぶったかのような無表情でいたが、目の焦点がわずかにぶれている。一転して不利な状況となり、攻守ひっくり返った盤面を即座に解析し直さなければならなかった。

「……その報告書を提出した者を連れてきてください」

黒田は冷静に告げた。今度は腹に力をこめ、

「今すぐここに」

「どうしてだね」

「その報告書こそ、捏造です。虚偽です。その報告書を持ってきた者こそが、我々を陥《おとしい》れようとしているのです」

「彼はこのように言っているが……、どうなんだね？　近江くん、勅使河原くん」

衝立の後ろから、背広姿の中年男がふたり、現れた。

近江と勅使河原だ。

彼らを見た瞬間、黒田はたちまち理解した。旧ありあけを追い込む機会と思い込んでいたこの取締役会が、実ははじめから近江たちの手で書かれた筋書きに沿って進んでいたことを。

近江と勅使河原は東海油脂の取締役たちに深々と一礼した。

「お答えします。弊社の調査委員会が先頃まとめた最終報告書に間違いありません」

「社長！　その報告書の記述は虚偽の疑いがあります。近江取締役と勅使河原調査委員にはストライキを煽動した疑いがあります。その報告書は信憑《しんぴょう》性が疑われます。今一度精査を求めます！」

「その必要はありません」

「虚偽でないと言い張るなら現物を出しなさい。帳簿の現物だ。こんなぼやけた写真など証拠にならん。いくらでも偽造できる」

帳簿は数日前に廃棄するよう高峰に命じた。証拠はすでに消し炭になっている。彼らがどこからこれを手に入れたかはわからないが、現物がなければ切り抜けられる、と黒田は考えた。

「……現物が必要だそうだ。用意できるかね、近江くん」

「はい、遠野嶺社長」

黒田は意表をつかれた。近江が衝立のほうに「証拠を頼む」と呼びかけると、陰《かげ》からもうひとり、背広に身を固めた縮れ髪の男がワゴンを押して現れた。

赤城だ。

ワゴンには黒い本のようなものが積んである。表紙は灰をかぶってわずかに焦げ、すっかり煤けてしまっているが、中の紙は無事だった。頁《ページ》端が多少焼けただけでほぼほぼ残っている。赤城はその一冊を手に取ると、おもむろに黒田のほうに近づいてきて、鼻先に突きつけた。

「……これが現物だ」

黒田はあくまで冷静を装いながら手に取ると、中を確認して、またひとつ、追い込まれた。高峰が燃やしたはずの裏帳簿に間違いなかったからだ。

なぜそれが赤城の手にあるのか、黒田には理解できなかったが、目の前にある現物が、役員たちの判定を着実に自分たちに不利な方向に大きく傾けさせたのは間違いなかった。切り抜けるためのあらゆる方策を瞬時に探った黒田の口から、うめくような言葉が漏《も》れた。

「……大河内を……」

「なんですか」

「大河内をここに呼びなさい。……調査委員長がこの報告書を本物だと認めなければ、これらは全て捏造だ。遠野嶺社長！　証人として大河内群青を呼んでください。今すぐここへ」

役員たちが困惑してざわめいた。黒田はなおも声をはりあげ、

「大河内群青をただちにこの取締役会に出頭させるよう求めます」

赤城と近江たちも険しい顔を崩さない。

黒田が調査委員長に群青を据えたのは、このためだ。赤城たちがいくら不正帳簿を暴いてもその上に立つ群青が正式な報告書だと認めなければ、無効になる。

ここにいない群青を今日すぐに呼び出すことはできない。そうなれば、取締役会は一旦《いったん》止まる。明日以降に再招集となるだろう。そうすれば時間が手に入る。その時間で黒田は打開策を練ることができる。万一、数時間後に呼び出せたとしても、群青は自分の手の内だ。この帳簿が世間に明ら

かになれば、群青が心血を注いで実現しようとしていた噴霧乾燥塔付きの新工場は白紙になる。群青にそれはできない。白紙撤回はありあけに再び倒産の危機を招きかねないからだ。

ざわめく役員たちを静めたのは、孝三社長の一言だった。

「では証人を呼びたまえ」

会議室の扉が開かれた。

黒田は目を疑った。群青がいる。呼ぶまでもなく、はじめから、ここにいたのだ。

「……大河内……」

背広姿の群青は前に進み出て、孝三社長の隣に立った。両手を体の前で結手《けっしゅ》し、スッと遠くを見据えて黒田のほうは見ていない。

そういうことか、と黒田は険しい顔をした。赤城たちだ。はじめから呼んでいたのだ。群青はおそらく何かを吹き込まれている。赤城たちに有利な証言をするように仕向けられている。ほだされるようなことを言われたのか。おそらくそうだろう。

だが黒田はこの数ヶ月で群青の人間性を十分把握《はあく》した。この男にとって一番大事なのはありあけ石鹸という会社だ。赤城たちを「旧式の人間」と否定し、彼らの甘さを心底呪っている。ほだされたように演じてみせているのだ。見かけ以上にしたたかな男だ。群青が出向組を利用している気になっていることも、黒田はお見通しだった。若い正義感から葛藤《かっとう》してもこの男の根は現実主義者だ。本当の力とは何か、脳髄《のうずい》に染みこんでいる。人道などという「正しい道」を辿《たど》っていては戦争には勝てないことも。その道を踏み越えてようやく生き残ることができるのだと。

この男はもう、赤城たちのいる「ぬるい世界」には戻らない。

大河内群青に裏切りはない。

会議室は水を打ったように静まりかえった。

孝三社長が机の上で鷹揚《おうよう》に両手を組み、声をかけた。

「大河内くん。この報告書の印鑑は君が捺《お》したものかね」

群青は半眼になって一度、黒田を見た。黒田はそれがアイコンタクトだと解釈した。「NO」と言うためにここへ来た、そう伝えるための。

「はい。私です」

黒田は息を止めた。私が捺しました、と群青は答えた。

「もう一度、聞こう。この最終報告書は調査委員長である君が責任をもって作成したのだね」

「はい。私の責任のもと、作成したことに間違いありません」

赤城たちは顔を見合わせてうなずき合う。

黒田の体は、わなわなと震え始めている。

群青は黒田を見ようともしない。黒田は目尻が切れそうなほど、はちきれんばかりに目を剝きだすと、堰《せき》を切ったように群青に摑みかかろうとした。すぐに赤城たちに止められたが、力ずくで振り払おうとする黒田は息荒く、忿怒《ふんぬ》をあらわにして鬼のような顔になっている。

「やめろ、黒田！」

騒然となる会議室で、群青は顔色ひとつ変えずに正面を見つめている。

近江たちを振り払おうと暴れる黒田の首を後ろから腕で押さえ込んだ赤城が、その耳元に囁いた。

「手を出す相手を間違えたな」

「なんだと……ッ」

「東海林を襲わせたのが運の尽きだと言っているんだ」

黒田はこめかみに浮かぶ青筋を震わせて、顔面蒼白《そうはく》になっている。

「黒田くん」

それまで一言も発さず、杖に両手をかけてやりとりを見守っていた源蔵会長が、しわがれた声で名を呼んだ。黒田は顔をあげた。源蔵会長を見て、最も強い味方がそこにいたことを思い出した。そうだ。この男がいる限り、親会社は自分を切ることはない。いや、切れない。ここにいる全員が反対してもこの男の一声は覆《くつがえ》せない。この男が壁になる。源蔵会長の野望には、黒田恒夫《つねお》が必要だからだ。すべてを呑んできた男だ。これからもそうなる。これが東海油脂のやり方だからだ。

ようやく手を差し伸べたかに見えた源蔵会長は、冷ややかな目をしていた。

「君のところであがった失火で、私の家まで燃やす気かね？」

黒田は凍りついた。

これが幕引きの台詞となった。どちらに軍配があがったかは明らかだった。

群青は最後まで、黒田のほうを見ようとはしなかった。

*

本所工場に一雄たちが立てこもって五日目の夕方を迎えていた。

意気盛んだった一雄たちも、決着の見えない状況で疲れ果てている。ひびの入ったガラスから夕陽《ゆうひ》が差し込む工場で、仲間たちは釜《かま》の前にぐったりと座り込んでしまっていた。

「おい、みんなしっかりしろ。警察が攻めてくるかもしれないんだぞ。気を緩めるな」

ヘルメットをかぶった一雄が叱咤《しった》する。いつ警察が「不法占拠のデモ隊」を排除しにきてもおかしくはない。だが若い工員たちは弱音を吐いていた。

「いつまでこんなとこに閉じこもってないといけないんすか。風呂入りてえ」

「風呂に入りたいならその釜に湯ぅ張って入れ。石鹸が欲しけりゃその釜で炊《た》け」

「藤田さんの解雇が取り消される前に俺たちのほうが先に解雇されるんじゃないですかねえ」

「ここで諦《あきら》めたら負けだ。いつまで経《た》っても俺たちの給料は上がらねえ」

そう言ったのは年配工員の都倉《とくら》だった。無精ひげが伸びた都倉は、壁にもたれて、乾いたパンをかじっていた。

「誰も頼りにならねえんだ。粘るだけ粘って、会社の理不尽を世間に訴えるんだ」

「会社からはなしのつぶてじゃないっすか。もう誰も俺らのことなんか見てないっすよ」

「そんなことない。安保《あんぽ》のデモは潰されたが、俺たちは潰されない。権力には屈しない」

「意地はんのはやめましょうよ。俺は家に帰りたいよ。あったかい布団で寝てえよ」

「帰りたいやつは帰れ！　そのかわりもう仲間じゃねえ！」

「田丸さーん」

門の前には報道記者たちが張り付いている。こちらもあまりに長い膠着《こうちゃく》状態に、だいぶ気が緩みかけている。

「こりゃあ、折れるのも時間の問題だよ」

「製造ラインが止まってもう一週間だろ？　会社の損害もえらいことになってんじゃねえのか」

「安保の時みたいに警察がバリケードになだれ込んで一掃されるのがオチだろうな、こりゃ」

あくびまじりに撤収の頃合いを探る記者たちの背後から、声をかけてきた者がいる。

「……ちょっとそこ、どいてくれないか」

振り返ると、背広姿の若い男が立っている。「なんだい兄さん」と言うと、若い男は上着を脱ぎ、ネクタイを外すと、いきなり門によじのぼって中に入っていくではないか。

「おい、あんた……！　なにしてんだ！」

制止も聞かず、男は工場に向かって叫んだ。

「話がある。代表者は出てこい！」

外の異変に一雄たちも気がついた。慌ててヘルメットをかぶり直し、窓のバリケード越しに外を見た。

「ありゃ群青の兄貴じゃねえか」

一雄はあの宴《うたげ》以来、群青とは口も利いていない。窓に張りついて怒鳴り返した。

「なにしに来やがった、黒田の犬が！　俺たちの解雇通知でも届けに来たのかよ」

「ストライキは終わりだ。全員出てきて職場に戻れ」

え？　と一雄たちは顔を見合わせた。

「馬鹿言うな、まだこっちの要求は何ひとつ通ってないぞ！　藤田の解雇は撤回されたのか？　そうでないなら帰れ！」

「もうそれどころじゃない。本社に警察が入った」

一雄たちはきょとんとした。意味がわからなかった。記者たちも門の鉄柵ごしに身を乗り出した。

「おい、そこの兄さん。そりゃ本当か」

「嘘つくんじゃねえ！　そんなもん俺たちを外に出すための方便だろうが！」

一雄は簡単には群青を信じなかった。

「あんたには騙《だま》されねえぞ！　二度と信用するもんか！」

本当だ！　と別の男の声があがった。門のほうからだった。もうひとり、体のがっしりとした男が門を乗り越えてくる。

「勅使河原さん……！　来てくれたんですか！」

信頼する元製造部長の顔を見て、一雄たちに安堵の色が広がった。勅使河原は大きく手を振り、

「群青の言うことは本当だ。本社のがさ入れが始まってる。久慈常務が連行された」

一雄たちは驚き、耳をそばだてていた報道記者たちも騒然となった。

「業務上横領の容疑だそうだ。親会社の上《うえ》の連中が通報した」

勅使河原が群青の肩に手を置いた。

「ストライキは中止だ。もういいから、みんな家に帰れ。嫁さんと子供たちが待ってるぞ」

＊

それは三日前のことだった。

群青と赤城たちがようやく最終報告書を完成させたのは。

実はその少し前から親会社の白井専務とは連絡をとっていた。黒田側に動きが伝わるとまずいので親会社には行かず、佳世子《かよこ》の家で密かに顔を合わせ、発覚した不正を逐一《ちくいち》知らせていた。

不正配合で得た利益は、久慈常務の親族が経営する会社名義の口座に振り込まれていた。その偽装工作のために買収した社員らの家族名義の口座にも、謝礼金が支払われていた。

だが、それは不正のほんの一部だったことがわかったのだ。

原材料費・加工賃・運搬《うんぱん》……経営陣が代わった実に四年前から、ほぼ日常的・恒常的に不正が行われていたようだ。そうやって得た利益が、役員らの懐《ふところ》に入り、工場新設のための賄賂となり、暴力団河野組との癒着《ゆちゃく》金になっていたのだ。

ここまでひどいことになっていたとは、赤城たちも夢にも思わなかった。

そこからの白井の判断は迅速《じんそく》だった。

社長に働きかけ、親会社は緊急の取締役会を開き、翌日、渦中の黒田専務を呼び出したのだ。

「おかえり、群青、テシさん。田丸たちは無事、家に帰せたか?」

会社に戻ってきた群青と勅使河原を迎えたのは、近江と赤城だった。もうすっかり夜だというのに、多くの窓にはまだ明かりがついている。

親会社で取締役会が行われている頃、ありあけの本社には警察の捜索が入った。大量の資料がライトバンに載せられ、パトカーが久慈常務を連行していった。

警察がようやく引き揚げていったところに、群青たちが戻ってきた。

「花澤次長は今回の大功労者だったな」

裏帳簿の件だ。群青から情報を得て勅使河原と花澤が動いた。高峰が帳簿を廃棄しようと持ち出すところを狙ったのだ。清掃係に変装して焼却炉前で待ち構え、炉に入れる直前にわざと近江が通りかかった。高峰は肝《きも》を潰し、慌てて焼却炉に放り込み、後始末を清掃係に任せて逃げた。それを回収したのだ。

「ありゃホントに燃えたか確かめずに逃げた高峰が悪い。工作員失格だな」

「で？　取締役会はどうなったんだい？」

群青はあの後すぐに退席したから決議の結果を知らなかった。

「久慈常務の解任が決まった」

「黒田は」

「黒田の処遇については、後日、申し渡されるそうだ」

今日の話し合いでは決まらなかった。まだなんとも言えないが、と赤城は前置きして、

「調べてみたら、黒田は戦時中、南方で河野組の組長の息子と同じ部隊にいたらしくてな。復員してからしばらく河野組で世話になっていたらしい」

黒田と暴力団の繋がりは、親会社にいた頃からたびたび疑惑があったという。取引先とのトラブルや工場用地の買収トラブルではだいぶ荒っぽい手を使ったらしく、親会社でも黒い噂が絶えなかった。だが世は戦後の混乱からの復興期。その手の話は横行していたし、会社も目をつぶっていた。

黒田自身、その功績でのしあがった面もあったのだろう。

「まあ、親会社《うえ》にいた頃ならギリギリ大目に見られたかもしれんが、こっちゃよりによって洗剤会

社だからな。〝清浄〟が売り物の洗剤会社が、よりにもよって暴力団とずぶずぶの関係だったなんて世間に知られれば、企業イメージが台無しになる」

清浄・清廉《せいれん》を謳《うた》う業界では、大ダメージだ。

「それでマスコミにすっぱ抜かれる前に動いたってわけか」

「親会社《うえ》としては、自分たちの傘下《さんか》でこれだけあからさまな不正を働いて経営にダメージを与えたんだ。役員たちに責任とらせるのは当然だな」

「だけど、東海油脂は本当に黒田を切るかな……」

と群青が懸念を口にした。「親会社《うえ》は自分を切れない」とやけに自信満々に言い切った黒田が気になっていた。赤城もその根拠を読み取り、

「……佐古田の財団か」

「ああ。黒田が佐古田と組んで、なにをしようとしてたのかが気になる」

まだ終わりじゃない。群青は言った。つきとめておきたいことがある。

「俺も行こう、群青」

赤城が言った。

「哈爾浜《ハルビン》時代の佐古田の商売のことなら多少知ってる。俺も確かめたいことがある」

あとのことは近江たちに任せ、群青と赤城は再び動き出した。

＊

春が近づくと一雨ごとに寒さが弛《ゆる》むというが、降る雨はまだ指がかじかむほど冷たい。

群青が運転する車の助手席に赤城が乗り、ふたりはある場所に向かっていた。

「おまえ、ほんとは迷ってたんだろ」

フロントガラスに打ちつける雨が、ワイパーに払われるのを眺めながら、赤城が言った。

群青はハンドルを握りながら、いつか遼子にも同じことを言われたのを思い出していた。

「……なんだよ。リョウといい、あんちゃんといい」

――今ならまだ止められるぞ？

ふたりの指摘は当たっていた。群青は迷ったのだ、一度。ありあけ再生のためなら、と心ならずも「黒田の犬」になり、苦心してようやく漕《こ》ぎ着けた噴霧乾燥塔の建設だった。実現目前だったものを止めていいのか、洗剤戦争に生き残れなかったら今度こそありあけは倒産する。汚れた力を使ってでも今は前に進むべき時ではないのか。そんな焦りと葛藤が心を揺らしたのも本当だ。

「なら、なぜそっちを選ばなかった」

「あいつ〝クズ〟って言ったんだ」

「黒田が？　誰を？」

「一雄たちのことを。そん時腹が決まった。こいつはやっぱり〝敵〟だって」

黒田が「ムゲット」に依頼の電話を入れた時のことだった。

ワイパーの鈍い音が響く。雨でぼやけたサイドミラーに後続車のライトが眩《まぶ》しく反射した。

「社員を〝クズ〟呼ばわりする男が上にのさばる会社でなんて、誰も働きたいと思わないだろ」

群青の言い分はもっともだった。それ以上に、一雄たちをけなされて黒田を見限った群青が、なににも増して群青らしくて、赤城には嬉《うれ》しかった。

車が向かった先は駿河台《するがだい》の坂の上にある洋風ホテルだった。

戦前から建つそのクラシカルな建て構えは、最近の味も素っ気もない角ばった建物にはない味わいがある。その一室で待っていたのは剣崎《けんざき》だった。白髪を品よく後ろになでつけ、執事然とした黒スーツをまとい、柔らかな振る舞いで群青と赤城を迎えた。群青が紹介しようとした矢先、赤城がはっとしたように、

「あなたは……」

と口走った。赤城とは初対面のはずだったので群青は奇妙に思った。剣崎は柔和な表情で、

「はじめまして。剣崎と申します」

と自ら名乗ったので、赤城も我に返ったように「失礼しました」と頭を下げた。

「人違いをしてしまいました。はじめまして」

わざわざホテルの部屋を選んだのは、人目につかないところで話したかったからだ。テーブルを挟んで、三人は向き合った。

「群青さんから先日頼まれました件、調べ終わりました」

剣崎は紐で綴じたレポートをテーブルに差し出した。

調査を頼んでいたのは、佐古田と黒田の関係だ。

「黒田の父親が関東軍の防疫給水部にいただと？」

はい、と剣崎はうなずいた。

黒田の父親・平四郎《へいしろう》はかつて満州で開業医をしていたという。尾張《おわり》藩の御殿医《ごてんい》を務めた名門の医

者一家で、平四郎は大陸に渡り、哈爾浜《ハルビン》で病院を開業していた。

「佐古田の北満《ほくまん》商事は医療品も扱っており、この頃すでに取引先のひとつとして関わりができていたようです。平四郎氏は戦争が始まると軍属として関東軍の防疫給水部に配属されています」

「大河内中佐がいたところか……」

「佐古田氏を中佐に紹介したのも、黒田平四郎氏だったのではないかと思われます」

赤城は群青と思わず顔を見合わせた。

「息子のほうの経歴は?」

「黒田恒夫氏は哈爾浜医大の薬学部出身です。卒業後、就職した先が……」

剣崎は少し声音《こわね》を落とした。

「大連《だいれん》薬品。……北満商事の子会社です」

「父親が口利きしたというわけか。佐古田との繋がりはもともと深かったわけだ」

「その大連薬品には、ハリマ製薬の奥平氏も勤めていました」

群青は思わず「奥平も?」と訊き返した。ふたりは若い頃、同じ製薬会社で働いていた元同僚だったのだ。

黒田はその後、出征した。南方で防疫給水部に配属されたのは薬学部出身だったからのようだ。

「終戦で平四郎氏のほうは引き揚げ後、名古屋《なごや》に戻ったようですが、五年ほど前に亡くなっています」

剣崎がテーブルに並べた写真の一枚を指さした。なにかの集合写真だ。昭和二十八年とある。佐古田が財団を起ち上げた時の祝賀パーティーで撮った記念写真だった。

「ここに写っているのが、平四郎氏です」

「財団設立の功労者のひとりだったわけか」

「それとここに」

と剣崎が指を滑らせた。見覚えのある顔がある。赤城は思わず身を乗り出し、

「……これは、東海油脂の遠野嶺会長だ」

ずらりと並んだ顔ぶれは、どれも「満州閥」と呼ばれている大陸で力を持っていた各界の大物ばかりだ。今でも満州での人脈を生かして政財界に影響力を持ち続けている。引揚者のほとんどは財産を失い、丸裸になって内地へと戻ってきたが、彼らの中にはいち早く敗戦の臭いを嗅《か》ぎ取って、大陸で得た財力を内地へと持ち込んでいた者もいるという。それを基盤に戦後も力をつけてきた。

そんな人々の中に黒田の父親と親会社の会長がいる。

「佐古田の財団はありあけに資金を与えていた。いったいどんな思惑があったんだ？」

しかも表沙汰《おもてざた》にはできない帳簿に書かれていた。ありあけの株を買うでもなく、献金だけをしていた理由はなんだったのか。

「ハリマの奥平は正月に挨拶に来たとき、〝ありあけにいるならまた会うこともあるだろう〟って含みのあるようなことを言っていた。ハリマ製薬とありあけでは業種も違う。どういう意味だ。黒田と元同僚だったことと関係があるのか？」

「その件ですが――。ある噂を聞きました」

噂？　と群青が訊き返すと、剣崎が「はい」とうなずいた。

「佐古田の財団が仲立ちして、米国で製薬の合弁会社を作るというものです。ハリマ製薬が名乗り

を上げ、そのパートナーとなる企業を探しているという話でした。その候補の中に東海油脂が」

群青はピンときた。赤城は怪訝な顔をして、

「製薬会社になぜ、うちの親会社が？」

「界面活性剤だ。製薬の工程でも助剤として活性剤が使われる。そのせいだと思う」

「佐古田は大河内中佐のもとから持ち出した研究成果で、米国の特許を取っております。日本よりも遥かに開発力も資金力もある米国を拠点にしたほうが、会社としての成長も見込めます」

「もしかして、それを黒田が？」

「はい。ありあけで得た生物化学研究と界面活性剤の応用、それらをハリマの製薬スキルと協業することで、日本ではできない製品開発を進めようとの思惑があったのでは、と」

「日本ではできない製品……たとえば？」

赤城が鋭い目つきになって問いかけた。剣崎も神妙そうに眉を寄せ、

「たとえば……軍事転用もできるような」

まさか、と群青は顔を強ばらせた。

「大河内中佐が満州でやっていた研究を、アメリカで製品化するつもりじゃ」

「その可能性は高いと言わざるを得ません」

佐古田重吉《じゅうきち》の狙いは、特許収入だけではない。実際にその技術で製品化し、大きな利益を得ること。そのために合弁会社設立を思い立ったのにちがいない。

「黒田はその片棒を担《かつ》ごうとしてる、ということですか」

「はい。黒田専務は、父親が佐古田と組んで為そうとしていたことを、受け継ぐつもりなのでは」

腕組みをした赤城が、天井を見上げて大きくため息をついた。

「……〝平和財団〟が聞いて呆《あき》れるな」

「防疫給水部の研究には、薬物から細菌、神経ガスといったものまでありました。参加していた研究者の中には、その成果をみこまれて米国に渡った者も少なくないのです」

「そいつらをまたかき集めて生物化学兵器を製品化して売るつもりか。とんでもない話だな」

冗談じゃない、と群青は膝《ひざ》に置いた拳《こぶし》を震わせた。

「そんな商売にありあけを参加させるわけにいかない」

「やはり黒田を取締役に置いておくわけにはいかないな。だが、問題は東海油脂の会長だ」

この計画に乗ったのが遠野嶺源蔵会長自身なら、黒田を解任するはずもない。

黒田の代わりを見つけない限り。

「……そういうことか。〝自分は絶対に解任されない〟って黒田がやけに自信満々だったのは、そのせいだったんだ」

群青もようやく理解した。それどころか、はじめから黒田はこのためにありあけに出向させられたのかもしれなかった。

「あんちゃん、どうしたら黒田を確実に解任に追い込める？」

「そうだな。源蔵会長もかばいきれなくなるような、大きな理由が必要だ」

「河野組との関係は？」

「それだけでは微妙だな。源蔵会長の一声で、なんなら久慈常務にでもなすりつけて終わりにしてしまうかもしれん」

「かばいきれなくなるような、大きな理由……か」

群青たちは押し黙って考え込んでしまう。その場では結論が出ず、引き続き黒田の身辺を探ることになった。

三人はロビーへと下りてきた。群青が「用事を思い出した」と言って公衆電話に向かい、ふたりきりになったのを見計らったように、赤城が横に立つ剣崎に話しかけた。

「……終戦前に哈爾浜《ハルビン》でお目にかかって以来ですね。剣崎さん」

はい、と剣崎も赤城のほうは見ずに答えた。

「大変ご無沙汰をしておりました。お元気そうで何よりです」

「まさか群青の後見人になっておられたとは」

剣崎は小さく頭を下げた。

「大連ではうちの加藤《かとう》を交えてビリヤードの腕を競いましたね。キャノンショットが見事だった」

「はい。中佐を紹介したのも、その時でした」

剣崎は特務機関の工作員だった。日中戦争では軍属を装いながら、様々な謀略《ぼうりゃく》戦に関わってきた腕利きだ。中佐が直属の部下よりも信頼していた右腕のような存在だった。

「お礼を申し上げます。赤城さん。引揚中に行方がわからなくなっていた阪上《さかがみ》スイ親子を捜してくださったこと、群青くんをあなたが保護してくださっていたことに感謝いたします」

「礼には及びません。あなたが群青を捜していると知っていたなら、俺は群青を決してあなたには会わせなかったはずですから」

剣崎は横目で赤城を見た。赤城は正面を向いたまま、こちらを見ようとはしない。

「お怒りはごもっともです」

「あの手紙をよこしたのは、あなたですか」

赤城の問いかけに剣崎は黙っている。答えないことが返事だと、赤城にはわかった。

「なんのために、私にあんなことを報《しら》せたんです」

「………」

「群青が『甲53号』を持っていると疑っていたからですか。私を動かして確かめようとしたんですか」

答えるかわりに剣崎は目を細めると、好々爺《こうこうや》のような口調になって、

「群青くんは頑固なところが中佐とよく似ておられる。自分がこうと決めた道以外は決して歩こうとしない」

「………」

「満州の亡霊どもも、あのまっすぐな心には取り憑《つ》けなかったのでしょうなあ」

赤城がようやく剣崎を見た。

剣崎も赤城を見つめ返し、微笑《ほほえ》みかけた。

「それには〝あんちゃん〟の影響も大きかったのではと」

「剣崎さん」

宴会がお開きになったのか、着飾った紳士淑女が談笑しながらロビーにおりてくる。

ほころび始めた沈丁花《じんちょうげ》が、春の冷たい雨に打たれている。

＊

ニューレインボーの劣化問題から始まった騒動は、久慈常務取締役の逮捕劇でクライマックスを迎えた。ありあけ石鹸の名はありがたくない方向で世間に広まってしまい、売上の悪化は避けられそうにない。

工場の操業は再開したが、損害を取り戻すため、二十四時間のフル稼働を余儀なくされた。久慈常務は親会社によって取締役を解任されて、連座した者たちも次々と処罰された。経理部では高峰が資料整理室に飛ばされて、花澤が部長に昇格した。

だが黒田の処遇だけがなかなか決まらない。聞こえてくる話では、遠野嶺親子が揉《も》めているという。息子の孝三社長は解任を主張しているが、源蔵会長が先延ばしにしているようだ。

「あそこまで好き勝手やっといて、留任なんてありえないぜ」

近江は苛立《いらだ》っている。役員室に来ていた赤城は、先ほどから窓際で、くもったガラス越しにぼんやりと外を眺めたままだ。声をかけると、我にかえり、

「すまん。木蓮《もくれん》がきれいだったんでな」

「花に見とれてる場合かよ」

と近江にどやされた。赤城が考えていたのは親会社の源蔵会長のことだ。黒田を許すなら、会長の一声でとっくに留任が決まっている。そうなっていないということは、後継人事で迷っているということか。黒田にとっては瀬戸際だ。今頃、気が気でないだろう。

それにしても冷えるな、と近江は石油ストーブに手をかざした。

「寒の戻りにもほどがある。こりゃ雪が降るぞ」

言っているそばから窓の向こうに白いものがちらつき始めた。

昼すぎから降り始めた雪は次第に勢いを増し、夕方には革靴が埋まるくらいには積もった。慌てて、トラックのタイヤにチェーンを巻く工員たちに、帰宅する赤城が「今日はもう出ないほうがいいぞ」と声をかけた。

「まだ積もりますかねえ。もう春分だってのに」

「雪見酒としゃれこみたいところだが、電車が止まるかもしれないから今日は早く帰れよ」

「はい。赤城さんもお疲れ様です」

「凍結で水道管が破裂しないよう、蛇口《じゃぐち》は少し開けとけよ」

家路についた赤城は途中で魚屋に寄り、鰤《ぶり》を買った。レイコから大根を分けてもらっていたので、久しぶりに鰤大根でも作ろうと思ったのだ。群青の好物だったから多めに作って明日会社に持っていってやろう。そんなことを考えながら靴の底で雪を踏む感触を味わっていた。

自宅のそばの角をまがったところで、赤城は足を止めた。

家の前に小型トラックが停まっている。荷台に幌《ほろ》のついたダットサンだ。

何かの配送を頼んだ覚えもないので、怪訝に思った。近づいていくと、運転席から帽子を目深《まぶか》にかぶった髭面《ひげづら》の男が降りてきた。

「うちに何かご用ですか」

赤城が訊くと、男が横目で何か合図を送ったのがわかった。後部座席からさらにふたり、腕っ節の強そうな男たちが降りてきた。はっと身構えた時には、赤城の横腹にひとりが拳を突き入れている。まともに肝臓《かんぞう》にくらって思わず屈み込んだ赤城に、もうひとりが背後からロープをまわしてその体に巻き付けた。赤城が抵抗する隙《すき》も与えず、黙らせるように膝をつかせ、雪の上に突っ伏すよう首根っこを押さえ込んだ。

「なんだ……おまえら……っ。はなせ！」

後ろ手に縛られ、ズボンの裾《すそ》をまくりあげられた。見ると、髭の男の手に注射器がある。左脚《あし》を押さえつけられ、ふくらはぎに針を突き立てられたかと思うと、麻酔でも打たれたように下肢《かし》に力が入らなくなってしまった。後ろ手に縛られてそのままふたりがかりで持ち上げられ、荷台に転がされた。幌で覆《おお》われ、運転席のドアが閉まった。静まりかえる街にチェーンの音を響かせて、トラックは走り出した。

門の前には赤城の荷物が散らばっている。

雪に残ったタイヤ痕《あと》を街灯が照らしている。

＊

大家から「電話があった」と聞いたのは、群青が銭湯《せんとう》から帰ってきた時だった。すぐにかけ直してくれ、と伝言があり、いやな予感がした。

「あんちゃんが帰ってないって？」

近江によると、夕方頃に会社から「鰤大根を作るから後で持っていく」とレイコに電話があったという。夕飯時を過ぎてもなかなか来ないので、こちらから取りに行ったところ、玄関の前に油紙に包まれた魚の切り身が荷物とともに落ちていた。家には明かりがついておらず、積もった雪に複数の人間が入り乱れたような足跡が残っていた。タイヤ痕もあり、何かただならぬ事態を察したレイコが急いで帰って、帰宅した近江に報せたという。

『だっておかしいだろ。鰤大根作るって言ってたやつが、玄関先に落としてくもんかよ』

群青は胸騒ぎがした。頭をよぎったのは河野組だ。赤城は一度襲われている。

「警察に知らせたほうがいい、近江の兄貴。俺も心当たりを捜す」

群青はすぐに石鹸箱の入った湯桶《ゆおけ》を部屋に置くと、財布をひっつかんだ。雪の中に出ていこうと、玄関先で長靴にズボンの裾をねじ込んでいる時だった。再び大家から呼び止められた。

「大河内さん、また電話だよ」

「さっきのひとですか？」

「いや、別のひとから」

赤城か？　と思い、群青は長靴から慌てて足を抜いて黒電話の受話器を手に取った。

「あんちゃんかい？　今どこに！」

『大河内群青やな』

声は、赤城ではなかった。近江でもない。

聞き覚えがなかったので警戒し、「あんた誰だ」と訊き返した。

受話器の向こうの人物は名乗らず、かわりにこんなことを伝えてきた。

『わしらの雇い主がおまえと話がしたい言うとる。……おまえの父親の〝形見〟のことで』

受話器を持つ手が固まった。大河内中佐の〝形見〟だと？　赤城の失踪《しっそう》と結びついた瞬間、群青は決して湯冷めのせいなどではなく、体の奥から震えがこみあげてくるのを感じた。

「……おまえたち、あんちゃんを連れていったのか。あんちゃんに何をした！」

受話器の向こうの男は時々、空咳《からぜき》をしながら、ぼそぼそとしゃべった。

『……何をしたかは来ればわかる。今からそっちに迎えをやる。ひとりで来ることや。大事な義兄弟を人体実験の患者にされとうないやろ』

「人体実験……っ。あんちゃんは無事なのか？　おまえら何者だ」

『ええから黙って従い』

怒鳴り返しそうになるのを堪《こら》えて、興奮を抑え込もうと息を調《ととの》え、もう片方の手で電話台のへりを割りそうなくらい握りしめた。

「……わかった。言う通りにしてやる。だから、あんちゃんには指一本、触れるな。あんちゃんに手を出してみろ。〝形見〟はドブ川に捨てる。いいな」

受話器を置いた後も群青の手は震えが止まらない。

〝形見〟とは、なんだ？

まさか、と群青は思った。いや、そんなはずはない。今さら誰があの薬物のことを蒸し返すというのだ。雇い主とは誰だ？　まさか鬼頭《きとう》か。だがあれからもう十年も経っている。

いずれにせよ、大河内中佐のことが絡んでいるとしたら近江には連絡できない。むろん警察にも。

頭の中でこれからなすべき行動をまとめると、群青は再び受話器をとり、ダイヤルをまわした。

呼び出し音が二回と鳴らないうちに相手は電話に出てくれた。

『群青さん。こんな時間に何かございましたか』

剣崎は察しがいい。電話に出てくれたことに群青は安堵して、

「すまない、剣崎。緊急事態だ。今から俺の言う通りに動いてくれるか」

＊

電話の男が予告した通り、しばらくして群青のもとに「迎えの車」がやってきた。黒ずくめの男に目隠しをさせられて、その車に乗せられた。

雪道を車で走る。チェーンの不快な振動に耐えながら、二、三十分ほど走っただろうか。

車を降ろされて目隠しを外すと、そこは何かの解体現場だった。雪に埋もれるようにして薄暗い地下壕《ごう》の入口がある。待ち受けていた男たちに前後を挟まれて、階段を下りた。入口は半壊していたが、中のコンクリートはしっかりしていて内部はいくつかの部屋に区切られている。やけに奥行きがある。軍か何かの施設だろうか。

暗い通路をカンテラで照らしながら進むと、奥のほうが明るい。

一番奥の部屋はホールか何かのように天井が高くなっている。上部には大きな吸気口があるようで、そこから雪がちらちらと入り込んでくる。

中央に古びたソファーテーブルがあり、ランプが置かれている。そこに座らされた。

しんしんと冷え込む地下壕で待っていると、ようやく奥の入口から人影が現れた。ツイードのコートに身を包んだ背の高い男だ。群青は目を据えた。

「黒田専務……」

「ご足労をかけたね。大河内くん」

高級そうなマフラーをまいた黒田の隣には、髭面の男がいる。ランプで足元を照らしている。群青は見ていないが、先ほど、赤城を連れ去った男だった。

群青が黒田と会うのは、あの取締役会以来だった。あれから一言も話してはいない。黒田は親会社から自宅謹慎を言い渡されていたはずだ。

「正直なところ、君には言いたいことがたくさんある。先日の取締役会はまあ面白かったよ。飼い犬に手を噛《か》まれるということを、こんなにわかりやすく体現しようとはね。誰が書いた脚本かは知らないが、役員の前で私の株を下げるには十分な、見応《みごた》えのある茶番劇だったよ」

「これはなんのつもりですか」

群青は氷のような目つきで問いかけた。

「赤城部長はどこです。一体どういうつもりですか」

「君をもっと疑うべきだったよ。大河内中佐の息子だというから、買いかぶりすぎた」

黒田の言葉に群青は驚くよりも腑《ふ》に落ちた。やはり黒田は知っていたのだ。大河内中佐のことも、自分がその息子だということも。

佐古田と繋がっていたのなら無理からぬことだ。ましてや、米国で合弁会社を設立するという話が本当ならば、なおかつ、それに黒田が噛んでいるというなら、なおのこと。

「君とは似た者同士と思っていただけに、悲しかったよ。……いつからだ。赤城たちとはいつから繋がっていた。はじめからそのつもりで私に近づいたのか」

「あんたのやり方についていけなかった。単純な理由だ」

「東海林のことか？　あれは報復だ」

「それだけじゃない。あんたたちは社員を見下すばかりか、お客まで見下してた。経営者が客を見下す会社なんて論外だ。自分たちが儲《もう》けることしか考えてないのだとわかった」

「ふん。家事くらいしか能のない主婦どもは、ろくに社会のことも知らん馬鹿ばかりだからな」

「その主婦に見破られたんじゃないですか」

黒田の口元から笑みが消えた。群青は一歩も引かず、

「主婦はあんたたちなんかよりずっとわかってる。客を馬鹿にする馬鹿な連中が経営する会社に先はないって、こっちから見限っただけですよ」

「青二才のくせに相変わらず口だけは達者だな」

黒田はいまいましそうに吐き捨てた。

「君と議論する気はない。そこまで暇でもない。私がしたいのはもっと建設的な話だよ」

「赤城部長をここに連れてきてください。そうでなければ応じません」

「………。強気に出たな」

黒田は後ろに立つ男に合図をした。しばらくして、さっき黒田が現れた入口から、屈強な男ふたりに両脇を抱えられた赤城が引きずられるようにして連れてこられた。

赤城はまともに立てないのか、ぐったりとうなだれている。

群青は思わず駆け寄ろうとして腰を浮かせたが、黒ずくめの男に立ちはだかられ、一歩も動けなかった。

「赤城部長に何をしたんです」

「君の父親の研究成果。ひとつ試させてもらったんだよ」

サッと青ざめた群青へと、これ見よがしに、黒田は内ポケットから一本のアンプルを取りだした。

「大河内中佐は特務機関向けの薬物をいろいろと作っていたようじゃないか。これもそのひとつ。こいつは打ったところから感覚を失って、時間が経つほど広がっていく。放っておくといずれ細胞が壊死《えし》していく。赤城が二度と立てなくなってもいいのか」

群青の怒りが爆発した。飛びついて掴みかかろうとしたが、両脇の男に押さえ込まれてしまう。

「おとなしくありあけから去っていれば、こんな目にも遭《あ》わずに済んだものを。君たちはこれ以上なく私を不快にさせてくれたよ。それ相応の苦しみを味わってもらわないと腹が収まらん」

群青は目尻が裂けそうなほど眼をつりあげ、両脇の男たちを振り払おうと暴れた。

「腹いせか！　どこまでも卑劣《ひれつ》な真似しやがって……！」

「裏切り者の君が今さらなにを言う。君の大事な義兄弟の脚《あし》を奪うのは君だよ、大河内。私を売った報《むく》いだよ」

「黒田アアアッ！」

捕まった猪《いのしし》のようにもがき続ける群青に、黒田が近づいてきた。

「解毒してほしいか」

なに、と歯を剝《む》く群青に、黒田はポケットから注射器の入った箱を取りだした。

「ここに解毒剤がある。これを打てば、ほどなくして麻痺《まひ》は消える」

「何が条件だ」

「父親の〝形見〟」

黒田は銀ぶちメガネの奥にある鉛のような眼を向けてきた。

「……君には伝わっているんだろう？　『甲53号』の化学式」

頭から冷水をかけられた思いがした。黒田がなぜそれを知っているのか。

「大河内中佐が開発した一連の『甲50号』系の薬物は、私の父も開発に関わっていたのだよ」

黒田平四郎のことだ。

医学博士で、戦時中は大河内の研究所に招かれ、共に研究に携《たずさ》わった。

「中でも『53号』は特務用向精神薬としてこの上なく優れた〝最高傑作〟だったそうだ。その効能から通称〝洗脳薬〟と呼ばれた」

群青はまばたきもせず、搾《しぼ》り出すように呼吸を繰り返している。

「中佐の遺言書には〝『甲53号』についてはその取り扱いに関して非常なる慎重を要するがゆえ、記録から完全に抹消《まつしよう》する〟とあった。だが、中佐は残していたようだね」

「なんであんたがそんなものを欲しがる」

「私じゃない。佐古田氏だ」

群青はギョッとした。佐古田重吉。旧北満商事の社長で、佐古田平和財団の現理事長だ。

やはり、佐古田は「甲53号」を製品化するつもりでいたのか。

「佐古田氏によれば、中国側に捕まった大河内の部下が証言したとか。大河内は『甲53号』を何者かに託したと。それがどこの誰かは長いことわからなかった。だがその行方を捜していた者がいたことがわかった」

「まさか、それは」

「元憲兵の鬼頭という名の男だ」

鬼頭源曹《げんぞう》——博多《はかた》駅で声をかけてきた、右目が潰れた男のことだ。その後も「甲53号」を狙って群青たちをしつこくつけまわしていた。佐古田重吉はあの鬼頭と接触して、聞き出したのだろう。鬼頭は結局「甲53号」を見つけ出すことはできず、彼を雇った進駐軍も捜索をとりやめたようだった。鬼頭は進駐軍をお払い箱になり、今は故郷に戻って塾講師をしているという。

「その鬼頭が言っていたそうだ。『可能性があるとしたら阪上群青だ』と。しかも『現物ではなく化学式か製造法といった文書の形で所持している可能性ならば、最後まで残っている』と」

鬼頭の冷湿な眼差しが、群青の脳裏に生々しいほど甦《よみがえ》った。黒田は詰め寄り、

「この解毒剤と引き換えだ。赤城を助けたいなら、渡したまえ。君が隠し持っている『甲53号』を」

低い笑い声が聞こえてきたのは、黒田の背後からだった。——赤城だ。

ぐったりと床に倒れながら、肩を震わせて笑っている。

「何がおかしい」

「あいにくだな、黒田さんよう。群青が持ってた『甲53号』なら、この俺がとうの昔に、こいつの目の前で燃やしちまったよ」

なんだと？　と黒田が目を剝いた。

「どういうことだ、赤城！　なんで貴様が」

「中佐から『甲53号』を託されて逃げたのは、この俺さ。いろいろあってね」

黒田はそれを知らなかったようだ。赤城が満鉄《まんてつ》調査部にいたことは聞いていたが、中佐のもとで

働いていたことまでは何も伝わっていなかったらしい。佐古田たちも両者がそこまで深く繋がっていたことは把握しておらず、盲点《もうてん》だったとみえる。

「……きさまが……よりによって中佐の……？」

「鬼頭は俺のことは何も言わなかったんだな……義理立てされる筋合いもないが……。これも因縁ってやつだろ、黒田。こいつに何を言っても無駄だ、あきらめろ」

「赤城……きさまが……？」

「群青から『甲53号』を手に入れれば、専務に留任するとでも言われたのか？　指示したのは源蔵会長か？　それとも佐古田重吉か？　いずれにせよ、どの道おまえの出世道は断たれてたんだよ。恨むなら自分の脇の甘さを恨め。客と社員に誠実に向き合って真面目に洗剤を売ってさえいれば、こんなことにはなってないんだ」

「だまれ、この死に損ないが！」

黒田が赤城の腹を蹴り上げた。

「口のきき方に気をつけろ。この解毒剤がなければ、きさまは一生そうやって無様に地べたで這《は》いずることになるんだぞ！」

その黒田の足首を赤城が摑んだ。地べたからこちらを見上げて不遜《ふそん》に笑っている。

「……後悔なんてしねえよ。あんたをありあけから追い出せるんならなあ」

怒り心頭に発した黒田がもう一発蹴ろうとして、足を振り上げた時だった。

やめろ！　と群青が怒鳴った。

「そんなに『甲53号』が欲しいのか」

なんだと？　と黒田が訊き返した。

「持っているのか」

「覚えてる」

群青は暗い眼差しで答えた。

「あれに書かれていた化学構造式を」

赤城は思わず耳を疑った。

「……。やめろ、群青……」

「本当に覚えているのか？」

「覚えてる。進駐軍も躍起《やっき》になって捜すほどの化学式、そうそう忘れるわけがない」

黒田は用心深い。はったりか否《いな》か、見極めようとして群青を凝視している。

「もし一カ所でも間違っていたら許さんぞ」

「一カ所でも間違いがあったら、俺にもその薬を打て」

黒田は群青の顔をじっと窺《うかが》いながら、足首を摑んでいる赤城の手を引き剝がすと、ゆっくり近づいてきて、ようやく確信したのか、黒革の手帳と万年筆を差し出した。

「それでこそ大河内の息子だ」

「書くな！　群青、書くんじゃない！」

赤城が血相を変えて怒鳴り続けたが、群青は万年筆を手にとった。

「書くな、群青！」

阻止しようとした赤城は髭面の男に押さえ込まれて口をふさがれた。黒田は薬学部出身だ。でたらめの化学式は見破ることができる。群青は母の御守《おまもり》に入っていたあの「紙切れ」に書かれてあった化学式を頭に思い浮かべるようにして、一度目を閉じて天をあおぐと、万年筆を握った。

ランプの灯《あか》りが照らしている。

静まりかえった地下壕には、紙にペン先を走らせる音だけが響いた。

「これでいいか?」

書き終わった化学構造式を黒田に見せる。そこに描かれた複雑な亀甲《きっこう》模様の図柄を見て、黒田は目を細めた。よこせ、というように黒田が手を伸ばすと、群青は手帳を手前に引き、

「解毒剤と交換だ。そいつを赤城さんに打て。薬剤の効果を確かめられたら、渡す」

黒田は髭面の男に注射器を渡すと「打ってやれ」と指示した。赤城の青黒く腫《は》れたふくらはぎに解毒剤が打たれた。驚くほどの即効性を見せて、五分も経たないうちに腫れはみるみるひいていった。

「しばらくすれば感覚も戻ってくる。さあ、交換だ」

群青は未練もないのか、あっさり手帳を黒田に返すと、すぐに赤城に駆け寄った。

「あんちゃん、大丈夫か」

黒田は満足そうに手帳を眺めていたが、長居は無用とばかりに内ポケットに収め、きびすを返した。

「あいにくだが、君たちはまもなく、ありあけを去ることになる。近江たちもな。……まあ、せいぜい兄弟仲良く、一から石鹸屋でも始めてみることだ」

黒田は手下たちをつれて地下壕から去っていった。

誰もいなくなった真夜中の地下壕に、ふたりは取り残された。底冷えのするコンクリートに座り込んだ赤城を、群青が介抱しようとすると、いきなり赤城が群青の胸ぐらを摑んだ。

「なんであんなことしたんだ！　俺の脚なんかと引き替えにしやがって。おふくろさんが一体どんな思いでアレを……！」

「あんな薬より、俺にはあんちゃんのほうが大事だよ。母さんだってあんちゃんのためなら許す」

それに、と群青は付け加え、

「あれは『甲53号』じゃない」

なに？　と赤城が手を緩めた。群青は黒田たちが去っていったほうを見やって、

「黒田に書いてやった化学構造式は、確か『甲28号』。通称〝自白剤〟だ。あいつ、やっぱりわかってなかったな」

赤城は放心した。構造はよく似ているが、その場で判別するには複雑すぎる。黒田が父親平四郎の「作品」に精通していれば見破れたかもしれないが、幸いそこまでの知識は持ち合わせていなかったようだ。

「おまえ、黒田を騙《だま》したのか……」

「中佐んとこにいた元研究員にでも見せれば、多分いくらもしないでバレるはず。けど、それまでは黒田の大手柄扱いになるんだろうな」

源蔵会長に手柄を献上して専務留任が決定すれば、また元の木阿弥《もくあみ》だ。鬼の首でも獲《と》ったように意気揚々《ようよう》とありあけに戻ってくる黒田が目に浮かんだ。赤城たちの逆転負けだ。

「俺たちもとうとうクビか」

赤城は苦笑いを浮かべた。

「……まあ、ここまでよくもったよ。よく粘ったほうだ。黒田の言った通り、また一から釜炊《かまだ》きの石鹸屋でも始めるか？」

群青も目を伏せて、微笑んだ。黒田に負けたというのに、最後まで投げきった試合の後のように、やけに気分は晴れ晴れとしていた。

「次はもっとうまくやるよ。少なくとも苛性《かせい》ソーダの量は間違えない」

「ありあけの後だから〝ゆうやけ石鹸〟とでも名付けるか」

ふたりは顔を見合わせて笑った。

コンクリート壁には雨漏りの痕《あと》がある。

戦時中の遺物のような空間で肩を並べて座っていると、東京に来た最初の夜のことを思い出した。瓦礫《がれき》のそばで冷たい雨をよけて途方にくれていた夜を。

上部の吸気口から雪が舞い込んでくる。ランプの火が揺れて、壁に映るふたりの影を揺らめかせた。

「おまえ、『甲53号』の化学式、ほんとは今でも覚えてるんだろ？」

赤城に問われて、群青はポケットから煙草を取りだしながら「忘れたよ」と答えた。

「そんなもん、ドヤ街にいる間にすっかり忘れちまったよ」

煙草をくわえてマッチを擦《す》る。だが赤城は言葉通りにはとらなかった。群青はやはり覚えているのだろう。でなければ、あんなに簡単に「よく似た別の」化学式を思い出せるはずがない。

一服吸って、虚空を見つめている。

だが言葉にせずとも赤城には伝わった。群青の真情が。

離ればなれになってから十年も経ったのに、いま、あの頃よりも互いの心が近くにあるように感じる。それが不思議だった。

ふと気づいて群青が箱から煙草を一本取りだし、赤城の鼻先に差し出した。

赤城もそれを口にくわえた。群青がマッチを擦ると、小さな炎がふたりの間に灯《とも》って互いを照らした。赤城はマッチに顔を近づけて、くわえた煙草で火を吸い取った。煙草の先が蛍のように赤く燃えた。

「もう一度、あんちゃんと石鹸作りてえなァ……」

互いのぬくもりを感じながらこうして座っていると、群青は自分でも驚くほど素直にその胸の願いを口にすることができた。赤城は少し驚いた顔をしたが、ふいに昔のように群青の頭に掌《てのひら》をのせてグイグイと撫《な》でた。変わらない分厚い掌の温かさに、群青は少年の頃に戻ったような気がした。

「そうだな、群青。また作ろう。とびきりの石鹸を」

ありあけを失って、この手にはもう何も残らなかったとしても、絶望はしない。

また一からやりなおすだけだ。赤城とならできる。

この廃墟からやりなおせばいいのだ。

灰色の壁にちらついている雪を眺めて、ふと赤城が歌を口ずさみはじめた。

「……〝ゆうきぃの　ふーるまーちをー〟……」

群青は目を見開いた。それは少し前の歌謡曲の一節だった。切ない旋律が美しい。孤独を感じた心細い夜に、群青もよく口ずさんでいた歌だった。

「……〃雪ぃの降ぅる街を――〃……」

　いつしか赤城と声を合わせて歌い始めた。

〃遠い国から落ちてくる
この想い出を　この想い出を
いつの日かつつまん
あたたかき幸せの　ほほえみ〃

母が遺した「強さ」の意味が、群青には今ようやくわかる。

真夜中の朽ちた地下壕に、遠くの鐘の音が静かに響いていた。

だが、その後に急展開が待っていた。

親会社が隠蔽《いんぺい》していた黒田《くろだ》の過去が、再び週刊誌によって暴かれたのだ。

それは五年ほど前のこと、東海油脂《とうかいゆし》で起きた事件だった。

当時はちょうど工員の賃金をめぐって労働組合と会社が激しく対立している時期だった。立て続けに工員が三人亡くなったのだ。ふたりが事故、ひとりが自殺だった。

警察が検証し、事故については当時の工場長が業務上過失致死で送検され、残りの一件は自殺と判断されたのだが、実はそれらは事故でも自殺でもなく、他殺だったのではとの噂《うわさ》がずっとあった。

——父は労働組合の幹部で、当時、黒田から賃上げ交渉をやめるよう脅迫を受けていたんです。

週刊誌の中では、自殺したとされる工員の息子が証言していた。

——父は身の危険を覚えていたのか、亡くなる数日前からこう言ってました。「自分がもし死んだらそれは殺されたということだ。黒田に殺されたんだ」と。

その若者の名は設楽《したら》みつると言った。

群青《ぐんじょう》が以前、銀座《ぎんざ》のジャズホールで出会った若者だった。

——ありあけ石鹸《せっけん》には俺の親のかたきがいるんだからな。

いつかこの男を必要とする日が来るかもしれない。そう考えて群青は何度か飲みに誘い、仕事を紹介したりもしていた。

連絡をつけたのは剣崎《けんざき》だった。父の仇を討つことを虎視眈々《こしたんたん》と狙っていた設楽は「時は来たれり」とばかりに父親の不審死を週刊誌にリークしたのだ。記事ではありあけの騒動に乗っかって、黒田を名指しで暴きたて、東海油脂の会社ぐるみの隠蔽工作まで疑う衝撃的な内容となっていた。

これでとうとう警察が動いた。再捜査に乗り出したのだ。

こうなったらもう源蔵《げんぞう》会長も黒田をかばいきれなかった。会社ぐるみの隠蔽工作などなかった、個人が勝手にやったことだ、として処理するため、黒田を切った。速断だった。

それがとどめとなった。

黒田がありあけ石鹸の専務取締役を解任されたのは、群青たちが最後に黒田と会ってから二週間後のことだった。

＊

「群青さん、ありがとうございました。おかげでやっと父の恨みを晴らせました」

再会したみつるは、初めて会った時の暗い目つきが嘘《うそ》のように、晴れ晴れとした顔をしていた。今は建設作業員として丸《まる》の内《うち》のビル建築現場にいるというみつるは、日に焼けて以前よりずっと健康そうに見えた。

「黒田も無事逮捕されて、やっと父も浮かばれます。母も喜んでました。今まで警察にどれほど訴えても全然取り合ってくれなかったのに、週刊誌に取り上げられた途端これですからね。警察なんて所詮《しょせん》大企業の味方なんだ。あてにならない」

週刊誌でのスクープは世間にも衝撃を与え、みつるの溜飲を下げるには十分なインパクトだったのだ。

「とはいえ、まだ裁判も始まってないからな。仇討ちになるかどうかはこれからだ」

「ええ、俺は戦いますよ。これでヤツが無罪になるようだったら、この国に未来はない。群青さんも傍聴に来てください。被告席に立つあいつをその目で見てください」

そう言い残して、みつるは帰っていった。

隅田《すみだ》川の土手には桜の花が咲き始めている。

みつるの感謝を素直に受け止めるには、群青には後ろ暗さもある。その黒田をのさばらせて、利用してやろうともくろんだ。自分の野心のために黒田の延命に手を貸していたようなところもある。今回も結局、みつるの復讐《ふくしゅう》心を利用したようなものだ。

「……俺にありがとうなんて、言わなくていいんだよ」

群青は春の風に吹かれながら、対岸に立つありあけ石鹸の本社ビルを見やった。

光る川面《かわも》をゆっくりと材木運搬《うんぱん》船が横切っていく。

「近江《おうみ》の兄貴が専務取締役に昇格？　そりゃ本当か！」

遼子《りょうこ》と明るい陽《ひ》の下で会うのは久しぶりだった。

桜桃《おうとう》の本社にほど近い亀戸《かめいど》天神の境内《けいだい》に、群青が呼び出した。黒田と久慈《くじ》が脱《ぬ》けた後の後任人事がようやく決まって、それを伝えるためだ。茶屋で甘酒など飲みながら、群青が告げた。

「それだけじゃない。新しい役員にはテシさんが決まったよ」

あー……っ、と遼子は目を押さえて天を仰いだ。

「なんてこった。テシさんが役員に昇格かよ。うちの工場に来てもらうはずだったのに」

勅使河原《てしがわら》の役員就任を聞いて、遼子はいたくガッカリした。勅使河原を獲《と》るという桜桃の野望はこれで完全に潰《つい》えてしまった。

経営陣入りではもう声はかけられない。蔵地《くらち》もさぞ肩を落とすだろう。と言いつつも、遼子は内心嬉《うれ》しそうだった。

「テシさんなら間違いない。安心してありあけの舵《かじ》を任せられるな」

新しい取締役は親会社の意向で決まるが、今回の一連の騒動で、出向組による目もあてられない暴走によほど懲《こ》りたとみえる。これ以上の腐敗を食い止めるためにも、旧ありあけの近江を実質的な副社長にあたる「専務」に昇格させ、これに勅使河原が加わることで出向組を抑えた。

さらに親会社の白井《しらい》がありあけの社外取締役を兼任し、お目付役になるという。

「赤城《あかぎ》の旦那《だんな》は？　あのひとこそ役員に復帰するべきじゃないのか？」

「いや、あんちゃんは社員に留まる。旧ありあけで経営傾かせた責任取って身を引いたいきさつもあるしなあ。打診があっても受けなかったと思う」

そのかわり、赤城には仕事が増えた。今度の騒動を受けて新しい部署が置かれることになったのだ。「品質保証部」という。製造部からも独立した形で、製品全般の品質チェックを行う。分析管理もまかされて出荷検査もより厳密になった。その部署の起ち上げ要員として、赤城が急遽《きゅうきょ》、部長を兼任することになったのだ。

「そうか。お客さんの信頼を取り戻すのが最優先だからなあ」

「親会社《うえ》からも新役員が来るらしいが、……今度はまともなやつならいいけど」

権力を持ちすぎた派閥《はばつ》は腐敗する。そのいい例を見たような今回の騒動だった。

桜の花を見上げている群青の横顔を、遼子は見つめている。

「おまえはどうすんだ？　ありあけに留まるのか？」

「俺を呼んだのは黒田だから、お役御免になるだろうな。また研究所に戻ると思う」

「ありあけから離れるのか？」

群青はだまって甘酒をすすっている。遼子は胸中を察し、

「なら桜桃に来いよ。おまえが喉《のど》から手が出るほど欲しがってた噴霧乾燥塔も持ってるぞ」

「あの蔵地のおっさんの下でかい？　はは、こわいこわい。遠慮しとくよ」

ほんとはな、と遼子が真顔になった。

「……東海林《しょうじ》さんとテシさんと赤城の旦那を呼んで、桜桃の中に本当の『ありあけ』を俺が作り直すつもりでいたんだ」

遼子の野望を群青は今初めて知った。そのための強引なスカウトでもあったことを。

「ありあけの魂《たましい》を桜桃の力で再生するんだって。それにおまえが加わってくれたら最高だったけど、もうその必要はないみたいだな」

少し淋しそうに遼子は笑った。真相を知って、群青は胸が熱くなった。友は自分と同じくらいありあけを心配してくれていたのだ。ずっと大切に思ってくれていたのだ。

ありがとうな、と群青は微笑《ほほえ》んだ。

「そうだ。近江の兄貴の専務昇格とテシさんの役員入りを祝って、身内でお祝い会をやろうって話になったんだ。おまえも来いよ」

遼子は「おいおい」と呆《あき》れた。

「桜桃の人間がなんでライバル会社の役員祝いに行かなきゃならないんだよ」

「佳世子《かよこ》もおまえに会いたがってる。あんちゃんの鰤《ぶり》大根も食えるぞ」

「あー……。赤城の旦那の鰤大根はうまかったからなあ」

遼子は大きな黒い瞳を細めて言った。

「そうだな。桜桃の遼子でなく、ノガミのリョウとしてなら、行ってやってもいいよ」


遼子と別れて会社に戻ってきた群青は、玄関先で受付の者に声をかけられた。

「社長が俺を呼んでる？」

顧問を解任する件だろうか。そろそろ荷物をまとめないといけないな、と思いながら、

「わかりました。十分後に伺《うかが》います」

約束通り社長室に向かった群青を待っていたのは、五十嵐《いがらし》社長と近江新専務、それに親会社から白井専務まで来ているではないか。

挨拶《あいさつ》をしてソファーに腰掛けると、前置きもなく社長が口を開いた。

「実は大河内《おおこうち》くん、君にひとつ相談したい件があってね。親会社《うえ》からの提案なんだが」

「なんでしょうか」

「君をありあけの新しい取締役に指名したいと仰《おつしや》っている。役員になってみないかね」

群青は状況が呑《の》み込めず、しばらく固まってしまった。

返事をしたまえ、と近江に催促されて、我にかえった。

「申し訳ありません。あまりに寝耳に水な話だったもので。……どういうことでしょうか」

「君が適任だと判断した」

白井が口を開き、直々《じきじき》に説明を始めた。親会社の取締役会での結論だという。

「この一年、君は技術顧問として噴霧乾燥塔の導入を進めてきた上に、黒田くんの経営スキルを間近で見てきたはずだ。我々の方針も理解しているだろうし、何より調査委員長として今回の不正を解明した功績がある。元社員だったこともあり、古参の者とも気心が知れている。君が緩衝材……いや、橋渡しになることでバランスのとれた運営ができると判断した」

「待ってください。ですが、私のような若輩《じやくはい》は」

「実を言うとだね。君を指名したのは、他でもない。……会長だったのだよ」

群青は驚いた。よりにもよって、源蔵《げんぞう》会長が？

後任選びは親会社でもだいぶ揉《も》めて、なかなかまとまらずにいたのだが、源蔵会長が群青を名指しして、最後まで譲らず、結局、それが押し通された形になったという。

「孝三《こうぞう》社長も『君ならば』と納得してね。どうかね、引き受けてはくれないかね」

群青の表情は曇《くも》っている。

少し考えさせてください、と答えるのが精一杯だった。

＊

近江と勅使河原のお祝い会は、赤城の家で開かれることになった。

身内だけとは言いながら、そこそこの人数が集まり、部屋の襖《ふすま》をとっぱらっての大宴席になった。

佳世子夫婦はもちろん霧島《きりしま》や佐原《さはら》、怪我が全快した東海林も祝いに駆けつけた。

特別ゲストとしてやってきた遼子と再会を果たしたのは、霧島がつれてきた元アメンボ団のタケオだった。美しくなった遼子の姿にタケオは目を白黒させていたが、すぐに涙で顔がぐしゃぐしゃになってしまった。

「リョウ……リョウ！　おまえええ！」

「タケオ！　元気だったか？　ずっと会いたかったんだぞ！　みんなは元気か？　あの後、連絡はとれてるか？」

感動の再会を果たすふたりを温かく見守っていた佳世子が、兄の近江に言った。

「リョウさん素敵。まるで『リボンの騎士』のサファイア王子みたい。美しくて勇敢で」

「そうか？　ただの口の悪いはねっかえりだぜ？」

近江の妻レイコと共に台所に立つのは群青だ。赤城が作った鰤大根の味見をし合っている。一雄《かずお》たちが日本酒とビール瓶《びん》を運び込んでいると、頼んでもいない出前が届いた。

「藤田《ふじた》！　藤田じゃないか！」

配合担当だった藤田はあの後、ありあけをやめて、アゴの営む飲食店で働いていた。匿《かくま》われている間、厨房《ちゅうぼう》で働かせてもらっていたのだが、意外にも調理が向いていたようで、今は働きながら最近できたばかりの「調理師免許」をとる勉強をしているという。

「あの時はみんなに迷惑をかけた。本当にすまなかった」

「いいんだよ。おまえが元気で働いてるならそれで」

「ジョンハさんから牛肉の差し入れだ。みんなで食べてくれ」

玄関先で盛り上がっているところに姿を見せたのは購買部の羽村誠司《はむらせいじ》だった。戸の隙間《すきま》からおそるおそる顔を出したのだが、開けた途端、笑い声があがったものだから思わず飛び上がった。

「なんでい。おまえも来たのかよ羽村」

「俺も呼ばれたんだよ。悪いか」

いがみ合うふたりを見た勅使河原が、後ろから勢いよくふたりの肩を抱いた。

「やめろやめろ、おまえらみんな俺の弟子なんだから。過去は水に流して楽しく飲もうぜ」

乾杯の音頭《おんど》は赤城がとった。持ち寄ったごちそうが食卓に並び、宴《うたげ》は大いに盛り上がった。

笑い声が途絶えることはなく、久しぶりに賑やかな宵《よい》となった。

夜も更け、母親組は家に帰り、酔いつぶれて寝る者もいて、少し座も落ち着いてきた頃、縁側に腰掛けて小さな庭を眺めていた群青のもとに、赤城が銚子《ちょうし》をもってやってきた。

「どうした、群青。酔い覚ましか？」

「水仙《すいせん》、植えたんだね」

部屋から漏《も》れる明かりに、小さな花を咲かせた遅咲きの水仙が照らされている。白い花びらを広げ、真ん中だけ黄色いラッパを思わせる筒状の花びらがある。

「ああ、近江の息子が球根を持ってきて植えてったんだ」

「星みたいだな……って思って見てたんだよ」

「〝笑う星〟に似てるだろ」

縁側にふたり並んで腰掛けていると、奥の部屋からリョウたちの笑い声が聞こえてくる。

口を開いたのは、赤城だった。

「役員になるって話、なんでその場ですぐに引き受けなかった」

赤城も近江から聞かされていたらしい。役員への大抜擢《だいばってき》はこれ以上にない吉報だったにもかかわらず、群青はあれから元気がない。ひとりになるとなぜか重苦しい顔つきになって考え込んでいる姿に、赤城も気づいていた。群青は取り繕《つくろ》うように少しだけ笑みを浮かべ、

「……一応、あんちゃんに聞いとかないとと思ってさ」

「なんで俺に？」

「ゆうやけ石鹼。やるって言ってたろ？　俺と」

赤城はぽかんとした。地下壕《ごう》で話したことを群青は覚えていたのだ。

赤城はつい噴き出してしまった。

「なんだよ。笑うなよ」

「それで俺に確認してくれたのか。子供みたいだな、おまえってやつは」

「ちぇっ、わかってるさ。でも一応聞いとこうと思って」

群青は真顔になり、

「……あんちゃんは本気じゃなかったのかよ」

赤城は苦笑いを浮かべ、

「俺も本気だったさ。でもそれは今やることじゃない」

庭の片隅《すみ》で身を寄せあうように咲いている水仙に目をやった。

「……源蔵会長がおまえを名指ししたってことは、米国の合弁会社の件、黒田のかわりにおまえに進めさせるつもりなんだろう。佐古田《さこた》も大河内の息子ならと思ってるにちがいない」

群青がその場で応じなかったのは、まさにそのためだった。佐古田の意図が伝わったからだ。この自分を黒田の後継者に据えようとしているのがわかったからだ。

「佐古田は正しい『甲53号』の化学式をおまえが隠してるって、たぶん気づいてる。なんだかんだと理由をつけて、おまえを利用して、ありあけがやつらの合弁会社に参加するよう仕向けるつもりだ」

関東軍の防疫《ぼうえき》給水部が戦争のために生み出した「非人道的な薬物」を製品化するために。

「あいつら、俺を操り人形にする気なんだ」

そうなることを誰より恐れているのは群青自身だった。

「満州国で巨万の富を手にした海千山千みたいな連中相手に、手玉にとられないって自信が、俺には……」

「……ならないよ。おまえは」

赤城はこともなげに言った。

「おまえは阪上《さかがみ》スイの覚悟を引き継いだスイさんの息子だ。あんな年老いた亡霊どもなんか、寄せつけやしないさ」

「あんちゃん……」

群青はふと背後から誰かに呼ばれた気がした。振り返ると、仏壇からスイの位牌《いはい》が見守っている。

――強く生きていくのよ。

大丈夫だ、と赤城は言った。おまえなら大丈夫だ、と。

「やってみろ。年齢なんか関係ない。俺はおまえぐらいの歳《とし》には社長をやってた。おまえが作り上げたいありあけ石鹸を作ってみろ。そして、いつか親会社から株をごっそり買い戻して独立を果たすんだ。俺はおまえのそばで見届けさせてもらう」

赤城の口から言われると自信が湧いてくる。背中を押されて心強かった。

幸い源蔵会長の息子・孝三社長は、白井と志《こころざし》を同じくする新しい世代の経営者だ。年老いた父親が影響力を保てなくなる日が来るのも、そう遠くはないだろう。

「ゆうやけ石鹸を作るのは……お互いリタイアしてからでも遅くないさ」

今はまだ戦う時だ。戦う気力も体力もある。

顔を見合わせてうなずき合う。群青もようやく笑顔になった。

そういえば、と赤城が言い、

「……さっき、カヨちゃんを問い詰めたんだ。新聞にニューレインボーのことを投書した『東京都の主婦』。ありゃカヨちゃんだったんじゃないかって」

群青は驚いた。赤城はいたずらっぽく目を細め、

「私じゃないわよ、ってあっさり否定されたけどな」

本当に佳世子ではなかったのか、とぼけているだけなのか。それは結局わからなかったが。

「カヨ坊は主婦の代表だ。毎日使う製品だ。もしかしたら、作った会社の人間よりもよくわかって

るかもしれない。家も会社もかかあ天下が一番だ。お客さんの駄目だしには謙虚にな」

わかってますよ、赤城部長。と群青は言い、

「あんちゃんも会社は俺に任せて、いい加減に嫁探ししな。でないと、あっというまにヨボヨボになっちまうぞ」

「言ったなコイツ」

こづき合っていると、自然と笑いがこぼれた。

おだやかな夜気にまぎれて、水仙の香りがする。水仙は一輪では咲かない。小さな庭の隅に咲く花は、まるで暗がりで星たちが笑っているようだ。

頭の上には大きな北斗七星が輝いている。

*

大河内群青がありあけ石鹸の取締役に就任する。

その報《しら》せを聞いて、遼子はいつもの並木《なみき》通りのバーに駆け込んできた。群青はいた。先に来て、本など読みながら遼子を待っていた。

「あの話本当か？　おまえ、役員になるのか？」

「ああ、平取《ひらとり》（肩書きのない平の取締役）だけどな」

遼子は力が抜けたようにスツールに座り込んでしまった。まさか親会社がつれてくる新役員が群青だとは思ってもみなかったのだ。が、それは当の群青自身も同じだった。

「先を越された……」

遼子は敗北感に打ちひしがれていたが、すぐに笑みを浮かべた。

「おめでとう。よかったな、ありあけに残れて」

「ありがとな。真っ先におまえに知らせたかったんだよ」

ふたりは乾杯した。

しかし群青の口から出てくるのは、ほぼ、ぼやきだ。本心は、開発部の現場で新しいシャンプーを作りたかった、と肩を落とした。

「やればいいじゃないか。町工場みたいに取締役が現場を兼ねててもいいと思うけどな」

「さすがにそれは……」

役員を引き受けたのはいいが、めでたいと言える状況では全くない。正直、課題は山積みで経営は前途多難だ。一連の騒動ですっかり落としてしまった評判は売上にもはっきり表れていた。まずは信頼回復だ。チェック体制を見直して、品質保証を広く消費者に周知していくしかない。

「業務拡大はそのあとだ。噴霧乾燥塔の計画も、白紙に戻っちまったしな」

黒田の買収相手に親会社が弁護士を通して働きかけて返金を求めた上で「贈収賄《ぞうしゅうわい》は不成立」という形で事を収めたが、おかげで用地買収からやり直しだ。工場建設はどんなに急いでも二年はかかる。発注したゼネコンにも違約金が発生するし、生産計画も一から練り直しだ。

「嵐の中の船出ってやつだな。自信はあんのか？」

遼子に訊《き》かれて群青は「やるしかないさ」と答えた。

「一度心が離れてしまったお客さんたちに『やっぱり、ありあけの洗剤でなきゃ』って言わせてみせるさ」

それに、と群青は言葉を継ぎ、

「黒田はひどい経営者の見本だったが、学んだこともある。時にはあのひとのようなしたたかさも、経営者には必要だって」

誠実さと信頼関係を大事にする赤城とは正反対だったが、黒田のようなしたたかさも併《あわ》せ持ち、機を見て物事を一気に押し進めるブルドーザーのような力も、大事な資質のひとつなのだろう。

「おじいさまもよく言ってたな。会社は自分の子供のようなものだ。親の愛情と覚悟がいる。子供が悪さをしたら頬《ほお》を張るのも、覚悟のうちだって」

会社は子供、と聞いて自分がなぜこんなに「ありあけ石鹸」に愛着を持つのか、群青には理由がわかった気がした。自分がその立場に立って初めて蔵地の言葉をもっと聞いてみたいと思った。たぶん、蔵地のそばで経営者としての教えを聞いてきた遼子のほうが、ずっとその精神を宿している。

「おまえがうらやましいよ、リョウ」

「なんでだ？　おまえのほうがずっと先を歩いてるじゃないか」

この世には大きな山がたくさんいる。たぶん、経営者になったらなったで、自分の未熟さをこれでもかと思い知らされるのだろう。赤城の苦労も大きさも、今まで以上にわかってくるのだろう。

全く追いつける気がしない。

あの背中を、俺はいつまでも追いかけていくのだろう。

追いつかなくては、追いつかなくては、そう思いながら。

夕陽《ゆうひ》に染まる堤防の上で、兄の背中を追いかける弟のように。

店を出たところで、遼子がふと思い出して報告した。

「そういや、アメンボ団のみんなに会えるかもしれないんだ。タケオが連絡をとってたやつが何人かいて」

「ほんとか？　そうか、よかったな！」

「二度と会えないかと思ってたから、嬉しいよ。みんな、でっかくなったんだろうな。シホコもべっぴんになっただろうな」

遼子にとってそれが今一番幸せな出来事のようだった。タケオといえば、と付け足し、

「こないだのあいつにはまいったよ。俺が女だったってわかった途端、俺に惚《ほ》れちまってさ。結婚してくれ結婚してくれってしつこいったら」

群青は虚無の目つきになった。タケオは自分に素直すぎる。

「リョウ、おまえ結婚なんかすんなよ」

「なんだよ。いきなり」

「おまえもいい歳《とし》だし、社長令嬢ってやつは許婚《いいなずけ》とか押しつけられるもんなんだろ？　きっと断れよ」

「なんだよ。俺が結婚したらまずいことでもあんのかよ」

遼子がしつこく訊いてきたが、群青は聞こえないふりをした。

「ははーん。さては俺が他の男と結婚するのがいやなんだろ？」

図星を指された。言い訳しようとして、しどろもどろになる群青を見て、遼子は「やれやれ」と

肩をすくめた。

「これだからモテる女はつらいな」

「おい、勘違いすんな。おまえみたいなやつに誰が」

「安心しろよ。俺は一生、誰の嫁になる気もない。男の世話なんてごめんだ。仕事に人生捧げるって決めてんだ。おじいさまもその点は匙《さじ》を投げてる。『おまえは一生結婚しなくていい』って」

群青は胸を撫《な》で下ろした。遼子はますます怪しそうな顔をして、群青の顔を覗《のぞ》き込んだ。

「なんだよ、さっきから。俺と結婚したいのかよ」

「したくねえよ」

「してやってもいいぜ」

群青はぎょっとした。遼子は「ただし」と言葉を継ぎ、

「おまえが桜桃に来るならな」

はあ？　と群青は言い返した。

「絶対に行かねーよ！」

「ははは！」

遼子は明るく笑ってネオンだらけの通りを上機嫌で闊歩《かっぽ》し始めた。

夜の街を肩を並べて歩き続ける。ふたりでいれば無敵だと感じた。

語り合う夢は尽きない。

＊

群青の役員就任が決まり、初めての出社日を迎えた。

ありあけ石鹸の本社玄関前には、赤城と近江たちが待っていて、剣崎の運転する車から降りてきた群青を迎えた。

「おはようございます。大河内取締役」

赤城が頭を下げたのを見て、群青も律儀に頭を下げた。

「おはようございます。赤城部長」

面映ゆそうな群青に、近江がからかうように言った。

「挨拶はまだまだぎこちないな。群青」

「それを言うなよ。かっこつかないだろ。近江の兄貴」

出迎えた社員の中には、花澤《はなざわ》経理部長や道明寺《どうみょうじ》の姿もある。出向組と旧ありあけ、両方の顔ぶれが揃《そろ》っているのを見て、群青は頼もしさを感じていた。

ふと見ると、玄関脇の桜が満開だった。

この地に本社を構えた時、記念に植えた桜だった。細く頼りなかった幹もだいぶ太くなってきた。青空に枝を広げ、すっくと立って、しっかりと大地に根を張っている。木の勢いは花に現れる。花は枝からこぼれるほどに溢《あふ》れて、生き生きと咲き誇っている。

十一年前、最初に旅立った日のことを思い出した。日の出前の暗い社屋にぽつんとひとつだけ明かりが灯《とも》り、その窓から赤城が見送ってくれていた。

「……帰ってきたんだな」

あの日、冷たい風が吹く、夜明けを迎えた薄暗い空は、不思議な青色に染まっていた。

どこか黒みを帯びたあの青色を名前に持つ自分を誇らしく思った。あの青は始まりの色だ。夜が明ける前の、青だ。美しい朝焼けを生み出す。

あの色の名を、自分につけてくれた母に感謝した。

何もかもを失っても、この手に残るもの。それが本当の「人生の財産」なのだ。

それさえ抱いていれば、歩いていける。何度転んでも歩き始めることができるだろう。歩き続けるということが「強く生きる」ということならば、そのために大事なのは、きっと――。

赤城が待っている。近江や勅使河原たちもいる。

振り返ると、剣崎が送り出すように、深く頭を下げた。

群青は胸を張って、歩き出す。

満開の桜の花が、その姿を見守っている。

【主要参考文献】

『産業経営史シリーズ10　石鹸・洗剤産業』佐々木聡　日本経営史研究所
『洗剤　その科学と実際』藤井徹也　幸書房
『日本の企業家9　丸田芳郎　たゆまざる革新を貫いた第二の創業者』佐々木聡　PHP研究所
『昭和時代　三十年代』読売新聞昭和時代プロジェクト　中央公論新社

【web資料】

日本石鹸洗剤工業会　https://jsda.org/w/index.html

取材にご協力いただきました永島綾子様に深く御礼申し上げます。
作中の内容に関します全ての文責は著者にございます。
執筆に際し、数々のご示唆をくださった皆様に心より感謝申し上げます。

荒野は群青に染まりて　相剋編

2023年3月29日　第1刷発行

著　者　桑原水菜
発行者　今井孝昭
発行所　株式会社　集英社
〒101-8050　東京都千代田区一ツ橋2-5-10
電　話　【編集部】03-3230-6268
【読者係】03-3230-6080
【販売部】03-3230-6393（書店専用）
印刷所　図書印刷株式会社
製本所　ナショナル製本協同組合

　ISBN 978-4-08-790116-0 C0093

※この作品はフィクションです。実在の人物・団体・事件などにはいっさい関係ありません。